विपश्यना

(उपन्यास)

विपश्यना

इन्दिरा दाँगी

भारतीय ज्ञानपीठ

वाणी प्रकाशन : भारतीय ज्ञानपीठ की पुस्तकों
के एकमात्र प्रकाशक एवं वितरक

पहला संस्करण : 2022
दूसरा संस्करण : 2022
तीसरा संस्करण : 2023

लोकोदय ग्रन्थमाला : ग्रन्थांक 1528

प्रकाशक

वाणी प्रकाशन ग्रुप

4695, 21-ए, दरियागंज, नयी दिल्ली-110 002
फ़ोन : 011-23273167, 23275710
ईमेल : sales@vaniprakashan.in

ISBN : 978-93-5518-157-2

विपश्यना

(उपन्यास)

इन्दिरा दाँगी

VIPSHYANA
(Novel)
by Indira Dangi

मुद्रक : आर. टेक ऑफ़सेट प्रिंटर्स, दिल्ली-110 032

Price : INR. 395

...कहाँ हो माँ ?

अनुक्रम

परिन्दा बीहड़ों में

कड़ाके की सर्द शाम है। डूबता सूरज दूर कहीं जल रहे किसी पीले बल्ब-सा अबोध जान पड़ता है।

बी क्लास शहर भोपाल के स्टेशन पर एक युवती रेल से उतरती है।

बाँये कंधे पर नवजात बच्ची चिपकाये, दाँये हाथ से एक बड़ा ट्राली बैग, सूटकेस और कंधे पर सूटकेस जितना ही वज़नदार बैग टाँगे वो इधर-उधर को देख रही है। उसने मोटे कपड़े का साधारण सलवार कुर्ता पहना है। पैर में चप्पल इतनी सादा कि लग ही नहीं रहा कि आज के समय की कोई अट्ठाईस साल की युवती यात्रा में ऐसी चप्पल पहनना चाहेगी। शायद उसके कपड़े और चप्पल किसी और की पसंद के हैं। उसके सुंदर, मेकअपविहीन चेहरे पर कुछ ऐसी जर्द मासूमियत है कि वो सौन्दर्य की उदास देवी जान पड़ती है। अपनी पूरी सांसारिक उपस्थिति के बावजूद वो किसी दूसरे विश्व से आई हुई लग रही है। उसके चेहरे पर ऐसा चौकन्नापन है जैसे अपनी वन भूमि से बाहर निकल आई किसी हिरनी में दिखता है। वो दो-चार मिनिटों तक सावधान किंकर्तव्यविमूढ़ता से अगल-बगल ताकती रहती है। फिर सम्हली हुई स्तब्धता से अपना सामान और शिशु सहेजती अपरिचित माहौल में बढ़ जाने को होती है कि तभी दूर से एक आवाज़ उसे पुकारती चली आती है,

''रिया! ओ रिया! इधर।''

अपने लिबास से धनाढ्य-सी दिखती वो छरहरी युवती इधर को ही दौड़ती चली आ रही थी; और आकर रिया के गले लग गई। रिया में जैसे प्राण लौट आये।

''अरे चेतना! तुम आ गयीं!!!''

''क्यों? तुम्हें लगा नहीं, आऊँगी?''

''नहीं। लेकिन थोड़ा तो डर रही थी। भोपाल में पहली बार क़दम रख रही हूँ।''

''ओय ग़ज़ब! दिल्लीवालियाँ भोपाल आते डरने लगीं??''

''अब तो शायद मैं भी भोपालवाली ही हूँ।'' उसने ऐसा कहते समय मुस्कुराने की चेष्टा की लेकिन उसका चेहरा असहज और दयनीय-सा हो उठा।

"सामान तो बहुत है तुम्हारे पास। कुली कर लें?"

"नहीं! नहीं! इसमें ऐसा ख़ास वज़न नहीं। मैं उठा लूँगी।"

"तो फिर चलो।"

कहकर वो तेज़ी से आगे बढ़ गई। सामान और बच्ची को साधती-सम्हालती रिया भरसक ताक़त से उसके पीछे सहज दिखती चली आ रही है पर तेज़ चलने से उसके पैर भर आये हैं; अब और तेज़ चला नहीं जा रहा। वो होंठ बंद किए हाँफने लगी। आगे चलती सहेली ने इस बीच एक बार भी पीछे मुड़कर नहीं देखा; जैसे वो कहीं किन्हीं ख़्यालों में हो, वास्तविकता में हो ही नहीं। रिया किसी हाल में छूट नहीं जाना चाहती थी और न ही ये बात ज़ाहिर करना चाहती थी। स्टेशन के ओवर ब्रिज को पार कर जब वे सीढ़ियाँ उतरीं और चेतना पार्किंग से अपनी कार लेने चली गई, तब रिया की तन्वी देह इतनी लस्त हो चुकी थी कि उसकी सुंदर, लंबी आँखें मुँद गई; और कंधों, सीने और पिंडलियों के तेज़ दर्द से वो कराह उठी थी। अपने सामान का भी उसे पल को ख़्याल न रहा था। लोहे की रेलिंग से सिर टिकाये बेसुध-सी हाँफ रही थी।

"सब ठीक है?" सीढ़ियाँ चढ़ती एक अधेड़ स्त्री ने रुककर पूछा। रिया ने हामी में सिर हिलाया। और अगले तीन-चार मिनिटों में ही वो अपनी हालत को भरसक क़ाबू में ले आई थी। जब सहेली पार्किंग से अपनी सेडॉन कार लेकर लौटी, रिया के छोटे-से, पीले चेहरे पर लस्त ही सही, एक मुस्कान थी। ...मुस्कुराहट उदास हो तब भी भली लगती है।

"ये कार तुम्हारी अपनी है?"

"बताया तो था; भूल गईं? सेकेण्ड हैंड है। ढाई साल पहले ख़रीदी थी जब भोपाल आई ही थी। लोन ज़रूर लेना पड़ा मुझे इसके लिए लेकिन इतनी क़ीमती कार मैंने वाजिब दामों में ख़रीद ली थी। कॉलेज में आज तक सब तारीफ़ करते हैं मेरे उस डिसीज़न की।"

चेतना के चेहरे पर गर्व है। उसने हीटर के बाद संगीत भी चालू कर दिया। रिया ने बच्ची का डायपर बदला और स्तनपान कराने लगी। स्लीपर डिब्बे की दिन भर की यात्रा में उसकी डेढ़ महीने की बच्ची रो-रोकर हलकान हो गई थी। सोई भी थी तो सिसकियाँ लेती रही थी लेकिन कार के हीटर की गर्माहट से अब उसकी नींद ने जैसे सुकून का लिहाफ़ ओढ़ लिया है। उसने माँ के स्तन पर अपनी बंद मुट्ठियाँ फैला ली हैं। उसकी नवजात, लगभग पारदर्शी, ललिमामयी अंगुलियों पर से अभी उस परत-त्वचा के छिलके ठीक से नहीं उतरे हैं जो गर्भ से उस पर चढ़ी आई है और अगले कई महीनों में धीरे-धीरे छूटनी है। बच्ची सुकून में दिखी तो रिया को अपनी थकावट का ध्यान आया। कल रात की जो बात थी सो थी; आज ट्रेन में भी वो दिन भर सो नहीं पाई

थी और रुपये बचाने के लिए उसने ठीक से कुछ खाया भी नहीं था। जो खाना साथ लेकर चली थी, वो बहुत थोड़ा साबित हुआ था। इस समय उसे बहुत भूख़ लग रही थी और नींद आ रही थी लेकिन वो ख़ुद को भरसक क़ाबू किये है... अब सिवाय अपनी क़ाबिलियत के उसके हाथ पास कुछ और न था!

चेतना का फ़ोन बार-बार बज रहा है लेकिन वो उठा नहीं रही है।

''कॉल क्यों नहीं ले रहीं?'' उसने सहेली से पूछा।

''अरे ये हमारे एचओडी की बीवी तिवारी मैडम हैं; बहुत खाती हैं! एक बार इनका कॉल अटैंड कर लो तो समझो आधा-एक घंटा गया काम से। मैंने इनसे कह दिया था कि टेलर के यहाँ से अपना नया सूट उठाने जाऊँगी तो इनके ब्लाउज़ भी उठाती लाऊँगी और आज शाम को ही इन्हें दे दूँगी। उठा तो लिए हैं कपड़े मैंने टेलर के यहाँ से लेकिन अब सोच रही हूँ कि तुम इतनी थकी हुई हो तो सीधे घर ही चलें।''

''अरे! नहीं! नहीं! तुम्हारे जो भी काम हैं तुम पहले उन्हें पूरा कर लो। मैं आराम से हूँ।''

''तुम कहती हो तो ठीक है।''

तब तक कॉल आना बंद हो गया। मिनिट भर में ही फ़ोन फिर बज उठा। चेतना ने कॉल अटैंड कर लिया। इसके बाद कॉल पर लंबी बात करने में, उस घर तक होकर आने में और लौटते में एक कलीग का कॉल आ जाने पर, -जो कॉलेज का आज का कोई बड़ा दिलचस्प वाक़या सुना रहा था जिससे वो अनजान थी- चेतना का कार में अपने साथ चल रही सहेली पर से ध्यान बिल्कुल ही हट गया।

इस बीच कार शहर के ख़ूबसूरत हिस्से में घूमती रही। रिया सेडॉन कार के चमचमाते, पारदर्शी काँच के पार भोपाल शहर को देख रही है। दिल्ली के मुक़ाबिल इसकी रफ्तार में कितनी तसल्ली है। चौड़ी सड़कों पर कम-कम ट्रैफ़िक है। मकानात अब भी बहुतायत में दुमंज़िला-तिमंज़िला भर हैं- खुले और पुराने। देश की सबसे साफ़-सुथरी राज्य-राजधानी में आधुनिकता कम और संस्कृति का पुरानापन ज़्यादा महसूस होता है। जगह ज़्यादा, बसाहट कम और ख़ूब सारी हरियाली। दिल्ली-सी भीड़ नहीं है। स्लेट जैसी चिकनी सड़कों के किनारे बैगनी, पीले, सुर्ख लाल फूलों से लदे विशालकाय पेड़, नीली सांझ के आसमान पर उड़ते, झील की सतह से मछलियाँ पकड़ते चमगादड़ और इतना शुद्ध हवा कि पूरा शहर ही एक रिसार्ट बगीचे जैसा लगता है। दुकानें, मकान, फुटपाथ; सब साफ़-सुथरे और शांत-शांत। हवा में कोहरा उड़ रहा था। जगह-जगह अलाव जल रहे थे जिनके इर्द-गिर्द तापते लोग तसल्ली से बतियाते दिख रहे थे। फूलों, परिन्दों, झील और खुली हवाओं में बसा नये और पुरानेपन का कोलाज, नर्म मेमने-सा शहर भोपाल। लोगों की वेशभूषा अपने अधिकांशपन में पारम्परिक। बुर्केवालियाँ और बिंदी-साड़ीवालियाँ ज़्यादा दिखी राहों पर; जींस-टीशर्ट, जैकेट में कम उम्र की

लड़कियाँ ही ज़्यादा थीं। पुरुष जितने पैंट-शर्टदार, उतने ही कुर्त-पायजामेदार, कुछ इस्लामी टोपियाँ लगाये हुए, कुछ चौड़े कलावे बांधे हुए। नये फैशन में नये लड़के ही ज़्यादा मिले। शहर के माहौल को बारीक़ निगाह से देखती-बूझती चल रही है वह। माहौल का मिज़ाज पुरसुकून, पुरानेपन और अपनाइयत से संपन्न लगा जैसे बचपन के शहर हुआ करते हैं। फिर माँ भी तो इसी शहर में है, और यकीनन वो ज़िंदा हैं। पापा की देह की राख भी इसी मिट्टी में होगी, आत्मा इसी हवा-पानी में। ...कार से उतरती माँ-बेटी के सिर पर अदृश्य हवा ने जैसे हाथ फेरा। अकेली-अनाथिन रिया के दिल ने हौंसला बाँधा -अब भोपाल ही घर है अपना!

डेढ़ घंटे कार में सफ़र के बाद रिया अब सहेली के घर है। एम.आई.जी. फ्लैट में चेतना का यह ड्राइंगरूम मँहगे और उच्च कलात्मक अभिरुचि के सामान से भरा हुआ है। सजावट की हरेक चीज़ जैसे ख़ूब तलाशकर ख़रीदी गई है। पैरदान, पर्दों से लेकर लैदर सोफ़े और कालीन तक -सबकुछ मँहगा, आधुनिकतम लेकिन बिखरा, धूल चढ़ा और अपनी लापरवाह देखभाल के बीच कोनों-किनारों से बारीक़-बारीक़ टूटा हुआ।

"क्या ये फ्लैट भी तुम्हारा है?" पूछते-पूछते ही उसे याद आ गया कि ऐसा नहीं है। जिन हालात में वो है, दिल-दिमाग़ ठिकाने नहीं है। इस बात पर उसे माफ़ भी किया जा सकता था लेकिन चेतना को लगा सहेली तंज कर रही है। सधा हुआ उत्तर दिया,

"तुम्हें पता तो है; ये किराये का है।"

इस एलीट नाराज़गी ने माहौल को अचानक चुप कर दिया। रिया ने सोचा कि इतने मँहगे सामान और इतनी बड़ी लेकिन सेकेण्ड हैंड कार लेने से पहले एक छोटा-सा फ्लैट ख़रीदा जा सकता था। भोपाल में तो प्रॉपर्टी सस्ती होगी दिल्ली के मुकाबले। चेतना सहेली के चुप और सहमत न हुए-से चेहरे को देखकर उसके मन की बात भाँप गई। पल भर को ख़ुद उसके दिल ने उसकी जीवनशैली पर प्रश्नचिन्ह लगा दिया। वो तेज़ी से उठकर रसोई में चली गई और रिया बाथरूम में मुँह-हाथ धोने घुस गई।

"लो भई, बीयर तो तुम पीने से रहीं; इसलिए मैंने सुबह ही तुम्हारे लिए कोल्ड ड्रिंक और तुम्हारी बच्ची के लिए फ्लेवर्ड मिल्क की बोतल ला कर रख ली थी।" प्रशंसा पाने की चाहना के साथ उसने तीनों बोतलें काँच की सेंटर टेबल पर रख दीं।

"गुड़िया तो अभी बस मदर्स फीड ही लेती है। पाँच-छह महीने की होने तक पानी भी नहीं पिलाना है इसे।"

"अच्छा! छोटे बच्चों के बारे में एक्चुअली मैं कुछ भी जानती नहीं हूँ।"

वो बोतल से ही एक घूँट भर बीयर पीती है फिर अपनी हाई हील पहने हुए ही सोफ़े पर अधलेटी होकर आँखें मूँद लेती है; उसका आज का दिन कितनी व्यस्तता भरा था। लेटे-लेटे ही उसने बीयर का दूसरा घूँट भरा और पैर के ऊपर पैर रखती कुछ

और रिलेक्स हो गई। सामने बैठी रिया को याद आया, ये ज़रूर वे ही लाल सैंडिल हैं जिनके बारे में चेतना ने उसे फ़ोन पर बताया था। उसके प्रेमी ने दो महीने पहले दिलवाई थीं। इनकी क़ीमत पाँच हज़ार रुपये है। ऐसी सर्दी में लंबी यात्रा से आई रिया का मन चाय पीने का था। अपने घर की याद हो आई। इस समय वो तुलसी-अदरक की चाय पी रही होती या लौंग से छुकी गर्म सूप जैसी मूंग की पतली खिचड़ी खा रही होती जैसी कि जच्चा माँयें खाया करती हैं। दिल में एक हूक उठी; जिसे उसने अपने चेहरे पर भरसक नहीं आने दिया। वो चाय नहीं माँगेगी; उसने अपने से कहा और इस इच्छा को दबा लिया। कोल्डड्रिंक की बोतल हाथ में लेकर वो पल भर को असमंजस में रही फिर मुस्कुराकर उठ गई,

''मैं गिलास लेकर आती हूँ।''

रिया ने रसोई में जाने से पहले एक नज़र भीतर के दोनों कमरों पर डाली। चेतना के बेडरूम में एक बड़े बेड पर ऊँचे, बहुत आरामदायक-से दिख रहे यूरोपियन गद्दे और ढेरों कुशन हैं। आधे बेड पर एक जाइंट टेडीबियर है। पूरा कमरा कपड़ों और मेकअप के खुले-बंद सामान से भरा है। इस कमरे में तो अपने लिए जगह नहीं है। उसने बगल वाला कमरा देखा जिसका दरवाज़ा खोलते ही पैरों से सामान टकराता है। आधा कमरा ट्रेड मिल और एक्सरसाइज़ के दूसरे सामान से भरा है और बाक़ी आधा ख़ाली सूटकेस, बैग, पुराने लैदर पर्स, जूते-सैंडिल और ढेरों किताबों से अटा है। कमरा कुछ जिम, कुछ स्टडी और कुल मिलाकर स्टोर रूम जान पड़ता है जिसकी धूल-मिट्टी और मकड़ी के जाले शायद साल-दो साल से साफ़ नहीं किये गये हैं। वो सोच रही है, आज रात वो ड्राइंगरूम के फ़र्श पर ही काट लेगी। कल इस स्टोर में एक कोना अपने लिए निकाल लेगी। जब तक रहेगी, यहीं दरी बिछाकर सो जाया करेगी। ईश्वर करे, यहाँ चूहे न हों।

रसोई में अत्याधुनिक सहूलियतों वाला ख़ूबसूरत सामान था पर ऐसे रखा था जैसे ये भी स्टोर रूम ही हो। चीज़ें ख़रीदी तो गई थीं लेकिन शायद बिल्कुल भी इस्तेमाल नहीं की गई थीं। ग्लास के आधुनिकतम, कोरे चूल्हे पर धूल की मोटी परत जमी थी। बाज़ार से लाये खाने के डिस्पोज़ेबल डिब्बों से प्लेटफार्म, सिंक और डस्टबिन भरा नज़र आ रहा था; और पूरे फ्लैट में रूम स्प्रे की स्थायी-सी ख़ुशबू के बावजूद रसोई का ये हिस्सा पुराने खाने की गंध से गंधा रहा था। तो चेतना खाना नहीं बनाती ? क्या चाय तक नहीं ? ? रिया को अपनी फ़िक्र हुई। उसने धूल चढ़े काँच के दो गिलास धोये और कमरे में लौट आई।

चेतना अब तक उठकर बैठ चुकी थी और रिया के सामान की तरफ़ देख रही थी।

''अरे तुम क्यों परेशान हुईं; मैं तो सोच ही रही थी कि उठकर गिलास ले आऊँ।''

"थक जाती होगी दिन भर कॉलेज में; फिर सबकुछ अकेले ही तो करती हो।" मुस्कुराती रिया अपने गिलास में कोल्डड्रिंक डालने लगी। चेतना उसे ग़ौर से देखने लगी।

"तुम कितनी व्यवस्थित हो यार! ग़ज़ब! समझ नहीं आता रंजीत ने तुम्हें डिवोर्स कैसे दे दिया वो भी उस बाज़ारू क़िस्म की नर्स के चक्कर में पड़कर?? गाली भी क्या दूँ, मेरी नज़र में तो अभागा है वो जो घर की लक्ष्मी को अपने हाथों घर से बाहर धकेल दिया। और ये इतनी छोटी बच्ची! इस पर एक पल को तरस नहीं आया उसे?? जबकि ये तो बड़े लम्बे इन्तज़ार की संतान थी तुम दोनों की!"

रिया से अब आँसू रोके नहीं रुके।

"पता ही नहीं चला यार, ये सब कब, कैसे हो गया! मैं तो इतनी मगन थी अपनी गृहस्थी में कि कई-कई दिनों तक घर की चारदीवारी से बाहर नहीं निकलती थी। घर साफ़ करती, स्वेटर बुनती, अचार डालती, बढ़िया-बढ़िया खाना बनाती-सीखती रहती और इनका ख़ूब ख़्याल रखती। तुम्हें फ़ोन पर हमेशा ही तो बताती थी मैं कि जीवन में सब सौभाग्य बरसता है बस एक बच्चे की कमी है।"

"और उस कमी को पूरा करने के लिए भी तुमने अपनी जान की बाज़ी लगा दी थी!"

"एक बस तुम्हीं से बाँटे हैं मैंने अपने सब सुख-दुख उन दिनों के। साल भर में एक-एक करके तीन ऑपरेशन हुए तक जाकर कंसीव किया था; फिर नौ महीने का बेडरेस्ट और रेग्यूलर इलाज और फिर ऑपरेशन तब जाकर गुड़िया की सूरत देख पाई।"

"और इतना कष्ट तुमने उस आदमी के बच्चे की माँ बनने के लिए सहा??"

"पूरी ग़लती उनकी नहीं है, डेढ़-दो साल तक लिली नर्स लगातार हमारे घर आती रही। कभी ये जाते रहे उसके हॉस्टल मेरे लिए दवा लिखवाने। छोटी-छोटी बातों के लिए हर बार डॉक्टर के पास जाना मँहगा पड़ता था तो एक तरह से लिली के हाथों ही इलाज करवा रहे थे ये मेरा। बहुत कम पैसों में वो मेरी देखभाल के लिए कभी-कभार रात भी रुक जाती थी हमारे घर।"

"और उन्हीं रातों में उस विधवा नर्स ने एक जमा-जमाया घर और कमाऊ आदमी हथिया लिया तुमसे। और ये मर्द! क्या इन्हें बस शरीर चाहिये?"

"लेकिन तुम्हारे ज्ञान ऐसे नहीं हैं!"

"मेरे पति कैसे हैं यार, ये मैं ख़ुद नहीं समझ पाई अब तक। और सच पूछो तो अपनेआप को भी अब तक कहाँ समझ पाई हूँ।"

चेतना बची हुई बीयर को टेबल पर रखे ताज़ा धुले गिलास में डालकर पीने लगी।

"यों तो ज्ञान हर तरह से अच्छे ही पति साबित होते थे। फ्लैट, प्लॉट, कार और

सरकारी प्रोफ़ेसरी उनकी तिस पर एकपत्नी व्रतधारी टाइप व्यक्तित्व ...इतने अच्छे-अच्छे से तबीयत घबराने लगी थी मेरी। इसीलिए एमफिल किया। कहीं बाहर निकलना चाहती थी दिल्ली से तो भोपाल की युनीवर्सिटी का एंट्रेस एग्ज़ाम दिया पीएचडी का; साथ ही ऑनलाइन नौकरी भी तलाशने लगी इस शहर में। एक प्रायवेट कॉलेज में अच्छी सेलरी वाली नौकरी दिखी तो आकर इंटरव्यू दिया और नौकरी मिल भी गई मुझे। तुम सब जानती तो हो। बस, और फिर ढाई साल से यहाँ भोपाल में हूँ। उनसे कोई कान्टेक्ट नहीं तब से।''

''पर तब भी उन्होंने डिवोर्स नहीं दिया। आज भी पत्नी तुम्हीं हो उनकी।''

''डिवोर्स नहीं दिया तो मिलने भी तो नहीं आये -एक बार भी नहीं! मेरा यहाँ का फ़ोन नंबर नहीं था उनके पास लेकिन ये तो पता था कि किस कॉलेज में नौकरी मिली है! हाथी के दांत खाने के और, दिखाने के और! ख़ैर, तुम अपनी कहो। अचानक डिवोर्स कैसे हो गया तुम्हारा? अभी महीने भर पहले जब हमारी बात हुई थी तब तक तो सब ठीक था। इनफेक्ट बहुत ख़ुश थीं तुम बेटी के जन्म से।''

''कुछ समझ नहीं आया कि क्या हुआ अचानक से? पिछले महीने उन्होंने कुछ काग़ज़ों पर दस्तख़्त करवाये थे मुझसे।''

''और तुमने कर दिये किसी मूर्ख पत्नी की तरह।''

बच्ची कुनमुनाई। रिया अपने आँसू पोंछती उसे थपकने लगी।

''ये साहबजादी दिन भर सोती हैं और रात भर जागती हैं।''

''तुम फिर कोर्ट क्यों नहीं गयीं? थाने में रिर्पोट क्यों नहीं लिखवाई इस धोखाधड़ी के ख़िलाफ़?''

''इस देश का कानून न्याय देने में इतने साल लगा देता है कि वो न्याय भी एक तरह से अन्याय ही हो जाता है। और फिर रंजीत तो ख़ुद ही एक वकील हैं। मैं उनके ख़िलाफ़ केस लड़ती रहती बरसों-बरस तब भी क्या गारण्टी थी कि गुज़ारा भत्ते के कुछ हज़ार रुपये मुझे हर महीने मिलने ही लगते? दिल्ली में कोई था भी नहीं मेरा साथ देने को। केस लड़ते-लड़ते और अदालत के चक्कर लगाते--लगाते सालोंसाल निकल जाते। उससे बेहतर मैंने अपने जीवन की एक नई शुरुआत करना समझा।''

''हूँ! और इसीलिए तुम ट्रेन पकड़कर सीधी मेरे पास भोपाल चली आयीं?''

''कुछ और सूझा ही नहीं। तुम्हारे सिवाय कोई नाम ध्यान नहीं आया किसी अपने का। फिर भोपाल में ही तो मेरे पापा रहते थे। मौसी हमेशा कहती थीं कि ज़रूर तुम्हारी माँ ज़िन्दा है और भोपाल में ही कहीं है। मौसी की मौत के बाद दतिया में कोई नहीं मेरा अपना। तो लगा, भोपाल ही चलूँ। माँ को तलाशूँगी। ज़िन्दगी को एक नया मकसद मिलना होगा इसीलिए इतनी बड़ी अनहोनी हुई मेरे साथ। गीता में भी तो यही लिखा है -जो हुआ अच्छा हुआ।''

उसको दिलासे की उम्मीद थी लेकिन चेतना ने कुछ नहीं कहा, सुनकर चुपचाप बीयर पीती रही। तभी डोरबेल बजी। चेतना ने खाना आर्डर किया था; पास के होटल से लड़का देने आया है।

रिया खाना लगाने लगी टेबल पर। कल से ठीक से खाया नहीं कुछ तो अब मारे भूख़ के उसका सिर चकराने लगा है। वो किसी तरह अपने को क़ाबू किए है।

''कुछ हर्ज़ा-ख़र्चा दिया उसने?''

''गुड़िया के नाम एक रक़म की पॉलिसी दी है जो उसके बालिग होने पर उसे मिलेगी। हम दोनों उसके गॉर्जियन हैं उसमें।''

''मतलब बीच में तुम वो पैसा निकाल नहीं सकतीं?''

''न।''

'मतलब अभी वो पैसा तुम्हारे किसी काम का नहीं! और क्या दिया?''

''अपने ज़ेवर तो मैंने ख़ुद ही उठाकर रख लिये थे सूटकेस में, उन्होंने रोका भी नहीं। बाक़ी एक चेक दिया है; ठीकठाक रक़म है। कहते थे, इससे अपनी नई ज़िन्दगी शुरू करना।''

''चेक??? और तुम ने भरोसा कर लिया कि वो बाउन्स नहीं होगा?? बेवकूफ हो तुम! मुफ्त में डिवोर्स दे आईं!''

''पता नहीं यार! उस वक़्त कुछ समझ ही नहीं आया। पहले तो वे दिन भर ग़ायब रहे। उनका फ़ोन भी स्विच ऑफ़ रहा। फिर आधी रात को अचानक घर लौटे तो शादी करके। दोनों ने शराब पी रखी थी। कहने लगे अब तुम जाओ इस घर से! दो-तीन घंटे यही सब चलता रहा। मैं रोती-चीखती रही। हाथ भी जोड़े उस वक़्त मैंने; अब सोच रही हूँ तो अफ़सोस हो रहा है। शायद मैं बहुत घबरा गई थी, एकदम से घर से निकल जाने की बात पर। हर तरह से मैंने निवेदन किया कि मेरे माँ-बाप तो हैं नहीं। मौसी ने पाला था, वो भी नहीं रहीं। मैंने घर से बाहर की दुनिया ठीक से देखी भी नहीं है। अकेली कभी ऑटो तक में नहीं गई हूँ। यों अचानक अपनी इतनी छोटी बच्ची के साथ कहाँ जाऊँगी? उन्होंने जवाब में चेक और पॉलिसी थमा दी फिर तलाक के काग़ज़ात की फोटोकॉपी और उनकी नई शादी के सर्टिफिकेट की फोटोकॉपी दिखा दी। सामने काग़ज़-ही-काग़ज़ थे और मेरा दिल हार गया।''

रिया रोने लगी,

''वे वकील और उनके चाचाजी हाइकोर्ट जज, एक पल में मेरे दिल से ख़्याल निकल गया कानूनी कार्यवाही का! गुड़िया मेरी गोद में थी तो आत्महत्या के बारे में सोच भी नहीं सकती थी। मैं ख़ूब चीख-चिल्ला ली। वे दोनों चुपचाप ड्राइंगरूम में बैठे रहे इन्तज़ार में, फिर वहीं सो गये। मैं एक पल को भी नहीं सो सकी। तीन-चार घंटे लगे मुझे। मैंने अपना और गुड़िया का सब ज़रूरी-ज़रूरी सामान पैक कर लिया।

रास्ते के लिए कुछ खाने को पका लिया फिर उन्हें जगाया। अपने अलावा उन दोनों के लिए भी चाय बनाई। हम तीनों ने बिना कुछ बोले एक साथ चाय पी; फिर मैंने उनसे कहा कि मैं अपनी सहेली के पास भोपाल जाना चाहती हूँ। वे कार से मुझे स्टेशन छोड़ने आये; रास्ते में ही किसी को फ़ोन कर तत्काल रिजर्वेशन वाला टिकिट करा दिया। अपने पर्स से निकालकर कुछ नोट मेरे पर्स में रख दिए। बस, ट्रेन में सीट तक पहुँचाकर चले गये; फिर न रुके, न पलटकर देखा।''

''न रुके न पलटकर देखा! हुँह! अब तुम माँ-बेटी जियो या मरो उसकी बला से!''

चेतना ने ये बात कुछ ऐसी चिढ़ से कही कि रिया को अच्छा नहीं लगा। उसके बहते आँसू थम गए। वो उठकर मुँह धोकर आती है।

वे दोनों खाना खाने लगीं। पहला निवाला पेट में गया तो दुखा; वो कितने लंबे समय से भूखी है। सहेली कह रही है,

''बहुत मुश्किल जीवन है अब तुम्हारे सामने। पिछले दो सालों में कितने ऑपरेशन हुए हैं तुम्हारे; और फिर इतनी छोटी बच्ची के साथ कैसे तुम कोई नौकरी कर पाओगी? अच्छे जॉब ऐसे मिलते भी नहीं है एकदम से। सिर्फ़ डिग्री से कुछ नहीं होता आजकल। कितना कॉम्पटीशन है, अभी तुम जानती नहीं हो। और तुम कभी घर से बाहर निकली भी तो नहीं हो। एक-से-एक टेलेन्टेड और क्वालीफ़ाइड लड़के-लड़कियाँ महीनों-सालों भटकते हैं एक अदद नौकरी के लिए। फिर तुम तो हाउस वाइफ़ रही हो; कोई एक्सपीरियेंस भी नहीं है जॉब का। चपरासी की सरकारी वेकैंसी निकलती है तो यहाँ पीएचडी डिग्री वाले एप्लाई करते हैं! और प्रायवेट सेक्टर में अभी तुम्हें जैसी नौकरी मिल सकती है, आने-जाने का बस का किराया और लंच लायक कमा पाओगी; तब तुम्हारी बेटी का क्या होगा? कैसे क्या होगा तुम्हारा, मुझे तो कुछ समझ नहीं आता।''

रिया ने साबुत निवाला निगलते हुए कहा है,

''मैं जल्द-से-जल्द अपने लिए कोई काम तलाश लूँगी। बड़ा नहीं तो छोटे-से-छोटा ही, कुछ न कुछ मिल ही जायेगा करने को। जब मैं ज़रूर इतने पैसे कमाने लगूँगी कि अपना खाने का ख़र्चा उठा सकूँ। और थोड़े दिनों में, कहीं कोई कमरा भी किराये से ले लूँगी; पर अभी मेरे लिए एकदम से नया-नया है ना सबकुछ; घर से पहली बार अकेली बाहर निकली हूँ तो... सब इतने अचानक से हुआ कि मुझे समझ ही नहीं आया कि कहाँ जाऊँ तो तुम्हारे पास चली आई!''

''अरे पागल, कैसी बात करती हो! थप्पड़ खाओगी अब तुम मेरे हाथ से!'' चेतना ने उठकर, उसे गले लगा लिया।

...लेकिन रिया का दिल जान गया, जितनी जल्दी से जल्दी हो सके, अपने लिए कोई दूसरी व्यवस्था जुटानी होगी।

वे दोनों खाना खा चुकीं तो रिया ने टेबल पर से जूठे बर्तन समेटे और रसोई में आ गई। लंबे सफर की थकान से वो चकनाचूर है लेकिन फिर भी बर्तन माँजने लगी है ...गृहणियों ने बाहरी दुनिया भले ही कम देखी हो लेकिन आदमी की आंतरिकता को देख-समझ पाने वाली जो छठी इंद्री होती है वो उनके अंदर जाग्रत होती है। परिवार के सदस्यों की सिर्फ़ सेवा नहीं करतीं वे, बल्कि उनका मनोविज्ञान भी इतना समझती हैं जितना कोई भी मनोवैज्ञानिक समझेगा। ...लोकजीवन में एक संवेदनशील गृहणी से बड़ा मनोवैज्ञानिक कोई दूसरा नहीं होता!

रिया ने रसोई भर में बिखरे नये-पुराने गंदे बर्तन साफ़ किये फिर गर्म पानी से रसोई की साफ़-सफ़ाई की। घंटे-डेढ़ घंटे में सब काम समेट वो कमरे में लौटी। चेतना अब तक कपड़े बदलकर मेकअप कर चुकी थी।

''कहीं जा रही हो या हमें कहीं चलना है?'' रिया का दिल आशंका से धड़का।

''नहीं। कहीं नहीं जा रही। वो रिया, मैं कुछ बात...''

''हाँ कहो ना, बेस्टफ्रेंड से कुछ भी कहने में कैसी झिझक?''

''वो मेरा फ्रेंड है ना बाबू। वो अभी आने वाला है।''

''अरे, ये तो अच्छी बात है। बात-बात में जिसकी बात करती रहती हो तुम, वो आख़िर है कौन, मैं आज देखूँगी।'' रिया हँसकर बैठी बिस्तर पर तो मन किया लेट जाये; थकान से चकनाचूर आँखें में नींद उतर-उतर आ रही है।

'' हाँ ज़रूर लेकिन वो दरअसल...''

''क्या बात है?''

''एक्चुअली वो, कल कई दिनों बाद हमारी बात हुई थी। उसने कहा था कि आज शाम वो आयेगा थोड़ी देर को। फिर तुम्हारा भोपाल आना इतना अचानक हुआ कि मैं उसे बता नहीं पाई तुम्हारे बारे में। सोचा आयेगा तो तसल्ली से मिलवा दूँगी। आजकल वो बहुत मुश्किल से टाइम निकाल पाता है मेरे लिए। कॉल करो तो थोड़ी ही देर बात करके किसी-न-किसी काम का बहाना करने लगा है। बाहर मिलना उसने एकदम ही छोड़ दिया है। अब न हम रेस्टोरेंट जाते हैं न सिनेमा। मैंने भी अपने आप ही उसके घर जाना छोड़ दिया। उसकी बीवी को शक हो गया है शायद। इधर हर वक़्त फ़ोन करती रहती है उसे। बस यही बताया था उसने; और तो कुछ भी नहीं बताई अपने मन की बात। और वो लगभग आता ही नहीं मुझसे मिलने। अब हम न पहले की तरह ख़ूब सारी बातें कर पाते हैं और न साथ लेटकर कोई बेव सीरीज़ देख पाते हैं और न ही मैं उसे अपने रिसर्च पेपर पढ़कर सुना पाती हूँ। पहले तो मेरे रिसर्च पेपर की पीपीटी वही बनाता था अपने हाथ से; सुधारता भी था मेरे लिखे को। अब उसे कुछ पता नहीं रहता कि मेरा दिन किस तरह बीता। तुम समझ सकती हो ना मैं क्या कहना चाह रही हूँ?''

"हाँ, तुम फ़ोन पर भी तो बताती थीं कुछ ऐसा ही।"

"अरे यार! कुछ मत पूछो! पहले तो सब कामों के बीच में उसके साथ वक़्त बिताना अच्छा लगता था लेकिन धीरे-धीरे मुझे उसकी इतनी आदत हो गई कि एक वो ही जैसे मेरा सबकुछ है दुनिया में। ऐसे में कभी जब वो आता है तो एक-एक पल में एक-एक ज़िन्दगी जी लेना चाहती हूँ।"

"अच्छा!" रिया ने शरारत से उसे चिकोटी काटी। चेतना फीका मुस्कुरा दी।

"मैं उसे बताऊँगी तुम्हारे बारे में लेकिन तसल्ली से। अभी अगर मैं उसे फ़ोन करके बता दूँगी तो फिर वो आयेगा ही नहीं। और तुम्हें यहाँ अचानक से देखा तो भी वो दरवाज़े से ही उल्टे पैर लौट जायेगा।"

"ओह! तब?"

"यार वो!" चेतना अपनी झिझक को क़ाबू करती है,

"वो आधा-एक घंटे के लिए ही आता है। कभी-कभी तो पंद्रह-बीस मिनिट में ही लौट जाता है। तो क्या तुम उसके आने से पहले अभी अपनी बच्ची को लेकर छत पर चली जाओगी प्लीज़? बस थोड़ी ही देर की तो बात है; जैसे ही वो चला जायेगा, मैं तुम्हें कॉल कर दूँगी; नीचे आ जाना। तुम बुरा तो नहीं मान रहीं ना?"

"नहीं! नहीं! ठीक है।"

"उसका फ़ोन आया था अभी जब तुम किचन में थीं कि वो दस मिनिट में पहुँच जायेगा यहाँ। आने से पहले वो बेकरी से मेरे लिए कुछ-न-कुछ ज़रूर पैक करवाता हुआ आता है और वहीं से फ़ोन करके ये भी पूछ लेता है कि क्या वो आ सकता है?"

अब कहने-सुनने को एक शब्द बाक़ी न था। रिया समझ गई कि उसे पाँच मिनिट के अंदर सहेली के फ्लैट से बाहर हो जाना होगा। बेघर मनुष्य के जीवन में घर की क्या अहमियत होती है, ये इस समय रिया के चेहरे से बख़ूबी जाना जा सकता था। जल्दी-जल्दी उसने गुड़िया को शॉल में लपेटा। बड़ी झिझक के साथ सहेली आगे कह रही है,

"यार वो तुम्हारा सामान?"

"अंदर रख दूँ?"

"मैं रखवाये लेती हूँ साथ में।"

"नहीं। मैं रखे आती हूँ।"

गुड़िया को सोफे पर लिटाकर दो मिनिट में अपना पूरा सामान रिया स्टोररूम में रखकर, दरवाज़ा बंद कर आई।

"अब तक तो वो अपार्टमेंट के बाहर आ गया होगा।" चेतना ने दरवाज़ा खोला और राह देखने लगी; सहेली को जैसे पल भर को भूल ही गई। रिया क्षण भर को स्तब्ध रह गई; धक्के मारकर निकालना और क्या होता है??

"बस जा ही रही हूँ।" बेटी को गोद में समेटकर वो एक मिनिट में फ्लैट से बाहर निकल आई; और -लिफ्ट क्योंकि ख़राब थी- सीढ़ियाँ चढ़ती पाँच मंज़िल ऊपर छत पर आ गई।

रात के नौ बजे हैं। जनवरी की बर्फ़ीली हवा चल रही है। नवजात बच्ची को ख़ुद से चिपकाये वो टहलने की सोचती है; पर क़दम जैसे जम गए हैं। सर्दी रिया को अपनी पसलियों तक पहुँचती महसूस हो रही है। भोपाल में जीवन सरल नहीं होगा, ऐसा तो उसे अंदाज़ा था; लेकिन यहाँ आने के घंटे-दो घंटे बाद ही ज़िन्दगी ऐसे मुश्किल इम्तहान लेने लगेगी, ये उसने न सोचा था। कड़ाके की ठंड में वो इस पाँच मंज़िल ऊँचे अपार्टमेंट की छत पर खड़ी है और अपनी रुलाई को भरसक रोक रही है लेकिन भावनायें हैं कि क़ाबू में ही नहीं आतीं। कभी रंजीत कभी चेतना, जो जब चाहता है माँ-बेटी को बाहर का रास्ता दिखा देता है। ...जब रोज़ी-रोटी से लग जायेगी, तो रिया सबसे पहले अपने लिए घर ख़रीदेगी। प्रथम श्रेणी में एमए, पत्रकारिता और टाइपिंग में डिप्लोमा करने के बाद भी उसने कभी कोई नौकरी क्यों नहीं तलाशी? क्यों नहीं वो समझी कि एक स्त्री का आर्थिक रूप से आत्मनिर्भर होना कितना ज़रूरी होता है? क्यों नहीं सोचा -पराधीन सपनेहु सुख नाहीं? क्यों वो पति के घर की चारदीवारी को ही अपनी पूरी दुनिया मान बैठी थी? आज दिल पछताता है और आँसू बहाता है। मौसी के घर में नौकरानी की तरह पली-बढ़ी अनाथ रिया पति को पाते ही उसे अपना भगवान मान बैठी थी और उसकी सेवा को अपना शेष जीवन। ...लेकिन ज़िन्दगी के खेल में किस्मत के पत्ते ऊपर वाला फेंटता है। अगला पत्ता कौन आयेगा सामने, हम कभी नहीं जानते।

ख़ून जमा देने वाली सर्दी है। रिया ने कलाई घड़ी देखी। पाँच-छह मिनिट ही बीते हैं अभी तो। सर्दी से हाथ-पैर सुन्न हो उठे हैं। नहीं! बिना बुलाये तो अब वो नीचे नहीं जायेगी। वो लगातार ख़ुद को समझा रही है कि बस थोड़ी ही देर की बात है, कैसे भी ये समय सहन कर लेना है; लेकिन माँ की तरह जीवन की विवशता को नवजात गुड़िया तो नहीं समझती ना! वो सर्दी के मारे रोने लगी है। माँ को बहुत चिन्ता हुई। इस सर्दी में कहीं बच्ची मर न जाये?? सर्दी में छत पर चलना बर्फ़ की तलवार पर चलने जैसा है। उसने बच्ची को अपने में भरसक समेट लिया और तेज़ हवा में बाउन्ड्री के किनारे तब जाकर देखा। नीचे अपार्टमेंट के आसपास कहीं आग नहीं जल रही है वर्ना वो नीचे चली जाती। छत से वो एक नज़र सोये हुए शहर को देखती है। कितनी बत्तियाँ झिलमिलाती हैं। लोगों के पास घर हैं। गर्म बिस्तर हैं। उनके बच्चे कितने सुख की नींद सोये होंगे। और मेरी गुड़िया?? आँखों में आँसू आ गए। उसने बेटी का माथा चूमा। ये मेरा जीवनधन है; इसे नहीं खोऊँगी! न ख़ुद मरूँगी न अपनी बच्ची को मरने दूँगी। वो लौटी और सीढ़ियों की आड़ में सिमट कर बैठ गई। हवा यहाँ भी उतनी ही

तेज़ लगती है। बच्ची का रोना किसी तरह बंद नहीं होता। वो पाँचवीं मंज़िल पर उतर आई। सब दरवाज़े बंद हैं। अगर बच्ची का रोना सुनेंगे तो लोग बाहर निकल आयेंगे। परिस्थिति तो पहले से ही इतनी कठिन है। रिया बेटी को चुप कराने के लिए स्तनपान कराने लगी और बंद लिफ्ट से टिककर बैठ गई। यहाँ आँधी-सी तेज़ हवा तो नहीं लेकिन सर्दी उतनी ही जानलेवा है। अब तो हाथ-पैरों के साथ-साथ मानो दिमाग़ भी सुन्न हुआ जा रहा है। ...ये उसके जीवन में चरम विवशता का दिन है!

यों लगभग आधा घंटा ही बीता कि तभी फ़ोन बजा।

''क्या रंजीत ने कॉल किया है?''

वो अपने कोट की ज़ेबों में फ़ोन ढूँढने लगी। ...क्या मन अब तक न स्वीकार पाया है कि जीवन बदल चुका है? ये एक बिल्कुल नई यात्रा है ओ पथिक!

वो जल्दी से फ़ोन देखती है। नंबर चेतना का है। एक पल को मन बुझ गया; दूसरे पल, यथार्थ की रोशनी में लौट आया। चेतना ने उसे नीचे बुलाया है। रिया के जैसे प्राण लौट आये। वो जल्दी-जल्दी सीढ़ियाँ उतर आई। फ्लैट के खुले दरवाज़े के पास तक आकर क़दम थम गए। सहेली के घर के प्रति ये कैसी झिझक आ गई है ज़हन में; यही दरवाज़ा आसरा है, इसी के भीतर जाने का दिल नहीं रहा अब।

दरवाज़े पर खड़ी सहेली को चेतना ने देख लिया है। उसने माँ-बेटी को अंदर कर लिया और दरवाज़ा झट लगा दिया। वो नहीं चाहती कि पड़ोसी देखें कि बाबू आया हुआ है और इस वजह से उसकी सहेली को अपनी बच्ची के साथ छत पर जाना पड़ा। वैसे ही यहाँ की हवा में हमेशा कोई न कोई गॉसिप उड़ती फिरती है।

सर्दी से रिया की जो हालत हुई है, वे दोनों उसे देखकर एक पल को स्तब्ध रह गये।

''अरे यार! इनको कुछ हो न जाये!'' बाबू बेचैनी से खड़ा हो गया। चेतना ने जल्दी से एक कंबल लाकर उसे लपेट दिया और सोफ़े पर बिठा दिया। उसका चेहरा जैसे सुन्न पड़ गया है। देह जम-सी गई है और उसे सिर्फ़ अपनी बच्ची की सुध है जिसे वो अब तक स्तनपान करवा रही है।

''आई सॉरी यार! आई एम रियली वेरी सॉरी।'' चेतना के आँसू निकल आये सहेली की हालत देखकर। रिया का दिमाग़ संज्ञान था; लेकिन उसे सहज होने में पाँच-आठ मिनिट लग गये।

''इतनी सर्दी खा आई छत पर कि आपसे नमस्ते करना ही भूल गई।'' वो बाबू को देखकर मुस्कुराने की कोशिश करती है।

''तुम ब्रांडी पीती नहीं हो, बताओ तुम्हारे लिए और क्या करूँ?''

''आप ठीक तो हैं न रिया जी?''

''एकदम।'' वो मुस्कुराई तो दोनों ने राहत की सांस ली।

बाबू रिया से बातें करने लगा है। चेतना चुपचाप उसे निहार रही है। अभी थोड़ी देर पहले जब वो चेतना के साथ अकेला था तो उसके चेहरे पर एक अव्यक्त-सी उलझन थी। और रिया का पर्स सोफे के पास पड़ा देखकर जब उसने जाना था कि उसकी सहेली आई हुई है तो कितनी तेज़ नाराज़गी थी उसके चेहरे पर; लेकिन अभी रिया से बात करते उसका वही विनम्र और आकर्षक रूप वह देख रही है जिससे उसे सदा ही प्यार रहा है। वो शब्द नहीं सुन रही है; बस अपने दोस्त को निहार रही है।

बाबू को इधर न जाने क्या हो गया है? अव्वल तो अब वो उससे मिलता ही नहीं; और जब मिलता है तो एक अस्पष्ट-सा तनाव उसके चेहरे पर दिखता है। अब वह अपने काम और परिवार की बातें ज़्यादा करता है; पहले नहीं करता था। वो ऐसा तो कभी नहीं था; कितनी प्रगतिशील, कितनी क्रांतिकारी बातें करता था। उसे कितनी कमी खलती है, उस पुराने वाले बाबू की बातों, ठहाकों और धौल धप्पों की।

बाबू रिया से बातें कर रहा है,

''जब हमारे पास खोने के लिए कुछ नहीं होता, तो पाने के लिए सबकुछ होता है। इस कठिन समय को एक अवसर की तरह देखिये; और आप तो इतनी टेलेंटेड हैं। इतनी पढ़ाई-लिखाई आपने घर की ज़िम्मेदारियाँ निभाते हुए भी पूरी कर ली तो बस यों समझिये कि जो बरसों पढ़ा-लिखा है, अब उसकी परीक्षा का समय आया है।''

बाबू की बातों से रिया सहज ही नहीं, कुछ ख़ुश भी दिख उठी है,

''मैं अब तक किसी परीक्षा में फेल नहीं हुई; जिन्दगी की परीक्षा में भी नहीं होऊँगी। ज़रूर, मैं कुछ-न-कुछ कर लूँगी। आप देखियेगा, मैं जल्द ही आत्मनिर्भर हो जाऊँगी।''

वो आत्मविश्वास से मुस्कुरा उठी है। चेतना सोच रही है, बाबू तो बातों का जादूगर है। उससे थोड़ी देर बातें करने में ही रिया का मुरझाया चेहरा कैसे ख़ुश हो उठा है।

''सबसे ज़्यादा अकेला सबसे ज़्यादा ताक़तवर होता है। अब आप जो कुछ भी करें, चाहे दिन भर चाहे रातभर; न कोई आपको डिस्टर्ब करने वाला है और न रोकने वाला। यही समझिये कि ये मुश्किल समय एक अवसर है।''

जबकि बाबू कह रहा है और वे दोनों मंत्रमुग्ध सुन रही हैं, बाबू का फोन बार-बार बज रहा है।

''अच्छा, अब मैं चलता हूँ। स्मिता कह भी रही थी कि जल्दी लौट आइयेगा; कुछ काम है उसे। मुझे जाना होगा।''

दोनों से विदा की अनुमति लेता वो अपने जूतों के फीते बाँधने लगा।

''आपसे बात करके कितना अच्छा लगा। चेतना सच ही आपकी इतनी तारीफ़ करती है; इतने अच्छे लोग भी होते हैं दुनिया में!''

''अभी तो आप घर से निकली हैं। ईश्वर की बनाई ये दुनिया कितनी सुंदर है,

कितने अच्छे लोग हैं यहाँ जो आपका इंतज़ार कर रहे हैं। जब हम अच्छा सोचकर निकलते हैं तो हमारे साथ अच्छा ही होता है। और अगर कभी बुरा भी होता है, तो वो भी अच्छे का एक हिस्सा ही होता है।''

चेतना उससे कुछ कहने को थी, रिया भी कि तभी फ़ोन फिर बजने लगा उसका। कॉल अटेंड करता हुआ, उन दोनों की ओर विदा का हाथ हिलाता हुआ वो चला गया।

रिया दो पल को सीढ़ियों की तरफ़ देखती रही। ये दुनिया इतनी भी बुरी नहीं है जितना वो रेल के डिब्बे में बैठी सोचती-डरती आई है। ये दुनिया सुंदर है और यहाँ के लोग अच्छे हैं। घर से निकलने के बाद उसके दिल ने अब जाकर कहीं राहत की साँस ली।

वे बेडरूम में आ गयीं।

''मैं हॉल में सो जाऊँगी। एक बिस्तर पर हम तीनों को दिक़्क़त होगी; फिर गुड़िया रात में बार-बार जागती भी है।''

''नहीं आज तुम यहीं सो जाओ मेरे साथ। कल चाहो तो हॉल या बाजू वाले रूम में अपनी व्यवस्था जमा लेना।''

बिस्तर की सिलवटें ठीक कर वो ज़मीन पर गिरा जांइट टेडीबियर उठाकर एक ओर रख रही है,

''इसका नाम रियो है। इस घर में यही एक बॉय रहता है, बाबू हमेशा ये बोलता है।''

कुछ झेंपती हुई-सी वो, टेडी बियर को और बिस्तर को ठीक कर चुकी है लेकिन फिर भी उसे लग रहा है कि सहेली को पता चल गया है कि अभी कुछ वक़्त पहले इस बिस्तर पर वो बाबू के साथ थी।

लंबे सफ़र से थकी-माँदी और छत की बर्फ़ीली सर्दी खायीं माँ-बेटी लेटने की जगह पाकर पलक झपकते सो गयीं।

चेतना भी लेट गई, बत्ती बुझाकर। कितना अकेलापन महसूस हो रहा है। आँखों में आँसू आ गये। बाबू की याद आ रही है तो बहुत बुरा महसूस हो रहा है। वो धीरे-धीरे उसके जीवन से जा रहा है। उसने नींद की दो गोलियाँ एक साथ खा लीं। टेलीविज़न चालू किया। बेहोशी जैसी नींद के आने तक वो ख़ुद को टेलीविज़न में उलझाये रखना चाहती है; लेकिन दो-पाँच मिनिट चैनल-दर-चैनल बदलने में उसका मन हट गया। लैपटॉप खोलने का भी मन नहीं किया; पेनड्राइव में बाबू की दी हुयीं कितनी सारी पोर्न फ़िल्में पड़ी हैं लेकिन इन सब बहलावों से इस समय उसे सख़्त ऊब हो रही है। वो बिस्तर में ऐसे छिप गई है कि ख़ुद को ही न देख पाये; और फिर वही सब सोचने लगी जिसे सोचने से वो लाख बचना चाहती है। बाबू धीरे-धीरे उससे दूर हो रहा है। अपने पति से आज अगर उसने पूरी तरह दूरी बना ली है तो क्या इसकी वजह सिर्फ़

और सिर्फ़ बाबू नहीं है? अगर बाबू उसकी ज़िन्दगी में न आया होता तो कुछ ही महीनों में वो अपने पति के पास दिल्ली लौट जाती। भोपाल में नये दिनों में उसका बिल्कुल दिल नहीं लग रहा था और उसे ज्ञान की याद भी बहुत आती थी तब। नहीं लौटी तो सिर्फ़ इसलिए क्योंकि बाबू मिल गया था, किसी परीकथा के नायक की तरह। वो कला की बातें करता। सामाजिक समानता और स्त्री विमर्श पर ऐसे क्रांतिकारी विचार चेतना ने इससे पहले किसी पुरुष से न सुने थे। वे कितनी देर-देर तक बातें, बहसें, विमर्श करते थे। उसको लगता था कि असली क्वालिटी ऑफ़ लाइफ यही है। बाबू की सोहबत में उसे अपना मानसिक विकास होता महसूस होता। इसी से चेतना का दिल यहाँ लग गया और वो अपने पति को पूरी तरह भूल बैठी वर्ना तो कब की लौट चुकी होती अपनी गृहस्थी में; और नौकरी तो वो दिल्ली के भी किसी कॉलेज में कर सकती थी। ज्ञान ने तो कितना समझाया था कि वो जेएनयू या डीयू से पी-एच.डी. कर ले। कितना रोका था उन्होंने उसे भोपाल आने से कि आख़िर में वो बिना बताये, उनके युनिवर्सिटी चले जाने के बाद, चुपचाप निकलकर एयरपोर्ट चली आई थी अपने तीन सूटकेस लिये। क्या अब ज्ञान उसे भूल गये होंगे? उनके जीवन में ज़रूर ही कोई दूसरी औरत आ गई होगी। उसके जैसी बदचलन बीवी की राह कौन देखता है? बदचलन?? क्या बाबू के साथ घूमना, फिल्में देखना, ट्रैकिंग पर जाना या डिस्को में नाचना बदचलनी है? फिर ये शब्द ज़हन में आजकल क्यों आने लगा है बार-बार? अम्मा को मरे तो बहुत साल हो गये फिर अम्मा जैसी बातें करने वाला उसके भीतर ये कौन आ बैठा है? उसने नारी-स्वतंत्रता पर कितने लेख लिखे हैं! नारी संगठनों के कार्यक्रमों में वो आये दिन भाषण देती है। लोकल टेलीविज़न चैनल अक्सर ही उसे अपने डिबेट कार्यक्रमों में बुलाते हैं। भारतीय संस्कृति और भारतीय पुरुषों पर वो ऐसी नुकीली-धारदार बातें करती है कि सामने वाले पुरुष बगलें झाँकने लगते हैं। एक बार तो उसने ऐसी डिबेट की थी लाइव शो में कि सामने बैठा सत्ताधारी पार्टी का विधायक उठकर चला गया था बीच बहस से निरुत्तर होकर; तब से वो शहर की मीडिया में नायिका बन गई है। नारीवाद पर मर्दों से बहस करने में वो अपराजेय वक्ता है। इतने कम समय में ही इस शहर में वो वाइन पीने वाली महिलाओं के कैफ़िटेरियाई स्त्री-विमर्श का सबसे रोशन चेहरा हो गई है। 'इतिहास पेन से नहीं, पेनिस से लिखा गया है!'' लॉयनेस क्लब के सांस्कृतिक कार्यक्रमों की मुख्य अतिथि बन जब वो मंच से अंग्रेज़ी-हिन्दी को मेलघोल कर कहावतनुमा ढंग से बात शुरू करती है तो तालियों की गूँज सभास्थल से बाहर तक जाती है।

...चेतना एक मंच पर है और वो अपनी ही मिसाल दे रही है— देखो! मैं कमाती हूँ। फ़िल्म का आख़िरी शो देख कर देर रात अपनी कार से घर लौटती हूँ। पर्यटन स्थलों पर अकेली घूमती हूँ। डिस्कोथेक जाती हूँ। हर तरह के कपड़े पहनती हूँ। अपनेआप

पर अपनी पूरी कमाई ख़र्च करती हूँ। जिस तरह पसंद है, उस तरह जीती हूँ। शादी मेरी नज़र में ग़ुलामी है इसीलिये मैं दिल्ली के अपने प्रोफ़ेसर पति, उसका फ्लैट्, प्लॉट, कार, ज्वेलरी वाली सब सुखोंदार ज़िन्दगी के पिंजरे से निकलकर आज़ाद चिड़िया की तरह यहाँ आ बसी हूँ। मैं एक ऐसी चिड़िया हूँ जिसे सिर्फ़ अपने पंखों पर भरोसा है, किसी डाल पर नहीं। मेरा एक मित्र है जो मेरी बौद्धिक और कभी दैहिक भी ज़रूरत पूरी करता है। मैं खाना नहीं पकाती। मैंने बच्चे नहीं पैदा किये। मैंने अपनेआप को उन सब बेड़ियों से आज़ाद कर लिया है जिन्होंने औरत को सदियों से लहूलुहान किया है। और देखो, आज मैंने अपनी एक गृहणी सहेली को अपने घर में पनाह दी है। देखो, मैं कितनी ताक़तवर हूँ! कितनी क़ाबिल! ...जब तक जूते नहीं उतारोगे, दूब पर चलने का सुख नहीं जान पाओगे।''

अधमुंदी आँखों में चेतना जैसे कोई सपना देख रही है कि वो मंच से ये भाषण दे रही है और ख़ूब बड़े हॉल में श्रोता सिर्फ़ एक है –अम्मा! ...अम्मा?? नींद की गोलियों के चढ़ते असर में भी चेतना चौंककर आँखें खोलती है। नन्ही गुड़िया अपनी माँ के सीने में दुबकी कैसे सुख और सुरक्षा से भरी नींद सो रही है!

चेतना के दिल से हूक उठती है –अम्मा!!

आँसुओं के बीच आँखें नींद में डूब जाती हैं –कुछ आँसू बहे, कुछ आँखों में ही रह गये।

अगले दिन के दस बजे उसकी नींद टूटी। सिर में भारीपन था। यों वो हर दिन सिर्फ़ शाम को ही शराब पीती है लेकिन आज इतवार है। हर इतवार की तरह उसे अब फ्रिज तक जाना था और बीयर या रम की बोतल निकालकर दो-चार घूंट पी जानी थी; लेकिन आज उसका ध्यान ही नहीं गया नशे की तलब पर। रसोई से खाने की ऐसी ख़ुशबू आ रही थी जो भूख़ जगा दे— रिया खाना पका रही है?? पर राशन था क्या घर में— लाई होगी। पहली बार उसे ख़ुद के देर तक सोने पर शर्मिन्दगी हुई। चेतना बेड से पैर नीचे रखती है चप्पल पहनने को। फ़र्श इतना साफ़?? पिछले कई महीनों से उसने अपने घर का फ़र्श इतना साफ़ नहीं देखा था। पोंछा लगाया है कि धोया है? फ़र्श से उस ब्रान्डेड फ़िनायल की भीनी ख़ुशबू उठ रही थी जिसे वो मॉल से ख़रीद तो लाई थी पर किसी कोने में सीलबंद पड़ा हुआ साल भर से धूल खा रहा था। वो चप्पल पहनकर बाथरूम में गई। आज बाथरूम में हर तरफ़ साफ़-सफ़ाई, ख़ुशबू और चमचमाहट थी। देर से उठने की उसकी शर्मिन्दगी अब और आगे बढ़ी; ऐसी आलसी सूरत लेकर रिया के सामने कैसे जाऊँ? वो नहाकर ही बाथरूम से निकली।

उसके निकलने की आहट पाकर रिया ने रसोई से आवाज़ दी,

''चाय पिओगी या सीधा खाना ही खाओगी?''

''पहले एक प्याली चाय पिऊँगी। मैं बनाये लेती हूँ।''

"नहीं, मैं बनाती हूँ। इस बहाने मैं भी दूसरी चाय पी लूँगी।"

"तुम दूध नीचे की दुकान से लायीं? फ्रिज में दूध का पावडर होगा तो।"

"हाँ, लेकिन चार सीढ़ियाँ उतरकर अगर दूध मिल सकता है तो पावडर की चाय पीने की ज़रूरत क्या है? और पता है नीचे दुकान पर यहाँ की एक आँटी से भी पहचान हो गई। सुबह की पहली चाय मैंने उन्हीं के घर पी। वे मानी ही नहीं। गुड़िया का कहकर लौटी वर्ना तो इतने जल्दी आने ही न देती थीं।"

"कौन?"

"ऊपर पाँचवीं मंज़िल पर फ्लैट है उनका। डायबिटीज़ की पेशेन्ट हैं। शुगर लो हुई होगी तो सीढ़ियों पर बैठी रह गयीं। मैं दूध लेकर लौट रही थी। देखा, तो थोड़ी हेल्प कर दी। अपार्टमेंट की लिफ्ट ख़राब है तो मैं सहारा देकर उनके घर तक छोड़ आई।"

"बाक़ी सब राशन भी लायीं? यह सब नीचे की दुकान पर मिल गया?" चेतना ने बात बदली। जागते ही किसी अपरिचित का लंबा किस्सा सुनने का उसका मन नहीं है।

"राशन तो सब पहले से ही था तुम्हारी रसोई में। बस, आटे का एक नया पैकेट लाई हूँ और ठेले से दो-चार हरी सब्ज़ियाँ और सलाद की चीज़ें।"

"राशन था??" चौंकने के पल में ही अचानक चेतना को याद आ गया। पिछले महीने बाबू ने राशन का ये सब सामान लाकर ख़ुद रसोई में जमाया था। साथ ही अपनी इच्छा भी जताई थी कि वो उसके लिए कभी डिनर बनाये या कभी पोहा। कभी भजिये जैसे नाश्ते चाय के साथ उसे परोसा करे जब वो आता है। बावजूद इसके कि चेतना उससे बहुत प्यार करती थी, उसने उसकी इच्छाओं को हँसकर टाल दिया था। इसके हफ्ते भर बाद जब उन दोनों के बीच निर्णायक बहस हुई थी-जिसके बाद ये रिश्ता विदा की अंतिम औपचारिकताओं से गुज़रता लगने लगा है- तो उस बहस में बाबू ने ये भी कहा था कि उसने इतना सारा राशन लाकर यहाँ इसीलिए रखा क्योंकि वो उसके साथ घर जैसा माहौल बनाने की कोशिश कर रहा था। तब चेतना ने जवाब दिया था कि घरेलू होना पालतू होना होता है और उसे अगर पालतू बनकर ही रहना होता तो उसका पति ज्ञान, बाबू से लाख दर्ज़ा बेहतर इंसान है वगैरह-वगैरह।

"चाय कैसी बनी है?"

रिया ने कंधा छूकर पूछा तो चेतना वर्तमान में लौटी। हारे-से स्वर में उसने कहा, 'शायद सालों बाद सुबह में, इतनी अच्छी चाय पी रही हूँ।"

रिया ने एक ख़ामोश नज़र डाली उस पर और फिर अपने काम में लग गई। चेतना को लगा वो कह रही है कि ये तुमने अपने जीवन की क्या दशा बना रखी है?

अपने जीवन की दशा और दिशा पर वो सोचने से हमेशा कतराती है। उसे

झुंझलाहट हो उठी। वो मूड बदलने को मुस्कुराई,

"एक जोक सुनो। पता है शराब पीने वालों और न पीने वालों में क्या समानता होती है?"

"क्या?"

"दोनों ही एक-दूसरे को मूर्ख समझते हैं।"

इतना कहकर वो आप ही हँस दी अपनी बात पर और तभी उसकी नज़र रसोई के दरवाज़े के पास वाली संगमरमर की छोटी पट्टी पर गई। दीवार में लगी धूल भरी पट्टी उसका कंडोम रखने का कोना थी; लेकिन कल रात आख़िरी भी ख़र्च हो गया था, और अब आगे तो क्या पता ज़रूरत ही नहीं पड़नी थी। ये जगह धूल भरे, ख़ाली आले में बदलकर रह जानी थी, लेकिन ऐसा हुआ नहीं है। साफ़सुथरी संगमरमर पट्टी पर सरस्वती की पीतल की एक नन्ही प्रतिमा रूमाल बिछाकर बिठा दी गई है और उसके सामने एक नन्हा, रोशन दीया टिमटिमा रहा है।

"मैं जानती हूँ तुम भगवान में विश्वास नहीं करतीं; लेकिन तुमको तो पता है कि ये सरस्वती माँ मेरे पास बचपन से है। अगर तुम्हें पूजा नहीं पसंद तो मैं अपने बैग के पास ही इनकी पूजा करके वापिस बैग में रख दिया करूँगी।"

सहेली ने कुछ नहीं कहा, अपने कमरे में चली गई।

–हे भगवान! क्या फिर कोई ग़लती हो गई मुझसे?

उसे हॉल के सोफ़े पर सो रही अपनी बच्ची का ध्यान आया जो फ़िलहाल इस चारदीवारी में महफ़ूज़ है।

बेडरूम से, चेतना के अलमारी खोलने और कुछ निकालने-रखने की आवाज़ें आती रहीं। रिया रोटियाँ सेंक चुकी तो दो थालियों में खाना परोसने लगी। अभी उसे इसमें भी झिझक लगी कि आवाज़ लगाकर चेतना से पूछ ले कि वो सलाद में क्या खाना पसंद करेगी। दोस्ती में ये लिहाज का रंग कब से आ घुला है? चेतना उसकी बचपन की सहेली है; अपनी बदमिजाज़ी के बावजूद उसकी सबसे ज़्यादा विश्वसनीय, सबसे ज़्यादा अंतरंग। शादी के बाद ज़रूर उन दोनों का मिलना-जुलना कम हुआ था। एक बार मनमुटाव ऐसा हुआ था कि साढ़े सात सालों के लिए दोनों एक-दूसरे को भूल गयी थीं। फिर सुलह भी हुई लेकिन वो बात न रही मित्रता में। ये था पिछले कुछ सालों का हाल कि वे साल-साल भर में एक या दो बार ही मिला करती थीं; पर वे एक-दूसरे से फ़ोन से फिर भी सम्पर्क में रही थीं। महीने-दो महीने में उनकी बात होती रही थी। चेतना के दिल्ली से भोपाल चले आने के बाद पिछले सालों में उन्होंने बहुत कम एक-दूसरे से बात की थी; लेकिन अपनी प्रेगनेंसी में रिया अक्सर ही उसे फ़ोन कर लिया करती थी। गुड़िया के जन्म पर रिया ने उसे फ़ोन कर अपने जीवन की सबसे बड़ी ख़ुशी साझा की थी और रंजीत के घर से निकाल देने पर भी रिया ने उसे ही

फ़ोन किया था अपने जीवन की सबसे बड़ी विपत्ति में। वो तो फ़ोन करके आई है और चेतना ने मना भी तो नहीं किया था आने को। अब इतना भी क्या डरना? कुछ ही दिनों का तो आसरा माँगा है उसने। कुछ न कुछ काम वो अपने लिए तलाश कर ही लेगी; और आज भी अगर निकाल दे सहेली तो मर तो नहीं जायेगी न! पति के घर से बाहर कर दिये जाने से तो कम कष्टप्रद ही है सहेली के घर से निकाल दिया जाना; फिर दिल में ये डर क्यों? बाहर की दुनिया खा तो नहीं जायेगी न उसे? जब दिल्ली से भोपाल तक रेल में अकेली आ सकती है तो वो कोई भी काम करने अकेले निकल सकती है। कहीं कमरा लेकर अकेले रह भी सकती है। अभी क्यों डर रही है वो? उसका दिल बोला-उससे मत डरो जो सामने आया ही नहीं!

"मैं अपनी बेटी के लिए डरती हूँ। हफ्ते-दो हफ्ते में शहर का मिजाज़ समझ लूँ। कोई छोटा-मोटा काम मिल जाये; बस, इतना कर लूँ जितना जल्दी हो सके।'

रिया ने सरस्वती की मूर्ति से मन-ही-मन बात की। आँखें मूँदकर प्रार्थना में हाथ जोड़े। दो पल बाद जब उसने आँखें खोलीं; सरस्वती प्रतिमा के साथ एक दुर्गा प्रतिमा भी वहाँ थीं।

सहेली मुस्कुरा रही थी।

"ये??"

"ये दुर्गा प्रतिमा मुझे अम्मा ने दी थी; वे कहती थीं अगर प्रतिमा तुम्हारे पास रहेगी तो आस्था भी आ ही जायेगी और न भी आई तो मेरी आस्था तो कम-से-कम प्रतिमा के साथ तुम्हारे पास रहेगी ही। जब मैं भोपाल आ रही थी तो ज्ञान की पूजा में से ये उठा लाई थी, अम्मा की निशानी के तौर पर; लेकिन हम नास्तिकों के लिए ये देवी नहीं, चाँदी की मूर्ति ठहरीं सो अब तक अलमारी के सबसे अंदर छोटे लॉकर में बंद थीं। अब शायद अम्मा ने ही तुम्हें भेजा है अपनी देवी और अपनी बेटी, दोनों के साथ रहने। अम्मा की ये आस्था आज से तुम्हारी। तुम प्लीज़ इन्हें भी ऐसे ही हमेशा अपने पास रखना जैसे इन सरस्वती जी को रखती हो। यही समझ लेना कि मेरी अम्मा ने अपनी आस्था तुम्हें सौंपी है विरासत में। मैं इस विरासत को सम्हालने के क़ाबिल नहीं हूँ।"

"पगली हो तुम!" रिया ने सहेली का गाल थपथपाया और दोनों गले लग गयीं।

खाना खाने के बाद वे सुस्ताने लगीं। बाहर मौसम साफ़ था।

"तुम्हारे आते ही इतने दिनों से चल रही शीत लहर एकदम से ही ग़ायब हो गई। तुम ख़ुशनुमा मौसम अपने साथ लेकर आई हो।"

चेतना को ख़ुश देख रिया ने राहत की साँस ली। अब कहीं जाकर उसे लगा कि वो अपनी सहेली के पास आई है, किसी अपरिचित के घर नहीं। रिया घर के सब काम ख़त्म कर चुकी थी और अब अपनी बेटी को नहलाने के बाद मालिश कर रही

थी। पूरा दिन घर में रहना चेतना के लिए सदा से असहनीय रहा है, वो घूमने की रूपरेखा बनाने लगी,

''इस्लामनगर चलें? सरदार दोस्त मोहम्मद ख़ान के महल को देखना चाहोगी?''

''जहाँ भोपाली इतिहास की शोधार्थी ले चले! मैं जल्दी से कुछ बनाये लेती हूँ पिकनिक पर खाने के लिए। पोटेटो सैंडविच और कॉफी कैसे रहेंगे प्रोफ़ेसर कम रिसर्चर मैडम? '

''पता नहीं रिसर्च, पता नहीं यायावरी मेरी; पिछले ढाई साल में भोपाल का चप्पा-चप्पा छान मारा है। मेरा वश चले तो रात में भी इस फ्लैट में न लौटूँ। कभी-कभी जी चाहता है कि ख़ाली सड़कों पर रात-रात भर गाड़ी चलाती रहूँ और कहीं भी न पहुँचूँ।'

''मन भटक रहा है तुम्हारा। आयेगा ठिकाने जब अपने सवालों के जवाब पाओगी।'' गुड़िया को तैयार कर चुकी रिया तसल्ली से कह रही है।

''कौन से सवाल? क्या तलाश रही हूँ मैं?''

''अपनेआप को।''

चेतना पल भर को उसे चौंककर देखती है फिर उदास हो जाती है,

''तुम कितना साफ़-साफ़ जानती हो मुझे! एक मैं ही हूँ जो अपनेआप को कभी समझ नहीं पाई। लगता है जैसे कुछ है जो मुझे मिल नहीं रहा है। सच कहूँ तो मुझे बरसों से एक सवाल का जवाब नहीं मिल रहा है। इस दुनिया में जो कुछ भी है - चेतन, अचेतन; उसके होने की कुछ वजह है। मेरे होने की क्या वजह है?''

''अपनेआप को खोजना तो ईश्वर को खोजना है। इस यात्रा के उस छोर पर रोशनी है।''

''कौन है वहाँ? ईश्वर?''

''नहीं -तुम!''

अब रिया वहाँ से उठकर रसोई में चली आई थी; और फटाफट सैंडविच तैयार करने में जुट गई थी।

''तो फिर मैं कौन हूँ जो उस छोर की रोशनी की तलाश में हूँ?''

''ये भी तुम हो। वो भी तुम।''

''तो क्या जो आज मैं हूँ, वास्तक में, वो मैं नहीं हूँ? '

''हो न। लेकिन अपनी ही कस्तूरी की तलाश में भटकते हिरन की तरह। जो भटक रहा है उसे अंत में पहुँचना अपनेआप तक ही है।''

''कभी सब सही लगता है लेकिन कभी-कभी मुझे सख़्त चिढ़ होती है अपनेआप से। पता नहीं सही हूँ कि ग़लत?''

'जो यात्रा में होते हैं वे न सही होते हैं न ग़लत; वे बस यात्री होते हैं।''

''तुमसे बात करके हमेशा ही हल्का हो जाता है मन। जब कभी फ़ोन पर भी

तुमने बात की, मैंने अच्छा ही फ़ील किया; और अब तो तुम पूरी की पूरी मुझे मिल गई हो।''

चेतना मुस्कुराकर उसके गले लगी, और रोने लगी।

''क्या बात है?''

''बस ऐसे ही, तुमसे इतने दिनों बाद मिली हूँ तो रोना आ गया।'' रिया ने सहेली के आँसू पोंछे।

तभी चेतना का फ़ोन बजता है। नंबर देख उसके चेहरे का रंग बदलता है।

''स्मिता का फ़ोन है।''

वो कॉल अटेंड करती है।

''आज?? लेकिन आज तो हमने पिकनिक जाने का प्रोग्राम बनाया है।...इस्लामनगर। ...अरे! बिल्कुल! चलिये न। सब चलते हैं। ...फिर डिनर? ...मुझे पूछना पड़ेगा उससे।''

बात करती चेतना रिया के चेहरे की ओर देखती है फिर हाँ कर देती है। अब रिया के सवालिया चेहरे की तरफ़ देखती वो बुझे-से मन से कह रही है,

''बाबू के घर से फ़ोन था। तुम आई हो तो स्मिता ने डिनर रखा है। हमारे साथ पिकनिक पर भी चल रहे हैं वे लोग।''

''क्या बात है?'' वो सहेली के सफ़ेद पड़ गए चेहरे को देख रही है।

''तुम तो उन लोगों के साथ अक्सर जाती ही रहती हो कभी पिक्चर, कभी पिकनिक। हमेशा तो तुम बताती थीं।''

''जाती थी। इधर बहुत दिनों से नहीं मिली स्मिता से।''

''बात क्या है?''

''यार वो...।'' वो झिझक में चुप हो गई।

''बता भी।''

''हम बस दोस्त ही थे पहले। अब भी हैं। बाबू की इतनी आदत पड़ गई धीरे-धीरे। इतनी निर्भर होती गई मैं उस पर कि सिवाय उसके कोई न रहा बीच में, उसका परिवार भी नहीं। कभी हम रात में बातें करते, साथ में ड्रिंक करते, डिनर लेते तो पता ही नहीं चला कब सब दूरियाँ ख़त्म होती चली गयीं।''

रिया को अब याद आ रहा है, रात उसने तकिया पर दो बाल देखे थे, एक छोटा, एक बड़ा-तो जब वो छत पर थी कल, वे दोनों उस समय हमबिस्तर ...!

सहेली आगे कह रही है,

''अब उसकी वाइफ़ के सामने जाते एक झिझक-सी लगती है। वो भी समझती है शायद। तभी तो बाबू का फ़ोन आजकल हमेशा बजता रहता है -सिर पर तनी हुई बंदूक की तरह।''

''बीत जायेगा ये वक़्त भी। कितनी भी लंबी रात हो, आख़िर बीतती तो है ही

न।''

''हूँ।'' बुझे चेहरे से सहेली मुस्कुराई।

रिया का दिल कुछ संभावना देखता राहत में आ गया; कुछ दिन यहाँ रह पाने की गुंजाइश दिख तो रही है माँ–बेटी के लिए। बस, कुछ दिन ही चाहिये रिया को! अब उसके दिल को अपने भविष्य की एक कल्पना दिखने लगी है जैसे स्याह बादल के किनारों पर चमकती रोशनी की लकीर।

चेतना अलमारी खोलकर अपने लिए ड्रेस पसंद करने लगी।

''रिया! अपने सब काम छोड़कर एक मिनिट को इधर तो आओ। ये बताओ इस लो वेस्ट जींस के साथ ये वूलन टॉप अच्छा लग रहा है या ये पिंक पुलोवर?''

वो कपड़े निकालकर दिखाती है कि तभी कुछ दवाईयाँ नीचे गिर जाती हैं।

''ये कैसी दवाईयाँ हैं? और ये पर्चा तो ...''

सहेली की सवालिया निगाह के सामने चेतना ने कुछ झूठ नहीं बोला,

''मेरा डिप्रेशन का इलाज चल रहा है पिछले दो महीनों से। ये इस महीने की दवायें बाबू ने लाकर दी थीं; अभी तो पिछले महीने की ही ख़त्म नहीं कर पाई हूँ तो ये अलमारी में रख दीं।''

''डिप्रेशन क्यों?''

''पता नहीं। बस यों ही बैठे–बैठे रोने लगी जाती थी; तो बाबू ने एक दिन ले जाकर सायकायट्रिस्ट को दिखा दिया और ये दवायें मेरे गले पड़ गयीं।''

इन हालात में वो और क्या कहती; उसके हाथों में दोनों ड्रेस लौटते हुए मुस्कुरा दी,

''तुम ख़ुद ही चुनो; इन दोनों में से तुम्हें जो भी पसंद हो।''

''अगर कहूँ कि मुझे तो दोनों बराबर पसंद हैं तो?''

'' तो भी, कोई एक ज़्यादा पसंद होगा।''

''और ये कैसे पता चलेगा मुझे?''

''दोनों को देखो। आख़िर में एक पर नज़र जमेगी।''

रिया रसोई में वापिस चली गई; और चेतना ने सोचा क्या वो कपड़ों के ही बारे में बात कर रही थी? ...क्या ज्ञान अब भी उसके जीवन में एक विकल्प हैं?

बाबू आया; अपने परिवार के साथ!

स्मिता बड़ी गर्मजोशी से चेतना से गले मिली। दोनों किशोर बेटियाँ नन्ही गुड़िया को देखकर बहुत ख़ुश हो गयीं और उसे गोद में लेने की ज़िद करने लगीं। स्मिता ने नज़र भर घर घूमने के बाद रिया से कहा,

''ऐसा लग रहा है जैसे किसी नये घर में आई हूँ।''

चेतना ने मूक आँखों से बाबू की तरफ़ देखा; वो झिझक कर दूसरी तरफ़ देखने

लगा।...दूर कहीं अतीत से आवाज़ें आती हैं –अयोग्य गृहणी चेतना!! आती हुई आवाज़ों के बीच उसने अपनी योग्यता के बारे में सोचना चाहा, पर ठीक से सोच न सकी।

बाबू अपने परिवार के साथ अपनी कार में तैयार है। चेतना अपनी कार में अकेली बैठी हार्न बजा रही है। रिया एक बड़े टिफ़िन भर सैंडविच, कॉफ़ी थर्मस, पानी की बोतलें और चटाई उसकी कार की डिग्गी में रख आने के बाद ख़ुद को और गुड़िया को तैयार कर चुकी तो है। चेतना ने पलटकर पीछे देखा, ये रिया अब तक आई क्यों नहीं? फ्लैट का ताला लगाती वो उसके पीछे ही तो आ रही थी, फिर कहाँ रह गई?? अरे, वो रही रिया! कॉरिडोर में किसी से बात कर रही है पर किससे? यहाँ ये किसको जानने लगी; उसे बड़ा आश्चर्य हो रहा था।

जब कार का इंतज़ारी हार्न दो बार बज चुका और चेतना पुकार चुकी तब वो इमारत से बाहर आई।

"किससे बात कर रही थीं?"

"पाँचवीं मंज़िल वाली जोशी आँटी से।"

"कौन जोशी आँटी?"

"अरे वही जो सुबह मुझे मिली थीं। वे अपनी झाँसी की तो हैं यानी दतिया से बीस किलोमीटर भर दूर कीं। कह रही थीं, तुम तो मेरी बेटी हुयीं बुंदेलखण्डी होने के नाते। अंकल यहाँ नगर निगम में थे। आज शाम चाय पर बुलाया है मुझे।"

"मैं इस बिल्डिंग में ढाई साल से रह रही हूँ लेकिन गार्ड के सिवाय किसी की सूरत नहीं पहचानती।"

"तुम्हारी बात और है यार। तुम तो अच्छी-ख़ासी सैटल हो चुकी हो यहाँ; फिर तुम तो आई ही थीं एक बढ़िया नौकरी पा लेने के बाद। मेरा मामला कुछ और है, सबसे पहले तो मुझे भोपाल की धूल और हवा को पहचानना है।"

कार चल पड़ी। चेतना ने अपने मनपसंद क्लासिक संगीत की सीडी प्लेयर में डाल दी। लेकिन उसका ध्यान अब संगीत नहीं सहेली पर एकाग्र है। अभी कल-परसों ही तो इसका डिवोर्स हुआ है और आज ये कितनी सहज दिख रही है?? भोपाल आये एक दिन नहीं बीता और यहाँ-वहाँ पहचान बनाने में जुट गई! रिया ज़्यादा दिन उसके पास नहीं रहेगी; उसके दिल ने कहा। सब-के-सब धोख़ेबाज हैं! जिससे भी प्यार करो वो भावनाओं का फ़ायदा उठाने पर उतर आता है! ...उसका दिल जल उठा है।

रिया ने अपनी नन्ही बेटी को शॉल में अच्छी तरह लपेटकर सीने से लगा लिया और बाहर के रास्तों को देखने लगी।

...इसी शहर में कहीं माँ भी मौजूद है?

लव स्टोरी मत सुनाओ

इस्लाम नगर की पथरीली सड़कों पर वे सब घूम रहे हैं। बाबू पत्नी से कह रहा है,

''पता है स्मिता, चेतना जी की पी-एच.डी. में एक चैप्टर इस्लाम नगर पर भी है।''

''तब तो यहाँ हमें गाइड की ज़रूरत ही नहीं है। अब तो सब इन्हीं की आँखों देखेंगे।'' लायनेस क्लब की अध्यक्ष और शहर की एकमात्र ब्यूटी पार्लर एसोसिएशन की संस्थापक स्मिता बाबू मेहता अपनी स्मार्टनेस के लिए मशहूर हैं।

और चेतना अब अपनेआप को एक गाइड की भूमिका में देख रही है,

''ये नाम इस्लाम नगर इसे सरदार दोस्त मोहम्मद ने दिया था। पहले इस जगह का नाम जगदीशपुर हुआ करता था। युद्ध से बचने के लिए जगदीशपुर के राजा को दोस्त मोहम्मद ने सुलह के लिए बुलाया था। दोनों ओर से सोलह-सोलह आदमियों का आना तय था; लेकिन दोस्त मोहम्मद की फ़ौज जंगल में पहले ही जाकर छिप गई थी। दोस्त मोहम्मद ने राजा के साथ नदी किनारे बैठकर खाना खाया और फिर पान खाते समय खंजर से वार कर उन्हें धोखे से मार डाला। जिस नदी में राजा और उसके सोलह साथियों का ख़ून बहा, वो हलाली नदी कहलाने लगी तब से।''

वो इतिहास के पत्थरों से बनी सड़क के बीचोंबीच खड़ी है। सड़क के दोनों ओर महलों के समूह हैं। एक ओर बहुत पुराने हिन्दू वास्तु के अनुसार बने महलों के खंडहर हैं तो दूसरी ओर मुगलों-तुर्कों वाले ढंग की इमारतें हैं। चेतना मंत्रमुग्ध-सी चल दी इस ओर के पुराने क़िले-खंडहर के बुर्ज़ की चढ़ाई पर। बाबू की दोनों बेटियों को उस ओर जाने की बड़ी जल्दी है। बिना पूरा देखे ही वे उस तरफ़ को दौड़ गई हैं और उनके पीछे उनका चिंतित-सा पिता; वैसे भी इस पिकनिक में बाबू ने चेतना से कम-से-कम बात की है और जितनी भी बात की है ऊपरी-ऊपरी ही है; अपनाइयत नहीं, न बात में, न बर्ताव में।

इतिहास की दीवानी शोधार्थी तो कब की आगे जा चुकी; और उसके पीछे स्मिता जिसे सबसे पीछे चल रही रिया देख रही है कि वो कितनी पैनी नज़र से चेतना का

अवलोकन कर रही है जैसे सब छुपे सत्य सिर्फ़ दृष्टि से ही जान लेगी। इनके बीच कभी सचमुच के मधुर संबंध रहे होंगे। बैग और बच्ची सम्हालकर चलती रिया ने सोचा फिर वो रंजीत के दिए चैक के बारे में सोचने लगी।

वे तीनों अब खंडहरों के प्रहरी बुर्ज़ पर थीं। एक प्राचीन महल सामने है जिसके विराट द्वार पर ताला है।

''राजा का ये क़िला बहुत दूर-दूर तक फैला था। आगे ईटखेड़ी गाँव जहाँ अब इज़्तिमा लगता है हर साल, वहाँ तक इसकी दीवारें थीं, लेकिन अब बस ये महल ही सही-सलामत खड़ा है। इसके अंदर कई लोगों की जान जा चुकी है इसीलिये इस पर पुरातत्व वालों का ताला है। लेकिन मैंने इसे भीतर से जाकर देखा है। पर ये मत पूछना कि ये मैंने कैसे किया था?'' वो गर्व से मुस्कुराई।

''आप जैसे लोगों से पूछना भी फ़िजूल है! मैं अब जान गई हूँ कि आप तो कुछ भी कर सकती हैं!'' स्मिता जी ने पर्स से सिगरेट की डिब्बी निकालकर उसे पेश की।

''इनकी दूसरी डिब्बी मेरे पर्स में ही छूट गई एक दिन; अब तब तो वे इसे भूल भी चुके होंगे। एक लीजिये न। आप तो इनके साथ सिगरेट, ड्रिंक वगैरह, सुना सबकुछ करती हैं।''

''अब सिगरेट नहीं पीती। बहुत मुश्किल से छोड़ी है।''

''दूसरी चीज़ें भी छोड़ दीजिये; यही आपके स्वास्थ्य के लिए ठीक रहेगा।''

बाबू की सिगरेट को अपने पर्स में सहेज कर रखते हुए उसकी पत्नी ने कहा।

रिया सोच रही है हमेशा की तेज़तर्रार चेतना इस महिला के सामने चुप क्यों है?

चेतना के चेहरे का आधा हिस्सा नारीवादी मान-अभिमान से चमक रहा है, बाक़ी आधा अपनी सच्चाईयों में मायूस। वो कह रही है,

''इस महल में राजा की सात रानियाँ रहती थीं। जब उन्होंने अपने राजा की हत्या का समाचार सुना, इसी महल में बंद होकर सातों ने आत्महत्या कर ली। अपनी जीत के बाद सरदार दोस्त मोहम्मद यहीं आकर रहने लगा था। लेकिन कहते हैं कि उन सात रानियों की आत्माओं ने उसे यहाँ रहने नहीं दिया। ढलती रातों में वे रोती थीं, चीखती थीं, नाचती थीं और दोस्त मोहम्मद को लगने लगा था कि किसी रात वे उसके सीने पर बैठकर उसका लहू पी जायेंगीं!''

''आपने अपनी थीसिस में लिखा है ऐसा ही?''

''नहीं, मैंने लिखा है कि वो उस पर मनोवैज्ञानिक असर था उस घटना का जिसमें उसने साजिश कर जगदीशपुर के राजा को उसके सोलह निहत्थे साथियों के साथ कत्ल किया था। जब इंसान कोई ग़लत काम करता है तो उसकी आत्मा हमेशा शर्मिन्दा रहती है।''

"बहुत सही बात है। ग़लत काम करने वालों को शर्मिन्दा होना ही चाहिए।" स्मिता ने जगदीशपुर क़िले के ऊँचे बुर्ज़ पर खड़ी चेतना को एक नज़र देखकर कहा फिर दूर इतिहास की सड़क के पार दोस्त मोहम्मद के क़िले में बेचैनी से टहल रहे बाबू को सिगरेट-दर-सिगरेट फूँकते देखकर उदास हो गई। वो देख रही है कि बाबू की नज़र रह-रहकर इस ओर की उठती है फिर पलट जाती है ...जैसे आत्महत्यारिन रानियों की आत्माओं को दूर से देखता दोस्त मोहम्मद!

वे तीनों अब बुर्ज़ से उतरने लगी हैं। स्मिता कुछ आगे निकल गई अपनी तेज़ चाल से।

"उसके बाद दोस्त मोहम्मद ने वो सामने वाला क़िला बनवाया जिसमें वो अपनी सभी बेगमों के साथ रहता था। पता है रिया, बाबू लाख चाहकर भी मुझे छोड़ क्यों नहीं पा रहा है; क्योंकि उसकी आत्मा..."

आगे के शब्द उसके रुंधे गले में ही घुट गये। पथरीली सड़क के बीचोंबीच खड़ी रह गई स्तब्ध-सी चेतना के कंधे पर रिया ने तसल्ली देता हाथ रखा। आँसू पोंछती चेतना आगे बढ़ते हुए जैसे ख़ुद को बहलाने को सुना रही है,

"ये दोस्त मोहम्मद का बनवाया क़िला है। ये रहा रानी महल जिसके बाहरी हिस्से में चार बेगमों की चार दासियाँ रहती थीं जो किन्नर होती थीं, भोपाली ज़ुबान में कहें तो नामर्दे। दरअसल वे किन्नर नहीं, बल्कि वीर राजपूत लड़ाके नौजवान होते थे जो युद्ध में बंदी बना लिये गये होते थे। बाद में उन्हें हिजड़ा बना दिया जाता था और महल की औरतों की सुरक्षा में तैनात कर दिया जाता था। ये मुगलों का ढंग था। नवाब दोस्त मोहम्मद कभी मुगल फ़ौज में मामूली सैनिक रहा था। आओ, अब तुम्हें उस ज़माने की ग़ज़ब की इंजीनियरिंग दिखाती हूँ। ...ये देखो, ये दालान के अंदर अलमारियाँ ऐसी तकनीक से बनाई गई हैं कि इनका तापमान हमेशा बहुत नीचा रहता है। ये उस ज़माने के फ्रिज हैं। ...ये लाल पत्थर की बारीक़ सीढ़ियों पर धीमे झरता पानी देखो, ये फिल्टर हैं उस समय के। ...ये हम्मामखाना, अलग-अलग कमरों का अलग-अलग तापमान।"

एक से दूसरा महल घूमते वे लोग कुछ थके तो वहीं एक पेड़ की छाया में चटाई बिछाकर बैठ गये। रिया ने सबको सैंडविच और कॉफी परोसी। बाबू का परिवार आते में रास्ते से आधा दर्ज़न पिज़्ज़ा पैक करवाता हुआ आया था।

स्मिता जी अपने पति से कह रही हैं, 'हमारी फ़ैमिली चेतना जी के साथ न जाने कितनी बार कितनी जगहों पर घूमी है पर वे हमेशा अपने शोध पर फोक्सड् रहती हैं, आज सबकी पिकनिक लग रही है।"

चेतना चुपचाप सैंडविच खाती रही, कॉफी पीती रही।

बाबू की पत्नी अब रिया से मुख़ातिब है,

"आपने बहुत अच्छा किया जो डिवोर्स के बाद भोपाल चली आयीं। आपकी

सहेली को एक माँ की सख़्त ज़रूरत थी।''

सब हँसे। चेतना दो पल ज़्यादा हँसती रही फिर दूर बहती नदी को देखती उदास हो गई,

''आप ये समझती हैं कि रिया भोपाल इसलिए आई है क्योंकि उसकी बचपन की सहेली यहाँ है? सच हमेशा उतने सरल नहीं होते जितने दिखते हैं।''

''मतलब?''

''मतलब ये कि बहुत साल पहले जब रिया बहुत छोटी बच्ची थी; इससे भी छोटी जितनी आज इसकी बेटी है, ये उन दिनों की बात है जब भोपाल में गैस त्रासदी हुई थी। इसके मम्मी-पापा भोपाल में ही रहते थे अपने परिवार के साथ यानी कि भोपाल ही दरअसल इसका घर है। इसकी मम्मी अपनी डिलेवरी के लिए दतिया में थीं बड़ी बहन के घर। तभी गैस काण्ड की ख़बर यहाँ से गई और रिया की मम्मी पन्द्रह दिन की अपनी बेटी यानी पन्द्रह दिन की रिया को उसकी बड़ी मौसी के पास ही छोड़कर भोपाल जाती ट्रेन में बैठ गयीं। फिर उनका कोई पता नहीं चला; और न चाहते हुए भी मौसी को ही इसको पालना पड़ा। बचपन में जब भी कोई इसे परेशान करता था मौसी के घर में, ये हमेशा मुझसे कहती थी कि इसकी मम्मी मरी नहीं हैं बल्कि भोपाल में कहीं गुम गई हैं। एक दिन ये ज़रूर उन्हें खोजने भोपाल जायेगी। ...और कल अपने डिवोर्स के तुरंत बाद, भोपाल की ट्रेन पकड़ने से पहले भी इसने मुझसे फ़ोन पर भी यही कहा था।''

''क्या सच में?? लेकिन ये पहुँचेंगी कैसे उन तक? कोई पता-ठिकाना मालूम है?''

''नहीं। रिया की मम्मी के गुमने पर किसी ने उनकी ख़ोज-ख़बर नहीं ली थी। सुना, उनके सब ससुरालवाले मारे गये थे गैस कांड में; पति भी। यही आख़िरी ख़बर थी जो उनके बारे में भोपाल से दतिया पहुँची थी। फिर न वे कभी दतिया पहुँचीं न उनकी कोई ख़बर। रिया को अगले सत्रह-अठारह साल मौसी ने पाला और अपने मरने से ऐन पहले इसकी शादी भी कर गईं थीं। दतिया में हम दोनों के मकान एक ही मुहल्ले में थे और स्कूल में भी हम एक साथ ही पढ़ते थे। बारहवीं तक हम साथ गये गर्ल्स स्कूल। फिर रिया की शादी दिल्ली हो गई और उसकी मौसी के मरते ही उसने परिवार वालों ने भूलकर भी रिया को याद न किया। एम.ए. के बाद मेरी भी शादी दिल्ली हो गई। यों हम दोनों के जीवन एक-दूसरे के आस-पास ही रहे।''

''और अब एक साथ हो! इसका मतलब है कि रिया जी तुम्हारा बहुत बड़ा सहारा हैं। भई, अब मुझे अपना काम कुछ बनता हुआ नज़र आ रहा है।''

''कैसा काम स्मिता जी?''

''रिया जी, अब आप इनके साथ रहेंगी तो शायद इनको चेतना जी की फ्री पैरेंटिंग

से कुछ फुर्सत मिले।''

सब औपचारिक-सा हँसे।

बाबू की छोटी बेटी ने अपनी बड़ी बहन के साथ मगन होकर पिज़्ज़ा खाने के बीच पलटकर पूछा,

''क्या पापा आँटी की फ्री पेरैंटिंग करते हैं?''

बाबू ने बात बदली,

''अरे शोना, तुम्हारी मम्मी तो मज़ाक करती हैं। छोड़ो ये बातें। हम चेतना जी के साथ हैं तो इस नॉलेज के कॉलेज से तुम लोगों को कुछ तो सीखने को मिले। कहो अपनी आँटी से कि यहाँ के इतिहास का कुछ बतायें जैसे भोपाल टी.वी. चैनल पर एक कार्यक्रम में बता रही थीं।''

चेतना मुस्कुरा दी। यही उसका बाबू है। वो सहज होते हुए महल के पीछे बहती नदी को देख सुनाने लगी,

''ये कहानी दो सौ नब्बे साल पुरानी है। भोपाल के इतिहास में एक बेइंतिहा ख़ूबसूरत लड़की का ज़िक्र मिलता है -कमलापति। गिन्नौरगढ़ के बूढ़े गोंड राजा निजामशाह ने उस छोटी-सी लड़की को अपनी सातवीं रानी बना लिया था।''

''वही ना जिसके लिए कहावत है, ताल तो भोपाल ताल बाक़ी सब तलैंया, रानी तो कमलापति और सब रनैंया? ये कहावत मौसी सुनाती थीं।'' रिया कह रही है।

''हाँ वही। तो इतनी ख़ूबसूरत थी वो रानी कि जब पान की पीक भी निगलती थी तो गला गुलाबी हो जाता था। इतनी ज़्यादा ख़ूबसूरती ने आख़िर में, उसकी जान ले ली। मैंने अपनी थीसिस में लिखा है -ख़ूबसूरती ख़ुद अपनी ही दुश्मन होती है। सबसे सुंदर फूल सबसे पहले तोड़ा जाता है। सबसे सुंदर लड़की का बदन सबसे ज़्यादा लुटता है।''

''जब ये अपने सब्जेक्ट पर बोलती हो तो दिल चाहता है कि डायरी में हर हर्फ़ उतारता जाऊँ। सी इज़ रियली ए जीनियस।'' बाबू ने धीमी आवाज़ में फुसफुसाकर रिया से कहा।

''लेकिन ज़्यादातर जीनियस औरतें मर्दों को पसंद नहीं आतीं।'' रिया ने उससे भी धीमी आवाज़ में फुसफुसाकर उत्तर दिया। स्मिता जी सबकुछ चुपचाप देख-सुन रही हैं।

जीनियस चेतना अपनी धुन में सुनाये जा रही है,

''बूढ़े राजा के रिश्तेदार रानी कमलापति पर गंदी नीयत रखते थे। उन्होंने ज़हर देकर राजा को मार डाला। अपने नन्हे बेटे नवलशाह को रानी ने अपनी जमींदार माँ के पास भेज दिया और अपनी आबरू और ख़जाना दोनों बचाये हुए भोपाल के अपने महल में आ छिपी।''

''फिर?''

''एक अफ़गान लड़ाका था -दोस्त मोहम्मद। मैदान-ए-जंग में जब उसकी तलवार चमकती थी तो मीलों तक ज़मीं लहू से सुर्ख हो उठती थी। ऊँचा-पूरा, लहीम-शहीम, ख़ूबसूरत मर्द था।'' चेतना ने आधे पल को मुग्ध आँखों से ऊँचे-पूरे, लहीम-शहीम, ख़ूबसूरत बाबू की ओर देखा। बाबू ने अपनी पत्नी के कंधे पर हाथ रख लिया। चेतना की आँखें धुंधलाने लगीं आँसुओं से। वो फिर वक़्त की नदी के पार देखने लगी।

''मंगलगढ़ की राजकुमारी उसके प्यार में पड़ गई थी और उससे निकाह के लिए इस्लाम कुबूल कर फ़तेहबीबी बन गई। उनकी इस शादी से आसपास के रजवाड़ों में इतना ग़ुस्सा बढ़ा कि वे नंगी तलवारें लिए इन दोनों को कत्ल कर देने के लिए ढूँढते फिरते थे। ये दोनों कई दिनों तक क़ाली मस्जिद में छिपे रहे थे। बाद में दोस्त मोहम्मद ने अपनी क़ाबिलियत से सरदार और फिर आख़िर में नबाव की पदवी हासिल की। वो डायरी भी लिखता था। ख़ासा पढ़ालिखा आदमी था।''

''तभी मंगलगढ़ की राजकुमारी से लेकर इतिहास की शोधार्थियों तक तक युगों-युगों की लड़कियाँ उसे पसंद करती हैं।'' रिया ने हाथ पर हाथ रखा तो सहेली को लगा उसे कितनी ज़रूरत थी इसकी।

''फिर क्या हुआ?'' बच्चियाँ पूछती हैं।

''फिर रानी कमलापति ने इस्लामनगर के सरदार दोस्त मोहम्मद से एक डील की। एक लाख सोने की मोहरों के बदले में दोस्त मोहम्मद ने गिन्नौरगढ़ के गोंड राजवंश के बच्चे-बच्चे तक को मार डाला था सिर्फ़ रानी के बेटे नवलशाह को ज़िंदा छोड़ा था।''

''फिर?''

''फिर ...रानी की जानलेवा ख़ूबसूरती ने आख़िर में उसी की जान ले ली।''

''कैसे?''

''रानी का बेटा नवलशाह तो गिन्नौरगढ़ का नया राजा हो गया था, लेकिन रानी को गिन्नौरगढ़ छोड़ना पड़ा था। अपना भोपाल रानी ने सरदार दोस्त मोहम्मद को बतौर ईनाम दे दिया था, लेकिन यहाँ का कमलापति महल अपने ही पास रखा था; उसी में रानी रहती थी। दोस्त मोहम्मद ने रानी को संदेश भिजवाया था कि वो उससे पर्दा न किया करे।''

''अच्छा! फिर?''

''दोस्त मोहम्मद रानी से निकाह करना चाहता था; फिर बड़ी ही संदिग्ध परिस्थितियों में रानी की जान गई। ऑफिशियली तो ये लिखा है इतिहास में कि रानी ने अपने सात मंज़िल महल की ऊँचाई से कूदकर आत्महत्या कर ली थी। महल के सेवकों ने रातोंरात रानी का दाहसंस्कार कर दिया था। जब तक रानी की मृत्यु का समाचार इस्लामनगर

पहुँचा, संसार की सबसे सुंदर स्त्री की देह पूरी तरह राख में बदल चुकी थी। दोस्त हम्मद ने कमलापति महल में कत्लेआम किया था। पूरा महल उसने ख़ून से तरबतर कर दिया था लेकिन अपने प्यार को हासिल करने के नाम पर उसकी मुट्ठी में चिता की वही राख आई थी जो अलाउद्दीन खिलजी के हाथ आई थी। पद्मावत में मलिक मोहम्मद जायसी ने उसके लिए लिखा है, राख उठाई लीनी इक मूठी, दीन्ह उड़ाये पृथ्मनी झूठी। ...अगर प्यार नहीं है तो विश्व झूठा है।''

''ग़ज़ब! ऐसी सच्ची-झूठी थीसिस अगर आप लिख रही हो तब तो एक मिसाल क़ायम होगी।'' पत्नी और कुछ कहती, बाबू का चेहरा देखती चुप रह गई।

''पता नहीं लेकिन मैं अपना सर्वश्रेष्ठ दे रही हूँ अपनी थीसिस को। मैंने तो वो किवदंती भी लिखी है घटनाओं के साथ जो लोकजीवन में प्रचलित है सदियों से।''

''कौन-सी?''

''रानी कमलापति की मौत से जुड़ी किवदंती है। जिस जगह रानी ने जान दी थी वहाँ अब भोपाल का छोटा ताल है। कहते हैं कि हर साल दीपावली की रात एक हाथ दिखाई देता है। मेंहदी रचा, ज़ेवरों से सजा बेहद ख़ूबसूरत हाथ। एक बार एक अंग्रेज़ ने गोली भी चलाई थी उस हाथ पर। एक किवदंती ये भी है कि अमावस्या की अंधेरी रातों में किसी स्त्री की छाया दिखाई देती है एक छोटी नाव में जो तालाब में ऐसे तैरती है मानों पानी पर न हो, हवा में हो।''

'' ये सब कितना दिलचस्प है!''

मंत्रमुग्ध बाबू कह रहा है; उसकी पत्नी उसे घूर रही है -क्या वाकई वो चेतना के प्यार में है? ।

''आपकी सहेली के पास सुनाने को ऐसे सैंकड़ों दिलचस्प क़िस्से-कहानियाँ हैं जिन्हें सुनने को फ़िलहाल तो आपके पास वक़्त ही वक़्त है लेकिन अभी हम यहाँ से चल सकते हैं क्या? सब देख लिया। सुन भी चुके। बच्चे थक गये हैं तो अब घर चलें?'' स्मिता ने बाबू से जैसे पूछा नहीं, बताया उसे।

''ठीक है।''

फिर वे सब भोपाल से दूर उस गाँव इस्लाम नगर से बाबू के घर की ओर चल पड़े जो शहर के दूसरे छोर से भी आगे एयरपोर्ट के पास था। रिया ने स्मिता की मदद की रसोई में, यों एक नौकरानी मौजूद रही पूरा समय। बाबू और उसकी बेटियाँ रिया की बेटी को गोद में लिए घूमते रहे। सोफ़े के एक कोने पर चुपचाप बैठी चेतना अपने फ़ोन में लगातार कुछ पढ़ती रही। फिर डिनर लगा; खाना खाते समय औपचारिक बातें ही हुईं। चेतना का जैसे दम घुट रहा था इस माहौल में जबकि इसी घर में कुछ महीनों पहले तक वो बच्चों के साथ ताश खेलती, टेलीविजन देखती या सोती हुई छुट्टी का पूरा-पूरा दिन बिताया करती थी।

जब वे लौटने लगीं; बाबू ने अपने हाथों पैक करके एक स्टील का डिब्बा भर कबाब कार में रख दिये। सब जानते हैं चेतना को कबाब कितने पसंद हैं।

बाबू के घर से निकले तो चेतना ने एक जगह आईसक्रीम खाने कार रोकी। रिया कह रही है,

"क्या बात है? तुम्हारा चेहरा एकदम से उतर क्यों गया है?"

"ऐसे ही। सोच रही हूँ लोग अपने परिवारों में ही रहना क्यों पसंद करते हैं? तुम भी तो एकदम अपने घर के अंदर ही रहती थीं। क्या अब तुम अपने एक्स हसबैंड को बहुत मिस कर रही हो?"

"पता नहीं। लेकिन मैं उनके बारे में सोचती नहीं हूँ। फिलहाल तो मेरे सामने अपनी और अपनी बेटी की फिक्र है।"

"रिया होना कितना सरल है, चेतना होना कितना कठिन!"

उसकी आँखों से आँसू बहने लगे। रिया ने उसे गले लगा लिया।

वे घर लौट आयीं। गुड़िया सो गई थी। रिया सोती हुई बेटी को चिपकाये, कुछ देर बाहर ही रुक गई अपार्टमेंट के; पाँचवीं मंज़िल वाली जोशी से बातें करती रही। चेतना सीधी अपने कमरे में गई और बड़ी देर तक औंधे मुँह बिस्तर में पड़ी सोती रही। जब रात गहरा गई तब वो उठी और मुँह धोकर बगल वाले कमरे में आई। रिया एक पुरानी कॉपी के पन्नों पर न जाने क्या हिसाब बना रही थी।

"मुझे एक प्याली चाय मिलेगी?"

"ज़रूर।" रिया चाय बनाने लगी। वो रसोई के दरवाज़े से टिकी गुमसुम खड़ी है।

"क्या सोच रही हो?"

"सोच रही हूँ कल कॉलेज से बाद पार्लर चली जाऊँगी। आई मीन आई नीड ए न्यू हेयरस्टाइल। फिर मार्केट होती हुई घर लौटूँगी। बहुत दिनों से अपने लिए नई ड्रेस नहीं ख़रीदी।"

" वाह यार! तुम तो एकदम अपने मन की ज़िन्दगी जीती हो!"

"तुम्हें ऐसा लगता है लेकिन अकेले होना हमेशा सेलिब्रेशन नहीं होता।

अब वे बालकनी में खड़ी चाय पी रही थीं। इस ऊँचे हिल्स इलाक़े से शहर की जगमग रोशनियों को देखना हमेशा ही बहुत सुकून भरा लगता है चेतना को। वो अपनी एक कलीग की बातें करने लगी सहेली से,

"जब उसका ब्रेकअप हुआ तो जो ग़ज़ब हिसाब-किताब कर रही थी वो कि पूछो मत। उसका एक्स हमेशा ही उससे रुपये उधार लेता रहा था। ब्रेकअप के बाद वो बजाय रोने के पुरानी डायरियाँ निकाल-निकालकर हिसाब कर रही थी। लैदर का हैंडबैग, एक सेलफ़ोन, पाँच जोड़ी कपड़े, लैपटॉप का चार्जर, थर्मस बोतल वगैरह-

वगैरह। उसने अपने एक्स की दी सब चीज़ों की बाक़ायदा रीसेल वैल्यू निकाली थी!''

वे दोनों हँसने लगीं। रिया जानती है, सहेली पर क्या बीती है आज के दिन। ...औपचारिक रूप से वे दोनों कभी एक-दूसरे से विदा न लेंगे क्योंकि औपचारिक रूप से उन्होंने एक-दूसरे को अपनाया ही नहीं था; लेकिन आज सहेली के भीतर बेआवाज़ टूट गया है -उसका दिल!

पर्दा, ज़र्दा, गर्दा और नामर्दा

अगली सुबह जब चेतना कॉलेज जाने के लिए तैयार हो चुकी थी, रिया ने उसके हाथ में लंचबाक्स थमा दिया।

"लंच बाक्स??"

"हाँ। सब्ज़ी, चपाती, दाल, चावल और सलाद –सब वही रखा है जो तुम्हें पसंद है खाने में।"

"इतनी सुबह तुमने इतना सब कर लिया??"

चेतना देख रही है कि फ्लैट सुव्यवस्था से दमक रहा है। रिया नहा भी चुकी है और अब शायद अपनी बेटी का मालिश करने जा रही है।

"मुझे तो इस सब की आदत है। वहाँ दिल्ली में भी सुबह-सुबह खाना बनाती ही थी। रंजीत खाना खाकर और लंच बाक्स लेकर ही निकला करते थे कोर्ट के लिए।"

उसकी बात सुन चेतना उलझी-सी खड़ी रह गई। घर का खाना उसे खाने को मिलने लगा है। हर चीज़ घर में व्यवस्थित हो गई है। ये बात उसे भली तो लग रही है; पर दिल में डर भी है कि रिया और उसकी बेटी का ख़र्च अब उसे ही उठाना पड़ेगा। उसकी प्रायवेट कॉलेज वाली नौकरी से जो वेतन आता है, वो तो अकेली जान के ख़र्चे के लिए ही एक तारीख़ तक पूरा नहीं पड़ा कभी। अभी तक तो बाबू था जिससे जब चाहे रुपये माँग लेती थी। अब कार की किस्त, फ्लैट का किराया, बिजली बिल, सोसायटी के पैसे, घर-ख़र्च, पेट्रोल और इस सब के अलावा इन दोनों माँ-बेटी का ख़र्च भी!!

"क्या सोचने लग गयीं?"

रिया ने बेटी का मालिश करते हुए हँसकर पूछा। उसे पूरी-पूरी उम्मीद थी कि सहेली अब उसका आभार व्यक्त करेगी। तब वो कहेगी, अरे ये तो मेरा फ़र्ज है। तुमने मेरे जीवन के सबसे मुश्किल वक़्त में मुझे सहारा दिया है। एहसान तो मुझे तुम्हारा ...नहीं! नहीं! ये शब्द फिर कभी सही। अभी जब चेतना उसे थैंक्स कहेगी तो वो हमेशा की तरह कहेगी, दोस्ती में नो सॉरी, नो थैंक्स!

उसकी उम्मीद के सौ प्रतिशत विपरीत, चेतना का स्वर बर्फ़ की तरह ठंडा था, "ये लंचबाक्स कहाँ से ढूँढ लिया?"

"तुम्हारे घर में सबकुछ था; कमी थी तो बस मेरी!" रिया ने हँसकर कहा।

चेतना ने कुछ कहना चाहा, कोई व्यावहारिक बात लेकिन वो दो पल और चुप रही फिर लंचबाक्स, पर्स और कार की चाबी उठाये तेज़ी से बाहर चली गई। रिया स्तब्ध रह गई है उसका ये बर्ताव देख। आँखों से टप-टप आँसू गिरने लगे हैं। नहीं! गुड़िया के सामने रोना नहीं है वर्ना वो भी रोने लगेगी। रिया मुँह धोकर आई और फिर अपनी बेटी का मालिश करने लगी,

"मौसी तुम्हारी बड़ी नासमझ है गुड़िया! सोचती है कि हम उस पर बोझ बनकर इसी फ्लैट में पड़े रहने वाले हैं!"

उसने गुड़िया को उठाकर सीने से लगा लिया; उसकी डेढ़ माह की बेटी कितनी अबोध है!

उधर कॉलेज में दिन भर चेतना रिया के बारे में ही सोचती रही। मन बार-बार तकाज़े करता रहा और वो बार-बार अपनेआप को समझाती रही कि रिया उसकी बचपन की सहेली है। आज बुरे वक़्त में है तो वो कैसे उसके काम न आये! लेकिन भीतर उसके कोई जैसे केलकुलेटर लेकर बैठा है जो लगातार हिसाब लगाये जा रहा है लाभ-हानि का। फ्लैट के एक कमरे में रहेंगी माँ-बेटी तो इस हिसाब से आधा किराया अब उसे ही देना चाहिये। नहीं! वो क्या दे पायेगी किराया?? फ़िलहाल कुछ महीनों तक तो कतई नहीं दे पायेगी। वो तो फ्री में रहने-खाने की सोचकर आई है; लेकिन ...लेकिन चौबीसों घंटे वो घर में रहेगी तो एक तरह से चौबीसों घंटे की नौकरानी रखने के बराबर का सुख मिलेगा उससे। चाय, पानी, खाना, नाश्ता -सब ताज़ा! इसके अलावा वो तो पूरा ही काम करने लगी है घर का, एक नहीं दो नौकरानियों के बराबर काम कर रही है वो। घर के बाथरूम तक धोती है। अब अगर जो मेरे कपड़े भी धोने और इस्त्री करने लगे तो इतने काम के ऐवज़ में जितने पैसे बचते हैं मेरे; दो नौकरानियाँ अगर होतीं तो कितना वेतन लेतीं? मैं तो अफोर्ड ही नहीं कर सकी भोपाल आने के बाद। लेकिन मुझे तो किसी भी नौकरानी की ज़रूरत ही नहीं थी! ये लंचबाक्स मैंने माँगा नहीं था। मुझे जबरन दिया जा रहा है। मेरा काम तो किसी न किसी तरह चल ही रहा था ना! हाँ, घर साफ़-सुथरा अच्छा लगता है। होटल के खाने के पैसे भी बचेंगे लेकिन उन माँ-बेटी पर मेरा ख़र्चा कितना होगा?? रिया तो जन्म की घरघुस्सू ठहरी; देखना पूरा-पूरा दिन दरवाज़ा बंद किये फ्लैट में पड़ी रहेगी; तो पूरा-पूरा दिन घर में बिजली की भी खपत होगी! वो टी.वी. देखेगी, ए.सी. या हीटर चलायेगी, बार-बार फ्रिज खोलकर ठंडा पानी पियेगी, चाय-नाश्ता-खाना जो दिल में आयेगा, पकायेगी-खायेगी। कितना ख़र्च तो गैस सिलेंडर का आने वाला है अब! राशन के पैसे कौन देगा? दूध

का आधा लीटर का ही पैकेट कितना मँहगा आता है; और दिन में कम-से-कम तीन कप चाय तो वो ज़रूर ही पियेगी। और उसकी बेटी का अभी कोई और ख़र्च नहीं तो तेल-साबुन का तो है ही! उसके कपड़ों-लत्तों पर डिटर्जेंट और इस्त्री का भी कितना सारा ख़र्च होने वाला है! फिर रिया का भी तेल-साबुन का ख़र्च है। मेरी बाथरूम में कितना मँहगा रखा है सबकुछ; पाँच सौ रुपये वाला शैम्पू, तीन सौ रुपये की कंडीशनर की बोतल, साबुन ही सत्तर रुपये का है मेरा। ओह! और वो मेरा मॉश्चराइज़र, तेल, पावडर, क्रीम सब इस्तेमाल में लेगी। एक-एक चीज़ कितनी मँहगी है और मैं सब ऐसे ही खुला छोड़ आई हूँ! अब मेरी सब ब्रान्डेड चीज़ें उसके हत्थे चढ़ जायेंगी! लगता है अगले महीने से मुझे भी नारियल का तेल ही लगाना पड़ेगा। मेरी सारी व्यवस्था गड़बड़ाने जाने वाली है ऐसे तो! मेरे बूते का नहीं है उनका ख़र्च उठाना! लेकिन उनसे जो सुविधा मिल रही है उसके भी तो कुछ दाम बनते हैं कि नहीं?? -सुविधा और ख़र्च? ...सुविधा और ख़र्च? चेतना का मन हिसाब लगाते-लगाते थक गया लेकिन न मिलने वाली सुविधा का सुख कम महसूस होता है, न ही संभावित ख़र्च का भय कम होता है। आख़िर में उसके ऊपरी मन ने सुना। उसे भीतर बहुत गहरे से एक पुरानी आवाज़ बहुत दिनों बाद सुनाई दे रही है। उसकी आत्मा उसे समझा रही है कि सहेली के आने से जो अच्छा लगने लगा है जीवन, उसका क्या दाम है चेतना? गंदा, बदबूदार फ्लैट सुव्यवस्थित घर में बदल गया है उसका क्या दाम है? और आदमी की दवा आदमी होता है; बाबू से ब्रेकअप के बाद अगर तुमने कोई विक्षिप्तता नहीं की तो इसलिए क्योंकि रिया और उसकी बेटी की वजह से अब तुम सूने फ्लैट में, अकेलेपन से पगलाई, शराब और पोर्न फ़िल्मों के नशे में डूबी नहीं पड़ी हो बल्कि एक घर में रह रही हो। दोनों माँ-बेटी की उपस्थिति परिवार के होने जैसे एहसास कराती है। -परिवार?? घर?? उसे अपने दिल्ली वाले घर की याद हो आई। ज्ञान की याद आई। आँखों से सच्चे आँसू बहने लगे। स्टॉफ़रूम में कोई है तो नहीं? वो रूमाल से चेहरा पोंछकर क्लास लेने के लिए उठने को हुई। इतने मेंटल स्ट्रेस में क्लास कैसे लेगी? सोच रही है केवल अटेन्डेंस लेकर क्लास छोड़ देगी; पर ये बात पता चलती है तो एचओडी डाँटते हैं। चरम तनाव में वो देख रही है, टेबल पर सामने चॉक का डिब्बा ख़ुला पड़ा है। उसकी एक कलीग चॉक खाती है और कहती है इससे इस प्रायवेट नौकरी के तनाव और पति-सास के सब पागलपन सहन करने की उसको शक्ति मिलती है। चेतना अब तक हँसती थी उस पर। आज तनाव की इस गाढ़ी मनस्थिति में उसने भी चॉक का एक छोटा सा टुकड़ा उठाकर मुँह में डाला लेकिन तुरंत ही थूक दिया। एक मिनिट बाद, एक पूरा चॉक फिर उसने खाया। बेहतर महसूस हुआ। किताब में उस टॉपिक पर पेन रख लिया जो आज पढ़ाना है; और क्लास लेने चली गई।

कॉलेज के बाद कहीं जाने का मन नहीं हुआ। वो सीधे घर लौट आई। फ्लैट

पर ताला लगा है। वो सन्न रह गई है। चेहरे में झनझनी होने लगी है। हथेलियों में फिसलन का एहसास उतर आया। कहीं रिया घर छोड़कर चली तो नहीं गई?? नहीं! नहीं! वो यहीं-कहीं निकल गई होगी। फ्लैट की दूसरी चाबी उसी ने तो उसे दी थी कि पूरा दिन घर पर मत बैठी रहना, इधर-उधर टहलने जाना हो तो ये चाबी रख लो। और फिर आज के लिए तो कल रात ही वह कह चुकी थी कि कॉलेज के बाद कहीं जायेगी और देर से लौटेगी। यही बात है! उसने सोचा होगा, कहाँ अकेली बोर होती रहूँ फ्लैट में अकेली, यही सोचकर ज़रूर ही वो यहीं-कहीं आसपास टहलने निकल गई है! स्वयं को आश्वस्त करती चेतना दूसरी चाबी से फ्लैट का दरवाज़ा खोलकर अंदर आई। कपड़े बदले फिर अनमनी-सी लेट गई। रिया के आने के दो दिनों के भीतर ही फ्लैट घर में बदल गया है। अभी होती तो चाय के लिए पूछती। कहीं सच में न चली गई हो मुझे छोड़कर; सुबह कितना बुरा बर्ताव किया था मैंने उसके साथ। उस बेचारी ने इतनी मेहनत से मेरी पसंद का खाना बनाकर लंचबाक्स में दिया मुझे और मैं ये जताकर चली गई कॉलेज कि उसकी रोटियाँ भारी हैं मुझपर! कितना बुरा लगा होगा उसे! पति ने घर से निकाल फेंका है। पिछली साल कितने ऑपरेशन हुए उसके! और अभी डेढ़ महीने पहले सर्जरी से डिलेवरी हुई है; फिर बच्ची को हर वक़्त सम्हालना। शरीर से ज़्यादा कुछ बनता नहीं होगा करते।...हर तरह से कमज़ोर, अनाथ, बेघरबार मेरी रिया!! चेतना का दिल भर आया। उसने फ्रिज से रम निकाली और पीने लगी। आधी बोतल उसने फ्रिज के सामने ही खड़े होकर पी डाली। फिर कमरे में आई। अकेलापन किसी तरह सहन नहीं होता। बाबू को फ़ोन मिलाया तो उसके तीनों नम्बरों में से एक भी नहीं लगा। यहाँ तक कि बाबू की पत्नी और उसकी बेटी के फ़ोन नम्बर्स भी नहीं लगे। मैंने सबके लिए हमेशा इतना-इतना किया और बदले में मुझे क्या मिला -धोख़ा?? मायकेवाले मेरी सूरत भी देखना पसंद नहीं करते। कभी दो दिनों के लिए चले जाओ तो सौतेली माँ और उनके बेटे-बहुओं को ऐसा लगने लगता है कि कहीं मैं अपने स्वर्गीय पिता के मकान, दुकानों या खेतों में से अपना हिस्सा माँगने तो नहीं आ गयी? और वो ज्ञान? उनके साथ ज़िन्दगी ऐसी थी कि मारे ऊब के आत्महत्या करने को दिल चाहने लगा था। सुपारी तक न खाना! कभी फिल्म तक देखने न जाना! हर समय बस आदर्श जीवन जीने की ख़ब्त! एक-एक पैसा ऐसे बचाना जैसे अगले जन्म में भोगना हो! 'बच्चा पैदा करो, बच्चा पैदा करो'' की रट! देह और मन के कष्ट में डूबे अपने पाँच एबॉर्शन याद आते हैं तो चेतना कपड़ों की अलमारी में नीचे रखी शराब की बोतलें तलाश करने लगती है। बिना पानी या सोडा मिलाये वो शराब पीने लगी है बोतल से ही। अच्छा हुआ बच्चे नहीं हुए; रिया को देखो, जी का जंजाल हर वक़्त साथ लिये फिरती है!

मेरे बच्चे!! -अपने अजन्मे, मृत शिशुओं को याद करती चेतना शराब की पूरी बोतल पी गई। फिर लड़खड़ाते क़दमों से उठकर फ़ोन उठाया और अपने सेलफ़ोन में

से बाबू से संबंधित सभी फ़ोन नम्बर्स डिलीट कर दिये। लेकिन अगले ही पल उसे अफसोस होने लगा। वे सभी फ़ोन नम्बर्स डिलीट नहीं करने चाहिए थे। क्या पता बाबू को कभी उस पर तरस आ जाता और वो उसे ब्लैक लिस्ट में से निकालकर फिर व्हाइट लिस्ट में जोड़ लेता! उसकी आँखों से टप-टप आँसू गिरने लगे। उसने वो पूरी शराब पी डाली जितनी पी सकती थी। पता नहीं फिर वो सो गई, पता नहीं बेहोश हो गई।

अगली सुबह रिया उसे झिंझोड़कर जगा रही है,

''अब उठो भी वर्ना कॉलेज जाने का समय निकल जायेगा। कब से जगा रही हूँ; क्या घोड़े बेचकर सोई हो?''

''नहीं, घोड़े बेचने की ज़िन्दगी से बाहर आकर।'' चेतना ने हँसकर कहना चाहा लेकिन सिर के चटखते दर्द ने उसकी हँसी को कराह में बदल दिया। आँखें खोलकर देखा, सामने रिया नींबू-पानी का गिलास लिए खड़ी है।

''मेरे ये कपड़े तुमने बदले? पर क्यों? मैंने तो शायद कॉलेज से आने के बाद कपड़े बदले होंगे।''

''ज़रूर बदले होंगे; पर रात जितनी उल्टियाँ कीं मैडम जी आपने! न सिर्फ़ सब कपड़े तुम्हारे धोने पड़े मुझे बल्कि ये कमरा और बाथरूम भी धोना पड़ा वो भी आधी रात के समय!''

'' मैं ...मैं बहुत शर्मिन्दा हूँ यार।''

''शर्मिन्दा मुझसे नहीं अपनेआप से होओ अगर हो सकती हो तो! तुम्हारी अम्मा की आत्मा को कितना कष्ट होता होगा तुम्हें यों नष्ट होते देख!''

रिया रसोई में चली गई। शर्मिन्दा चेतना रसोई के दरवाज़े तक पहुँची। अम्मा की नन्ही दुर्गा-प्रतिमा जैसे उसे घूर रही है। उसकी हिम्मत नहीं हुई नज़रें उठाने की। नन्ही दुर्गा प्रतिमा को उसने उठाया और अपनी मुट्ठी में कसकर बंद कर लिया,

''अब से कभी शराब नहीं पीऊँगी!''

''क्या पता! नशा उतरने पर सभी शराबी यही कहते हैं।''

रसोई के काम समेटती रिया ने बिना उसकी ओर देखे कहा। चेतना को अपने मन में बड़ा तेज़ गुस्सा आया। रिया उसकी गिनती टुच्चे शराबियों में कर रही है! ...अब वो शराब छोड़कर दिखायेगी उसको, वर्ना उसका नाम चेतना नहीं!! मुट्ठी में कसी दुर्गा-प्रतिमा को ले जाकर अपने पर्स में रख लिया उसने। ...अम्मा, हौसला देना, नशे की लत से बाहर निकल सकूँ।

कॉलेज जाने के लिए अलमारी से कपड़े निकालने लगी चेतना। रिया कहीं जाने के लिए तैयार दिख रही थी। उसने कमरे में झाँककर कहा,

''तुम्हारा टिफ़िन तैयार करके रख दिया है हॉल में सेंटर टेबल पर। लेती जाना।''

''तुम कहीं जा रही हो?''

"हाँ, एक जगह खाना बनाने का काम मिल गया है।"

"तुम्हें?? कैसे मिला है? तुम्हें जानता ही कौन है यहाँ??"

"वो जो जोशी आँटी हैं ना पाँचवीं मंज़िल वालीं, उन्होंने ही दिलवाया है।"

"कैसा काम है?"

"सुबह-शाम एक-एक घण्टे का काम समझो बस। एक अकेली बुज़ुर्ग रहती हैं; उनका खाना बनाना है। तीन हज़ार रुपया महीना मिलेगा। और उन्हें इससे भी ऐतराज़ नहीं कि मैं अपनी बच्ची को साथ रखूँ। कल ही मैंने इसके लिए एक झूला ख़रीद लिया इसीलिए। ये झूले में लेटी रहा करेगी, तब तक मैं खाना बना दिया करूँगी।"

"तुम फर्स्ट क्लास फर्स्ट पोस्टग्रेजुएट हो; फिर डिप्लोमा, सर्टिफिकेट कोर्स वगैरह भी कर चुकी हो। अब ये काम करने निकली हो खाना बनाने वाली बाई का??"

"जब तक कोई और बेहतर जॉब नहीं मिल जाता, मुझे इस काम में कोई बुराई नज़र नहीं आती।" कहती हुई रिया बगल वाले कमरे में जाकर अपने कामों में लग गई। उस धूल भरे स्टोर को उसने साफ़-सुथरा और व्यवस्थित कर दिया है; इतना कि एक कोना निकल आया है जिसमें एक दरी बिछी है माँ-बेटी की। पास ही उसका पूरा सामान रखा है जो बिल्कुल पैक है जैसे उसे बिल्कुल तुरंत यहाँ से जाना हो - या जाना चाहती हो!

चेतना ने ख़ुद को अपमानित महसूस किया रिया के इस अनसुनी भरे बर्ताव ने। क्या उसकी नज़र में वो मूर्ख है?? वो बाथरूम में गई और सिर पर शॉवर खोल लिया। नहाने के साथ बड़बड़ाने भी लगी,

"इज़्ज़त की नौकरी मिले तो करो वर्ना ज़रा तसल्ली रखो। और अगर ये बाईगिरी ही करनी है तो अपने लिए कोई दूसरा इंतज़ार कर लो रहने का। चार लोगों में मेरी कुछ इज़्ज़त है, स्टेटस है। यहाँ के टॉप कॉलेज में अस्सिटेंट प्रोफेसर हूँ; और मेरी फ्रेंड महरी का काम करे!! और फिर तीन हज़ार रुपट्टी कमाने से हो भी क्या जायेगा? झुग्गी में रहना हो तो बात अलग है वर्ना इस फ्लैट का किराया कितना है जान लोगी तो होश फ़ाख्ता हो जायेंगे! राशन का क्या दाम है पता भी है? और तुम माँ-बेटी पर महीने का कितना ख़र्च होना है मेरा, केलकुलेटर लेकर बैठोगी ये हिसाब करने तो बुद्धि हिरा जायेगी! और काम कर ही रही हो अगर तो फिर इतना कमाओ के घर-ख़र्च को हम आधा-आधा बाँट सकें। इस फ्लैट का आधा किराया तो फिर भी मैं तुमसे नहीं माँग रही हूँ लेकिन तुम ख़ुद ही सोचो कि मेरे पास भी कोई कारू का ख़जाना नहीं है। अभी अगर आधा-एक महीने को काम पर न जा सकूँ तो खाने के लाले पड़ जायें! आत्मनिर्भर होना कोई हँसी-खेल नहीं है। लेकिन तुम तो ऐसा समझती हो कि सारी सहूलियतें तो मुफ्त में मिल गई हैं अब बस दिल बहलाने को और चार लोगों में 'बेचारी-बेचारी" कहलाने को छोटा-मोटा कोई काम पकड़ लिया जाये। लोग वाह-वाह कर उठें कि देखो,

इतनी पढ़ी-लिखी होकर भी बाई का काम करती है!''

चेतना नहाकर निकली। रिया कहाँ है? यहाँ कहाँ?? वो तो तभी चली गई थी बिना उसकी पूरी बात सुने! चेतना के गुस्से का पारावार न रहा। उसके पास मेरी बात तक सुनने तक का वक़्त नहीं! जी चाहा, रिया का सामान उठाकर फ्लैट से बाहर फेंक दे। वो बगल के कमरे के उस कोने तक गई भी जहाँ रिया और उसकी बेटी के बैग टिके थे और उनकी दरी तह की हुई रखी थी। कुछ पल वो चुपचाप खड़ी रही। सबकुछ कितना सुव्यवस्थित है! कभी गंदगी और बदबू से भरा फ्लैट अब कैसा दमकता है अपने साफ़-सुथरेपन में। कल रात रिया ने मेरी उल्टी तक साफ़ की है। ये याद करते ही चेतना पर मानो घड़ों पानी पड़ गया। कहाँ तो ज्ञान के बाद किसी ने मुझे पानी तक को न पूछा! दुख-तकलीफ़, हारी-बीमारी में कौन पूछने वाला था! बाबू की याद आ रही है। इतने दिनों का साथ और ये एकदम से दूरी? तो क्या था वो सबकुछ? बाबू अब जैसे होकर भी नहीं है उसके जीवन में। और अब ये रिया आई है तो फिर से कितना अपनापन लेकर आई है उसकी ज़िन्दगी में, जैसे ज्ञान का ही कोई स्त्री संस्करण चला आया हो दिल्ली से भोपाल, फिर से उसे अपने घरेलूपन में जकड़ने। -ज्ञान!! चेतना को बड़ी ज़ोर से उसकी याद आई। क्या पता उनकी ज़िन्दगी में अब क्या चल रहा होगा? क्या दूसरी शादी कर ली होगी अब तक; लेकिन डिवोर्स तो हुआ नहीं? कॉलेज का वक़्त हो रहा था। उसने एक गहरी साँस ली और फिर डेसिंग टेबल के आईने के सामने खड़ी होकर तैयार होने लगी। शराब की तलब महसूस हो रही है, लेकिन अम्मा की नन्ही दुर्गा जी उसके पर्स में है। ...क्या चेतना घरेलूपन की तरफ़ लौट रही है?

कॉलेज जाते में, रास्ते की स्टेशनरी दुकान से उसने स्लेट पेंसिल के बीस पैकेट्स ख़रीदकर पर्स में भर लिए। अब शराब की तलब लगने पर एक टुकड़ा स्लेट पेंसिल मुँह में डालने, कुतरते रहने से दिमाग़ हट जाता है उस तरफ़ से। शाम को जब वो कॉलेज से लौटी तो रिया वापिस नहीं आई थी।

अब आगे का हर दिन ऐसा ही हो गया कि रिया अपनी बेटी को लेकर सुबह जो घर से निकलती तो शाम ढले साढ़े छह-सात बजे तक लौटती। आकर पहले, चेतना को चाय बनाकर देती फिर रात का खाना बनाने में जुट जाती। खाना वो ख़ूब लजीज़ बनाती थी। चेतना को अब हर दिन नये-नये स्वादों वाला खाना मिलने लगा था, साथ में उसकी टूटी सेहत के लिए स्वास्थ्यवर्द्धक सलाद, फलों का रायता और अंकुरित दालें-अनाज अलग से। अब वो ख़ुद ही बड़े मन से राशन ख़रीदकर लाने लगी थी घर के लिए। उन दोनों की आपस में बहुत कम बात होने लगी इन दिनों। अब चेतना जानबूझकर बहुत देर से लौटने लगी घर। कभी-कभी तो वो रात को ग्यारह बजे वापिस आती; और फ़ोन करके पहले ही बता देती कि उसके लिए डिनर न बनाये। उसका बर्ताव अपनेआप में डूबा लेकिन उदासीन होता जा रहा था। सिवाय अपनी थीसिस के, घर

आकर वो कुछ न करती, बहुत बातें भी नहीं। उठकर पानी पीने की ज़हमत तक न उठाती। हर काम के लिए रिया को आवाज़ देती। बातचीत उनके बीच अब सिर्फ़ काम की होती। रिया चुपचाप उसके ज़्यादा से ज़्यादा काम सँवारती रहती। कभी उसके बालों में तेल मालिश कर देती, कभी उसकी कॉलेज वाली साड़ियों पर कलफ कर देती। रोटियाँ सेंकती तो एक-एक रोटी करारी करती, चेतना को परोसती जाती। यों रिया अब चेतना के जीवन की सबसे बड़ी सहूलियत बन गई थी, बदले में उसने सहेली को सिर छुपाने को छत और पेट भरने को खाने की व्यवस्था अपने जिम्मे ली थी। ...जीवन भर की दो सहेलियों को इन दिनों मालकिन-नौकरानी के किरदारों में बदल दिया है -किसने? क्या रिया के दुर्भाग्य ने? ...या क्या पता सौभाग्य ने??

ऐसे बीते एक महीने के आख़िर में, छुट्टी के इस दिन चेतना अख़बार पढ़ रही है। सुबह की चाय के बाद अब ये दूसरी प्याली चाय के लिए उसने रिया को आवाज़ दी है। ये उन दिनों की बात है जब उनके बीच बातचीत घटते-घटते आदेशों-निर्देशों और उनके उत्तरों तक सिमट गई थी। कुछ दिनों से चेतना को अंदाज़ा तो था कि रिया को एक से ज़्यादा काम मिल गये हैं खाना बनाने के लेकिन उसने कुछ पूछा नहीं था इस बारे में। उसका बर्ताव ज़रूर कुछ और खिंच गया था सहेली के प्रति। उसे लगने लगा था कि ये रिया सुबह-शाम तफ़री जैसे काम कर आती है और अपने रुपयों में से धेला भी ख़र्च नहीं करती घर पर। एक तरफ़ रुपये बचा रही है तो दूसरी तरफ़ तलाक़शुदा आज़ादी का भरपूर फ़ायदा भी उठाना सीख गई है। दिन-दिन भर न जाने किन सोहबतों में ग़ायब रहती है? दिन में रिया हर्गिज़ घर नहीं लौटती, चेतना जानती है क्योंकि फ्लैट के सब काम-काज आजकल वो रात में करती है। कभी-कभी तो आधी रात तक काम करती है, कपड़े धोने या बर्तन माँजने या डस्टिंग का। उसकी खटपट से चेतना की नींद टूटती है तो वो अपने बेडरूम से उसे आधी रात को ही आवाज़ देती है,

"मुझे भूख लगी है। एक गिलास ठंडा दूध बनाकर दे जाओ।"

...अम्मा की दुर्गा जी ने या क्या पता मुल्तानी मिट्टी के उन टुकड़ों और स्लेट पेंसिल ने उसकी शराब छुड़वा दी है जो उसके पर्स में हर समय भरी रहती है। दुर्गा प्रतिमा को वो वापिस अलमारी के अंदर वाले छोटे लॉकर में रख चुकी है, क्योंकि नशे की लत से वो आज़ाद हो चुकी है; और प्रतिमा फ़िर से देवी से ज़्यादा चाँदी की वस्तु हो ग़ई हैं। मुल्तानी मिट्टी और स्लेट पेंसिल खाने की बात भी वो सबसे छुपा कर रखती है। बाहरी जीवन में अब वो ख़ुद को कुछ और उठा हुआ महसूस करने लगी है। अपनी शिक्षा, आधुनिकता और बुद्धिमत्ता पर तो उसे सदा ही गर्व रहा है, अब अपने अच्छे चरित्र पर भी वो जी भरके गर्व करती है। और इस उठते गर्व में सहेली और और हीन नज़र आने लगी है उसे।

अख़बार पढ़ती चेतना के सामने चाय की ट्रे रखी रिया ने। ट्रे में चाय की प्याली के अलावा कुछ काग़ज़ और कार्ड्स भी हैं।

"ये काग़ज़ कैसे हैं?"

"सोचा तुम्हें दिखा दूँ। ये मेरा अपडेटेड आधारकार्ड, ये नया वोटर आईडी, ये मेरा और गुड़िया का राशन कार्ड और ये दिल्ली से यहाँ ट्रांसफ़र करवाये बैंक एकाउन्ट की नई पासबुक।"

"व्हॉट?? ये सब तुमने कैसे बनवाये? और कब बनवाये?"

"कब का क्या बताऊँ? समझो कि पिछले बीस-पच्चीस दिनों के हरेक दिन बनवाये।"

"ग़ज़ब! मुझे भोपाल में रहते ढाई साल से ऊपर हो चुका; मेरे पास कोई काग़ज़ नहीं यहाँ का। तुम्हें यहाँ आये कुल जमा महीना हुआ है; रातोंरात कैसे ये चमत्कार कर डाला?"

"चमत्कार तो नहीं, लेकिन मेहनत ज़रूर कर डाली जितनी मुमकिन थी।"

"क्या ज़रूरत थी ये सब करने की? लोगों के घरों में बर्तन ही तो माँजने हैं तुम्हें आख़िर।"

"बर्तन नहीं माँजती हूँ; खाना बनाती हूँ।"

"ओके, ओके। व्हाटएवर। लेकिन ये सब करके कौन-सा तीर मार लोगी?" उसने सब कार्ड और काग़ज़ एक ओर कर दिये; लगभग फेंक दिये।

"उद्मेन हि सिद्धयन्ति कार्याणि न मनोरथैः। न हि सुप्तस्य सिंहस्य प्रविशन्ति मुखे मृगाः।"

"अब इतनी संस्कृत मुझे कैसे आयेगी? क्या भलाबुरा कह रही हो?"

"कार्य परिश्रम से ही पूर्ण होते हैं, मन में सोचने से नहीं। जैसे सोते हुए सिंह के मुख में हिरण नहीं आते हैं।"

"ये अच्छा है लोगों को अपनी महरी, ओ सॉरी कुक के साथ संस्कृत की मास्टरनी फ्री में मिल गई। बस अफ़सोस कि आजकल संस्कृत कोई पढ़ना नहीं चाहता। वैसे एक बात तो बताओ। तुम तो पूरा दिन घर-घर काम करती फिरती हो; फिर ये सब कब किया?"

"काम पर सुबह-शाम जाती हूँ; बाक़ी पूरा दिन मेरा अपना है जिसमें अपनी इस नन्ही जान को गोद में उठाये दफ्तर-दफ्तर भटकी, दोपहर-दोपहर भर इन्तज़ार में बैठी रही बैंचों पर। ईश्वर भी जैसे हम माँ-बेटी के साथ-साथ गया हर जगह और सब काम सुभीते से होते गये।"

"गुड।" चेतना ने कहा। फिर एकाएक कुछ याद आया उसे। एक कार्ड उठाकर देखा, 'नया पता क्या दिया है? अरे! ये तो??"

''तुम्हारा पता नहीं है लेकिन इसी बिल्डिंग का है। पाँचवी मंज़िल वाली जोशी आँटी ने बड़ी मदद की। एक किरायानामा बना दिया कि मैं उनकी किरायेदार हूँ। अंकल भी नगर निगम से रिटायर हैं तो उन्होंने भी ये सब काग़ज़ बनवाने में बड़ा मार्गदर्शन किया। वे तो साथ चलने को भी कहते थे पर मैंने मना कर दिया। तब भी उन्होंने फ़ोन किए कई मेरे लिए। उनके बताये रास्तों पर जाने से काम मुश्किल नहीं लगे। मैंने बस उनकी बताई जगहों पर जा-जाकर या तो आवेदन दिये या इन्तज़ार में बैठी रही, गुड़िया को गोद में लिए।''

''तो यों कहो कि इमोशनल अत्याचार किया है तुमने लोगों पर अपने काम निकलवाने के लिए। ये छौने-सी बच्ची ट्रम्प कार्ड है तुम्हारा जिसका इस्तेमाल कर तुम जब चाहे, जहाँ चाहे अपने काम निकलवाने का हुनर जानती हो। दो-ढाई महीने की बच्ची को लिए अकेली, परेशान और हाँ, भरपूर जवान और ख़ूबसूरत माँ दोपहर-दोपहर भर किसी दफ्तर में खड़ी रहे तो कर्मचारी आधार कार्ड या राशन कार्ड ही क्या बनाते, तुम जो-जो कहतीं, सो-सो कर देते तुम्हारे लिए।''

चेतना ने सब काग़ज़ और कार्ड्स परे खिसका दिये और चाय की प्याली से घूँट भरते हुए अख़बार फिर खोल लिया। रिया चुपचाप अपने सब काग़ज़ समेट भीतर जाने लगी। शायद उसकी आँखों में आँसू आ गये हैं; बिना देखे ही चेतना जान गई। तब उसे एहसास हुआ कि उसने कितनी ज़हर-बातें कह दी हैं। मंचों पर स्त्री-विमर्श की प्रखर वक्ता निजी ज़िन्दगी में कितनी बड़ी स्त्री-विरोधी है; भीतर-ही-भीतर उसकी आत्मा उसे धिक्कारने लगी। बिगड़ी बात वो सम्हाल लेना चाहती है तुरंत लेकिन माफ़ी कैसे माँगे? बात को दूसरे ढंग से शुरू कर माहौल को सहज करना चाहा उसने,

''लेकिन तुम्हें ये सब काग़ज़ात बनवाने की ऐसी क्या ज़रूरत आन पड़ी कि इतनी परेशान हुईं और अपने साथ इस फाहे जैसी बच्ची को भी परेशान करती फिरीं? ज़रा बताओ तो भला, दिन-दिन भर दफ्तरों में बैठी रही हो, कहीं ये नन्ही जान बीमार पड़ जाती तो? या तुम्हीं बीमार पड़ जातीं तो कौन है यहाँ तुम्हारी देखभाल करने को? लोग तो ऑपरेशन के बाद छह-छह महीने आराम करते हैं। तुमको दो-तीन महीने भी आराम करने का सबर नहीं है??''

''जो कर रही हूँ इसी नन्ही जान के लिए तो कर रही हूँ ताकि अगर मुझे कुछ हो गया तो ये अनाथालय में तो न पले!''

गला रुँध आया। झिलमिलाती आँखों से आँसू गालों पर ढुलक चले। और आगे बात करने का न अर्थ था न हौसला। वो भीतर चली गई और चेतना के अंदर कोई बोलने लगा,

'आख़िर वो कहना क्या चाह रही थी? क्या करना चाह रही है वो ये सब सर्टिफिकेट और कार्डस बनवाकर? मेरी ही ग़लती है; थोड़ी तारीफ़ करती तो वो बताती

भी। इतनी जली-कटी सुना दीं मैंने तो; अब न बतायेगी वो। मैं जानती हूँ उसे। वैसे भी बड़ी घुन्नी है।''

चेतना ने दिन-दो दिन इस बारे में सोचा भी पर अंदाज़ा न पा सकी। उसे अपनी पी-एच.डी. की थीसिस महीने भर बाद जमा करनी थी सो फिर उसका ध्यान पूरी तरह से उस तरफ़ लग गया। रिया के बारे में सोचने को उसके पास समय न था। जब से रिया ने दूसरों के घरों में खाना बनाने का काम शुरू किया था, चेतना के दिल में, वो सबसे अंतरंग सखी के उच्च आसन से सीढ़ियाँ उतरती चली गई थी। उसका ऐसा मानना था कि ख़ास लोगों की सोहबत में आदमी ख़ास बनता है। धीरे-धीरे उसका बर्ताव, व्यवहार और सोच ये बन रही थी कि वो उसके फ्लैट में रहने वाली एक कामवाली बाई के जैसी है। एक महरी के जीवन का भला उसके लिये क्या महत्व? ...लेकिन महत्व तो होता है, उसका तो ज़रूर जो उपस्थित है!

अगले महीने चेतना अपनी पी-एच.डी. की थीसिस जमा कर चुकी; अब कॉलेज से एक हफ्ते की छुट्टी लेकर किसी हिल स्टेशन पर जाने की सोच रही थी; और ये भी कि हिल स्टेशन जाना, सहेली से छुटकारा पाने का भी एक बहुत अच्छा बहाना रहेगा। मन-ही-मन वो अपने को तैयार कर रही है कि छुट्टियों पर निकलने से पहले रिया से फ्लैट ख़ाली करने को कहेगी इसी बहाने। चेतना सोचती रहती कि रिया हर्गिज उसके फ्लैट से न जाना चाहेगी। वो रोयेगी, गिड़गिड़ायेगी और नन्ही बच्ची पर दया दिखाने के निवेदन करेगी। तब चेतना उसे घर-ख़र्च का कुछ हिस्सा वहन करने को कहेगी। आज-कल में चेतना उससे ये बात करने ही वाली थी। इन्ही दिनों में से एक दिन की बात है। रिया ने वो ख़बर उसे सुनाई जो दोनों के लिए ही बड़ी ख़बर थी लेकिन अलग-अलग नज़रिये से।

आज जबकि चेतना कॉलेज से सीधे घर लौट आई थी; वो बार-बार वक़्त देख रही है कि इतनी देर हुई, सहेली घर लौटी नहीं है। रात के साढ़े आठ बज चुके हैं। अब तक चेतना दो मर्तबा चाय बनाकर पी चुकी है। एक बार नूडल्स पकाकर खा चुकी है। इतनी देर से वो अपनी किताबें जमा रही थी, कुछ जो लाइब्रेरी को लौटनी थी, कुछ जो नये कवर चढ़ाकर रखनी थीं और कुछ जो रद्दी में देनी थीं। इतना काम करके वो थक गई थी। भूख लग आई। रसोई में जाकर वो देख आई थी; खाना अभी रिया को आकर बनाना है। एकबारगी उसने सोचा, बाहर से खाना मँगवा ले, पुराने दिनों की तरह; फिर उसने सोचा, वो ऐसा क्यों करे? रिया ही बनायेगी खाना चाहे जितनी रात को लौटे। इंतज़ार करते-करते अब उसे गुस्सा आने लगा। किसी मर्द का कंट्रोल नहीं रहा, तो हद आवारा हो गई है! गृहस्थी में लॉक रहने वाली औरतें अचानक मिली आज़ादी में ऐसी ही आवारा-बदमाश हो जाती हैं। उन्हें नारी स्वतंत्रता को चेतना की तरह कुलीनता से जीना भला क्यों आने लगा? महरीगिरी से कमाये, ना-क़ाबिले ज़िक्र

रुपयों से और कर भी क्या रही होगी; कहीं सस्ता खाना खा रही होगी या सस्ता सामान खरीद रही होगी। इतनी नन्ही बच्ची को लिए आवारा भटकते शर्म नहीं आती इसे? कहीं वो अपनी माँ को ढूँढने तो नहीं जाने लगी? लेकिन बीस लाख आबादी के इस शहर में उसे अपनी माँ सड़क पर तो नहीं मिल जायेगी ना? फिर वो कहाँ भटका करती है इन दिनों? भटकना क्या, आवारागर्दियाँ हैं!! मैंने रहने को जगह दे दी। राशन ला देती हूँ। उसका रहना-खाना तो फ्री हो गया; अब क्या है, ऐश करना है सहेली की मेहनत की कमाई पर! चेतना का मन कड़वाहट से भर गया। बहुत दिनों बाद उसे शराब की तेज़ तलब महसूस हुई। एक छोटी-सी बोतल कहीं रखी तो थी रसोई में। उसके मँहगे दाम के कारण चेतना ने उसे फेंका न था। सोचती थी किसी को बेच देगी। अब चेतना बड़ी बेचैनी से रसोई में शराब की वो बोतल तलाश कर रही है। अचानक रिया के नन्हे पूजास्थल पर नज़र पड़ी उसकी। आज वहाँ एक पासपोर्ट साइज़ फ़ोटो चेतना की अम्मा की भी सजी थी एक नन्हो फ़ोटो फ्रेम में और उस पर मोतियों और सितारों की एक नन्ही माला चढ़ी थी। ये फ़ोटो ज़रूर चेतना के पुराने काग़ज़ों में रही होगी और रिया को स्टोर की सफ़ाई में मिली होगी। ये नन्ही फ़ोटो फ्रेम तो हमेशा चेतना की स्टडी टेबल पर होती थी और इसमें बाबू की फ़ोटो होती थी। रिया ने बाबू की फ़ोटो का क्या किया होगा? सबसे अच्छा तो ये करना था कि उस फ़ोटो के टुकड़े-टुकड़े कर डस्टबिन में डाल देती। ख़ैर, उसने जो किया हो; चेतना अपनी अम्मा की फ़ोटो को अपनी हथेलियों में उठाकर निहारने लगती है। फ़ोटो पर चढ़ी नन्ही माला के इन मोतियों-सितारों को भी वो पहचानती है। कभी अपने किसी दुपट्टे में टाँकने के लिए वो लाई थी और फिर कहीं रखकर भूल गई थी। इन सब मामूली चीज़ों को जोड़कर रिया ने कितनी अनमोल चीज़ बना दी है! वो बेआवाज़ रोती जाती है और दीया जलाती जाती है। तस्वीर के पास ही अचानक शराब की वो पुरानी बोतल दिख जाती है।

"अम्मा, अब आप यहाँ मौजूद हैं तो फिर घर में शराब कैसे रह सकती है? अब या तो आपको हटाना पड़ेगा या शराब को!"

पल भर को वो मँहगी शराब की बोतल को देखती रहती है फिर सील खोलकर बोतल की पूरी शराब सिंक में बहा देती है और ख़ाली बोतल डस्टबिन में फेंक देती है, जिसमें की बाबू की फ़ोटो पहले से ही फेंकी जा चुकी है ...ख़ाली शराब की बोतल और टुकड़ों-टुकड़ों में नष्ट हो चुकी एक तस्वीर; चेतना ने डस्टबिन का ढक्कन बंद किया जिसमें उसकी पिछली जीवनशैली फेंकी जा चुकी है। अब उसके सामने अम्मा की सितारों और मोतियों की माला से सजी तस्वीर है और टिमटिमाती रोशनी।

"अम्मा, क्या बता सकती हो, मैं कौन हूँ? क्यों हूँ? '

उसने अपनी माँ की फ़ोटो को चूमा और मुट्ठी में कसके बंद कर लिया। जब उसकी अम्मा मरीं वो तेरह साल की थी। बाबा ने कहीं जो एक दूसरा परिवार बसा

रखा था, उसे अगले दिन ही वे घर ले आये थे। तब से चेतना नाराज़ है दुनिया से – इस पूरी दुनिया! लेकिन ज्ञान से नाराज़गी क्यों? वे कितने अच्छे हैं! वो सोच रही है, अपने पति के साथ बिताये अच्छे समय को। ...क्या वो अपनी पुरानी ज़िन्दगी की तरफ़ लौटना चाहती है? अपनी जिस स्वतंत्रता को वो नारी–विमर्श की पताका समझ रही थी क्या वो आज़ादी जंजीर की लंबाई तक की आज़ादी थी? तनाव में उसे कुछ सूझता नहीं है। पर्स से निकालकर मुँह भर–भरकर मुल्तानी मिट्टी खाने लगी तो दिमाग़ में कुछ राहत महसूस हुई।

डोरबेल बजती है। सामने रिया खड़ी है। उसने अपने एक हाथ से, सोती हुई बेटी को कंधे पर चिपकाया हुआ है और दूसरे हाथ में मिठाई का डिब्बा है। वो बहुत थकी हुई दिख रही है, और बहुत ज़्यादा ख़ुश भी। वैसे ही हाल में वो चेतना के गले लग गई जैसे बहुत समय बाद अपनी सहेली से मिल रही हो।

रिया का जिस्म थरथरा रहा था और उससे कुछ भी बोलते नहीं बन रहा था। उसने बेटी को ले जाकर झूले में लिटा दिया। जल्दी से कपड़े बदले फिर रसोई में जाकर खाना बनाने की तैयारी करने लगी। लेकिन उसका ज़िस्म जैसे उसके क़ाबू में नहीं आ पाया था अबतक। वो रसोई में ही दीवार से टिककर फर्श पर बैठ गई। आँखें मुँद गयीं। साँसे तेज़ थीं। चेतना ने उसके कंधे पर हाथ रखा; उसके हाथ में पानी का गिलास था।

''मैंने फ़ोन पर आर्डर कर दिया है। खाना आता होगा। आज तुम खाना मत बनाओ। चलो कमरे में और लेट जाओ।''

चेतना अपने मन में सोच रही थी कि दिन–रात काम में खपे रहने और बाहर की धूप–गर्मी में पैदल चलते करते रहने के कारण इसका दिमाग़ फिर गया है –कोई शार्ट टर्म दौरा–वौरा पड़ा है शायद!

रिया उसके गले लग गई और कहने लगी,

''अगर मैं ये कर सकी हूँ तो एक दिन जरूर मैं अपनी माँ को भी ढूँढ निकालूँगी। ये शहर मेरा अपना हुआ आज से। यहाँ कहीं मेरी माँ रहती है। यहीं मेरा घर है। आज अपनेआप पर मेरा भरोसा क़ायम हुआ है ज़िन्दगी में पहली बार। .शितो नास्ति दुर्भिक्षं। कठिन परिश्रम कभी व्यर्थ नहीं जाता!''

चेतना उसका हाथ पकड़कर उसे ड्राइंगरूम में ले आई और दरवाज़े के पास लगे सोफ़े पर बिठाया उसे। सोच रही है, इसका दिमाग़ इस वक़्त सनक गया है; इसे मरीज मानकर बात करनी होगी।

''अच्छा बताओ तो भला हमारी रिया ने ऐसा क्या कर डाला है?''

प्यार से बात करती वो अपने दिल में सोच रही है अगर सच में इसका दिमाग़ फिर गया है तो वो अभी ही एम्बुलेंस बुलाकर इसे पागलखाने भिजवा देगी; लेकिन बच्ची? बच्ची का वो क्या करेगी? नहीं! इतनी–सी बच्ची की ज़िम्मेदारी वो नहीं ले

सकती। उसको पुलिस के हवाले कर देगी। वे चाहे उसे उसके फ़ादर को लौटायें चाहे अनाथालय भेजें। हाँ, अगर यहीं के किसी अनाथालय में बच्ची रही तो वो एक गार्जियन की तरह उससे मिल आया करेगी और उसे कुछ गिफ्ट्स दे आया करेगी। छुट्टी के दिन वो उसे अपने फ्लैट भी ला सकती है कभी-कभी। बस, इससे ज़्यादा ज़िम्मेदारी वो रिया की बेटी की नहीं उठा पायेगी। वो एक प्रायवेट नौकरी भर ही तो करती है।

''चेतना!'' रिया ने उसकी हथेली को अपने काँपते हाथों में थाम लिया, 'आज मेरा ख़ुद का फ्लैट हो गया है भोपाल में!''

''व्हॉट???'' उसने अपना हाथ खींच लिया और चौंक कर खड़ी हो गई। ये तो सब अनुमानों के ख़िलाफ़ बात है।

''हाँ। है तो दो छोटे कमरों वाला एलआईजी फ्लैट लेकिन मेरा अपना घर है। मेरा और मेरी गुड़िया का घर! हमारे सिरों पर आज हमारी अपनी छत हो गई!!''

''मुझे कुछ समझ नहीं आ रहा। ये कैसे हो सकता है? क्या पता? तसल्ली से समझाओ मुझे ये तुम क्या कह रही हो?''

''मैंने तुम्हें बताया था ना कि रंजीत ने मुझे एक चेक दिया था। वो नकली चैक नहीं था जैसा कि तुम अंदाज़ा लगा रही थीं। वो असली दस लाख रुपये थे! मैं तो उन पैसों को गुड़िया के नाम डाकघर में एफडी करके भूल जाना चाहती थी लेकिन जोशी अंकल-आँटी ने ही यह राह दिखाई। पास ही में नगर निगम अपने उन ईडब्ल्यूएस और एलआईजी फ्लैट्स को बेच रहा था जो पहली बार में नहीं बिके थे। शर्त बस ये थी कि ख़रीदने वाला सीमित आय वर्ग में आना चाहिए।''

''ओह! तभी तुमने वे सब काग़ज़ात बनवाये थे।''

''हाँ। तब भी लेकिन चार लाख रुपये कम पड़ रहे थे। तीन लाख तो मैंने ज़ेवर बेचकर जुटा लिये थे। बाक़ी एक लाख रुपये का लोन दिलवाया है जोशी अंकल ने। आज से फ्लैट मेरा हुआ। कल मैं और गुड़िया अपने घर में रहने चले जायेंगे।''

''और लोन कैसे चुकाओगी?''

''छह हज़ार रुपया महीने का काम करती हूँ। ढाई हज़ार रुपये किस्त के भरा करूँगी। साढ़े तीन हज़ार फिर भी बचेंगे। हम माँ-बेटी के लिए रोटी का तो बंदोबस्त है ही कम से कम ये।''

चेतना का मन ईर्ष्या की आसमान छूती लपटों में जल उठा। रिया कितनी चंट है! भोपाल आये जुमा-जुमा चार दिन हुए हैं अभी इसे और ख़ुद का फ्लैट कर लिया!! हुँह, लेकिन किस स्तर तक गिरकर! अब ये घरों में खाना बनाने वाली मामूली नौकरानी है!

''यहाँ से पास ही है मेरा फ्लैट। तुम चाहो तो पैदल भी आ सकती हो।''

चेतना के दिल में उफनती घृणा ने उससे कहा इस मामूली नौकरानी औरत को

अभी अपने घर से बाहर कर दे; पर वो ज़ब्त कर गई। कल तक ही की तो बात है फिर इस चालाक औरत की सूरत भी नहीं देखूँगी।

"अब मैं अपनी माँ को ढूँढूँगी।"

"ज़रूर । तुम चाहो तो क्या नहीं कर सकती हो!"

अगली सुबह जब चेतना कॉलेज को तैयार हो रही थी, रिया ने उसके हाथ में टिफिन थमाया हर दिन की तरह; लेकिन आज उसके चेहरे पर हर दिन वाली मातहती-सा भाव नहीं है; मुक्त होते समय जो उदासी पुरानी लगावटों को याद करते आती है, वो है उसके चेहरे पर,

"ये आख़िरी लंच बाक्स मेरी दोस्त। जब तक तुम लौटोगी, हम दोनों यहाँ से जा चुके होंगे।"

चेतना का मन भर आया,

"मेरे साथ हरेक ने यही किया है ज़िन्दगी में!"

"हो सके तो ज्ञान को फ़ोन करना।"

"मेरी ज़िन्दगी सँवारने का ठेका मत लो! यू आर नॉट माई मदर!"

चेतना ने चीख़कर कहा और कॉलेज के लिए निकल गई।

शाम को जब वो लौटी, तो रिया और उसके सामान को नदारत पाया अपने घर से। रसोई में गई तो खाना बना रखा था। गैस चूल्हे पर एक स्लिप भी रखी थी जिसमें रिया के नये फ्लैट का पता लिखा था। चेतना ने वो खाना टिफ़िन में रखा और कुछ ही मिनिटों बाद वो रिया के फ्लैट में थी।

"अभी तो कुछ भी व्यवस्था नहीं है यार। इस महीने के काम के पैसे मिलेंगे तो गैस चूल्हा और बर्तन वगैरह ख़रीदूँगी।"

चेतना देख रही थी कि रिया के पास बहुत सामान नहीं है। बस वही कुछ जो वो लिये हुए रेल्वे स्टेशन पर उतरी थी। यह सब उसके फ्लैट में पैक रखा रहता था, यहाँ खुला और खिला हुआ-सा है। भीतर का कमरा तो एकदम ख़ाली है। इस बाहरी कमरे में, रिया के पास जो कुछ भी था वो उसने करीने से सजा लिया है। सही जगह अपने ही घर में मिलती है चाहे सामान हो, चाहे इंसान। चेतना देख रही है, जो झूला उसके फ्लैट में कभी खोला भी न गया था, यहाँ जैसे आधा कमरा उसी के लिए है; झूले में गुड़िया लेटी खेल रही है। अब वो अपनी नवजात आवाज़ों में 'हूँ, हूँ" की महीन आवाज़ें निकालती है और खिलखिलाया करती है। चेतना को लगा, इस फ्लैट की सबसे क़ीमती चीज़ यही बच्ची है। इसके यहाँ होने से ये जगह ऐसी सज रही है जैसे आसमान परिन्दों से सजता है, बाग फूलों से और चेहरा मुस्कुराहट से। यहाँ इतना सुकून महसूस क्यों हो रहा है चेतना को जबकि उसके क़ीमती सामान से भरे पॉश फ्लैट के मुक़ाबिल यहाँ है ही क्या? एक ओर दरी बिछाकर बैठने की व्यवस्था की थी।

शायद यही जगह सोने की भी है। ओढ़ने के लिए शॉलनुमा कंबल और सिरहाने लगाने के लिए भी शॉल ही रखा है। कमरे में और कुछ भी नहीं सिवाय पानी के नन्हे, नये मटके के जिसके पानी में मिट्टी के कोरेपन की ख़ुशबू है। रसोई में चार-पाँच बर्तन और एक छोटा स्टोव है। आटा थैली में रखा है। बाक़ी राशन जैसे मसाले, चीनी, चायपत्ती और आलू-प्याज, दो-चार टुकड़े हरी सब्ज़ियाँ सब अभी तो थैलियों या काग़ज़ों में रखी हैं। रिया चाय बना रही थी।

"कुछ भी कहो, तुम्हारी दाद देनी पड़ेगी! मुझे तो अब तक ये किसी चमत्कार के जैसा लग रहा है कि तुम्हें यहाँ आये अभी कुल दो ही महीने हुए हैं और तुम्हारे पास अपना ख़ुद का फ्लैट हो गया है! इस मेट्रो सिटी में अपना घर होना कोई हँसी-खेल नहीं है!!"

"चमत्कार जो होते हैं वे भी दरअसल किसी लंबी मेहनत का ही नतीजा होते हैं।"

रिया दो प्यालियों में चाय छानकर ले आई। चाय की प्यालियाँ निहायत सस्ती हैं जो किसी ठेलेवाले से ख़रीदी गई होंगी। चेतना सोच रही है आख़िर यहाँ इतना सुकून क्यों है, उसके फ्लैट में क्यों नहीं? क्या किराये के घर वाली बेचैनी और अपने ख़ुद के घर वाला सुकून है ये? या बाबू से ब्रेकअप का असर है कि वो फिर से अपने घरेलूपन की सेफ़ ज़ोन में लौटना चाहती है? क्या चेतना अब रिया होना चाहती है? हासिल हो चुकी आत्मनिर्भरता और असीमित नारी-स्वतंत्रता के बाद ये कैसी बेचैनी? वो बालकनी में खड़ी, ख़ाली हो चुके आसमान को निहार रही है। चाय की प्यालियाँ लिए रिया उसके पास आ खड़ी हुई और उसको ख़बर तक न हुई ।

"मेरी एक बात मानोगी?"

"कह यार तू। ज़िन्दगी में सफल हो रहे लोगों को ही पहला हक़ होता है अपनी बात कहने का।"

शून्य आसमान को ताकती चेतना कह रही है; उसका ध्यान दूर कहीं है जैसे अपने जीवन का लेखा-जोखा पढ़ रही हो खाली कैनवास जैसे आसमान पर।

"आज मैं एक फ़ोन कॉल करना चाहती हूँ तेरी तरफ़ से।"

चेतना देख रही है कि रिया का चेहरा आत्मविश्वास के ओज से दिपदिपा रहा है। उसका मन हार-सा गया।

"बाबू को??

"ज्ञान को।"

"ज्ञान को???" उसकी देह में सिर से पाँव तक कोई तार झनक गया जैसे। उसकी साँसें एकाएक तेज़ हो उठी और फिर उसके मुँह से एक शब्द भी नहीं निकला। रिया ने मुस्कुराकर नंबर डायल किया और फ़ोन चेतना के हाथ में देने के बाद कमरे

में चली गई, बालकनी का दरवाज़ा कुछ बंद करते हुए।

''हलो।''

''मैं...'' ज्ञान की वही सदियों पुरानी आवाज़ सुनी तो बात शुरू करने से पहले ही वो रोने लगी।

''सालों बाद फ़ोन किया है और अब रो रही हो!'' आवाज़ उधर से भी नम थी।

...जैसे बिछुड़े जोड़े ने एक-दूसरे को अपनी-अपनी आत्माओं में पुकारा हो।

चेतना पूरा डेढ़ घण्टा बात करती रही। कमरे में लौटी तो रिया मुस्कुरा रही थी।

''जीजाजी कब आ रहे हैं मिलने?''

''शायद दो हफ्ते बाद। अभी तो एक रिफ्रेशर कोर्स करने गये हैं।''

''तो इस पूरे महीने क्या कर रही हैं मोहतरमा हिस्ट्री?''

''पहले तो सोच रही थी कि किसी हिल स्टेशन पर चली जाऊँ लेकिन अब तेरी तरक़्क़ी देख सोच रही हूँ कि मैं भी पीछे क्यों रहूँ? जो सेविंग है उससे कार का लोन ख़त्म किये देती हूँ। सोलो ट्रेवलिंग पर तो मैं जाती ही रहती हूँ -अपनी आत्मा की तलाश में।'' वो हँस दी। कितनी ख़ुश है ज्ञान से बात करके चेतना, ये उसको ख़ुद नहीं पता।

''मतलब अभी भोपाल में ही हो और बिज़ी भी नहीं हो।''

''बिल्कुल। तुम क्या कहना चाहती हो , अब वो कहो मेरी जान!''

''मुझे शहर घुमा दो।''

''लेकिन तुम तो पूरा ही दिन शहर में घूमा करती हो!''

''जिसे तुम मेरा दिन-दिन भर घूमना कह रही हो वो दरअसल इस फ्लैट के लिए मेरी कोशिशों के दिन थे। अब भला क्यों गुड़िया को बाहर ले जाऊँगी बसों और टैम्पो में। बस सुबह-शाम बगल की कॉलोनी के दो घरों में खाना बनाने जाना है, बाक़ी वक़्त पड़े रहना है इस फ्लैट में!''

रिया ने ऐसी मासूम उदासी से कहा कि चेतना खिलखिला दी,

''नहीं देवी। आप अपने इस गर्भगृह में दिन-दिन भर स्थापित न रहें; चलें मेरे साथ और इस नगर का भ्रमण करें।''

हिल स्टेशन जाने के लिए जो छुट्टी उसे कॉलेज से लेनी थी वो उसने ले ली। और फिर अगले हफ्ते भर की शामों से देर रातों तक, दोपहरों से दिन ढलने तक और कभी पूरा-पूरा दिन भी वे शहर के आसपास के सब पर्यटन स्थल साँची, उदयगिरि, भीमबैठका देख आयीं और शहर की मोहब्बत में दीवानियों की तरह फिरती रहीं। भोपाली इतिहास की शोधार्थी छात्रा तो कब से इस मोहब्बत में गिरफ्तार है,

''पहाड़ों, झीलों, और बागों का शहर है ये जैसे प्रेम की अंतहीन कविता हो कोई।

बहुत हैंडसम नौजवान था राजा भोज जिसने हज़ार बरस पहले यहाँ बड़ी झील बनवाई और घने जंगलों के बीच इंसानी बसाहटों की नींव डाली।''

बड़ी झील में बने बुर्ज़ पर राजा भोज की ऊँची प्रतिमा को चेतना मुग्ध आँखों से निहारती है,

''ये चौड़ा सीना, मज़बूत कंधे, रोशन चेहरा, स्थिर आँखें –मर्दानगी की बेमिसाल मूरत रहे होंगे राजा भोज!''

''हाय! अगर राजा भोज होते तो तुम ज़रूर उनकी एक और रानी बन जातीं।''

''एक और नहीं, बल्कि सिर्फ़ एक! मैं जिसकी भी होऊँ, वो सिर्फ़ और सिर्फ़ मेरा होकर रहे।''

''स्त्री–विमर्श वालों को अपनी उग्रता में पता ही नहीं चलता कब वे विमर्श करते–करते विरोध करने लगे। जो बात कह रही हो वो स्त्री–विमर्श के बजाय पुरुष–विमर्श लग रही है सुनने में।''

''मैं किसी विमर्श–फिमर्श की बात नहीं कर रही; ये नितांत व्यक्तिगत बात है मेरे मन की।''

''तो मन और विमर्श अलग हुए? ख़ैर, तुम भाग्यशालिनी हो कि तुम्हारे जीवन में एक ऐसा ठौर है जहाँ लौटकर पहुँचा जा सकता है कितनी भी दूर की यात्रा के बाद।''

''ज्ञान?'' चेतना ने जैसे कहीं गुम होकर कहा, 'तो क्या ज्ञान ही मेरे लिए बेस्ट ऑप्शन हैं?''

''ये तुम सवाल नहीं कर रही हो, जवाब दे रही हो अपनेआप को।''

''तुम हमेशा मुझे मुझसे ज़्यादा जानती हो माई लव।'' –चेतना ने उसका गाल प्यार से थपथपाया।

और नीली झील की अनजानी गहराईयों को दूर से ताकती रिया सोच रही है कि ये हमेशा की बेस्ट फ्रेंड सहेली तब क्या हो गई थी जब वो बेसहारा होकर उसके पास चली आई थी! ...आज उसके सिर पर छत है तो सहेली फिर सहेली है! ...उसका दिल हँसा दुनिया पर।

पानी की सतह को छूकर आती हवा उसका चेहरा छू गई ...जैसे किसी ने बालों को सहलाकर आश्वस्त किया, जैसे किसी ने बाँहें फैलाकर स्वागत किया, जैसे किसी ने मुस्कुराकर हौसला दिया, मैं हूँ ना! –रिया मुस्कुराई, अब से भोपाल मेरा अपना शहर है! मेरे पापा का शहर! मेरी माँ का शहर! मेरा और मेरी बेटी का अपना शहर –भोपाल!!

सोमवारा, मंगलवारा, बुधवारा ...इतवारा –सात दरवाज़े, सात बाज़ार! चेतना को पीरगेट बहुत पसंद है। पुराने बाज़ार की गलियों में शहर की रूह बसती है जैसे। और कितनी सारी बुर्कापोश ख़ातूनें, नाज़नीन लड़कियाँ, सुरमे और इत्र की दुकानें।

''पान नोज़ फरमाइये रिया ख़ानम!''

दोनों युवतियाँ खिलखिला उठीं पुराने भोपाल की इत्रदार हवा में।

मोतियों की दस्तकारी वाले बटुवे देखे तो रिया कहने लगी, 'होलसेल का काम डाल लूँ? यहाँ से ले जाया करूँगी और पूरे शहर में बेचा करूँगी।''

''हा हा! मेरी जान, ये तो भोपाल के हर दूसरे घर में बनते हैं, और हर तीसरी दुकान पर बिकते हैं।''

वे आगे बढ़ती हैं और ज़रीदार जूतियों के बाज़ार में रिया फिर मुग्ध है,

''एक छोटा-मोटा बिजनेस क्यों ना इसी का कर लूँ?''

मंगलवारा में बसे हिजड़ों की गलियाँ भी ख़ूब घूम लीं और दिन जब ढल चला तो वे झील किनारे करबला घाट की सूनी सीढ़ियों पर आ बैठीं।

''तुम्हें बेहतर काम की तलाश है, मैं जानती हूँ। तब भी, पहले तो तुम्हें सेल्यूट करने का दिल करता है कि इतनी पढ़ी-लिखी होने के बावजूद तुमने दूसरों के घरों में खाना बनाने का काम किया। अब क्या सोचा है? कोई छोटा-मोटा बिजनेस शुरू करना चाहती हो क्या? मेरा हाथ हमेशा ख़ाली रहता है वर्ना मैं ज़रूर मदद करती।''

रिया अपने दिल में हँस दी लेकिन उसका चेहरा उदास हो गया। सहेली सब मज़ाकों को सच समझ बैठी है। और कहीं मैं सच में, बटुवों या जूतियों का कारोबार करने के लिए उससे उधार न माँगने लगूँ इसलिए... इस संसार में रिया का कोई नहीं! उसने गोद की बेटी को सीने से कसकर चिपका लिया। आज अगर माँ साथ होतीं तो वो यों निपट अनाथ न होती इस संसार में। अपनेआप पर क़ाबू पाया उसने; रोई नहीं। मुस्कुराने की भरसक कोशिश करते कहा,

'' नहीं यार। फिलहाल कोई कारोबार शुरू नहीं करूँगी। हाँ मगर, पत्रकार की नौकरी पाना चाहती हूँ; कोशिशें बस उस तरफ़ को लगाये रहना है अब।''

''पत्रकार?? तुम्हें पता भी है यहाँ देश का सबसे मशहूर पत्रकारिता विश्वविद्यालय है। इंडिया को टॉप जर्नलिस्ट्स ये शहर देता है; और तुम्हें लगता है कि तुम यहाँ पत्रकार बन जाओगी?? बायोडाटा तुम्हारा स्कूल टीचर की जॉब के लिए बहुत मुफ़ीद है लेकिन पत्रकार?? बच्चों का खेल समझ रही हो क्या? पत्रकारिता का जो मामूली डिप्लोमा तुमने कर रखा है वैसा तो किसी भी पढ़ी-लिखी गृहणी के पास मिल जायेगा।''

''मैं अपनी क़ाबिलियत नहीं बल्कि कोशिशों के बारे में सोचती हूँ। ये देखो।''

रिया ने शहर के प्रमुख अख़बार दैनिक उदय का पन्ना दिखाया। 'सिटी लाइव'' पन्ने पर उसकी एक नन्ही फ़ोटो छपी थी 'सिटीजन जर्नलिस्ट'' कॉलम में। साथ में एक थोड़ी बड़ी फ़ोटो छपी थी टूटे सरकारी पाइप से व्यर्थ बहते पानी की। चेतना ने ठहाका लगाया,

''तुम ये समझती हो कि ये तस्वीर जो तुमने काम पर जाते समय, गोद में बच्ची को चिपकाये-चिपकाये यों ही कहीं नज़र पड़ जाने पर खींच ली होगी अपने सेलफ़ोन

के कैमरे से; और तुम्हारे भाग्य से ये छप भी गई है, तो इस एक ज़रा शौकिया फ़ोटो के कारण दैनिक उदय जैसा अख़बार तुम्हें अपना पत्रकार बना लेगा??''

''ज़रूर एक दिन ऐसा होगा।''

चेतना ने चौंककर देखा, रिया के चेहरे पर मज़ाक का भाव नहीं था। उसने सहानुभूति और दया से भरकर उसकी हथेली अपने हाथों में ले ली,

'' तुम पत्रकार ही क्यों बनना चाहती हो?''

''माँ को ढूँढना है -जीविका नहीं, जीवन की तरह करनी है पत्रकारिता।''

उसने ऐसे भाव के साथ कहा अपने चेहरे से कि चेतना अबकी उस पर हँस न सकी।

योग्य जन जीता है

अगले महीने, ज्ञान एक सप्ताह की छुट्टी लेकर भोपाल आये। चेतना स्टेशन गई थी और रेल के डिब्बे से उतरे अपने पति के ऊँचे-मज़बूत सीने में चेहरा छिपाकर पिछले दिनों अपनेआप को घोर असुरक्षित महसूस करती रही वो, पल में सहज हो गई। अगले सब दिनों दिन-ओ-रात वे जिस्मानी प्यार में डूबे रहे। घर का खाना ज्ञान ही बनाते और मारे शर्मिन्दगी के उसको भी रसोई में मदद करनी पड़ती और घर के बाक़ी काम सही समय और सही तरीक़े से पूरे करने पड़ते। घर की साफ़-सफ़ाई, झाड़ू-पोंछा-बर्तन और कपड़े धोने के लिए एक नौकरानी ज्ञान ने ख़ुद ही खोजकर लगा दी। सुबह दूध के पैकेट दरवाज़े पर दे जाने के लिए नीचे के मिल्क पार्लर वाले को एक महीने का एडवांस जमा कर दिया और घर-ख़र्च के लिए अलमारी में नोटों की इतनी गड्डियाँ रख दीं जो चेतना की कई महीनों की वेतन के बराबर होगीं। क्या ये उसकी योग्यता को ख़ारिज करना नहीं है? कौन योग्यता जो लगभग अयोग्यता-सी है? अपनी ही नज़रों में वो अपने को कुछ हीन महसूस कर रही है। पति की ये उदारता, देखभाल और प्यार उसे अच्छा भी लग रहा है और नहीं भी। वो बहुत सच्चाई से ये जानती है कि यही ज्ञान का स्वभाव है कि आगे बढ़कर ख़ुद ही व्यवस्था को सुव्यवस्था बनाने में लग जाते है। दिल्ली में भी सदा यही जीवन जिया उसने। पति के गुरू-गंभीर व्यक्तित्व के सामने उसकी चंचलता मुखर न हो पाती। यही सबसे बड़ी वजह रही है कि वो हमेशा अपने पति के विराट आभामंडल तले ख़ुद को दबा हुआ महसूस करती थी। बाबू के अस्थिर-से व्यक्तित्व की तरफ़ वो इसीलिए आकर्षित हुई थी क्योंकि ज्ञान के पूर्ण पुरुष व्यक्तित्व से उसकी यायावर तबीयत घबराती थी। अपने पूरे वैवाहिक जीवन में चेतना अपने पति में कोई कमी न ढूँढ पाई थी। हर रिश्तेदार, दोस्त, परिचित की ज़ुबान पर ज्ञान की तारीफ़ें सजतीं ...सुपारी तक का शौक-ऐमाल न करने वाले ज्ञान ...एक-एक पैसे को सर्वश्रेष्ठ निवेश में लगाने वाले ज्ञान ...शांत, संस्कारित, समझदार ज्ञान ...अयोग्य गृहणी चेतना को परम सौभाग्य में मिला सुहाग ज्ञान!!

–हर पहचान वाले के मुँह से बरसों-बरस अपने लिए यही सुनती रही वह; फिर

डिप्रेशन की गहराईयों में जा पड़ी। सालों इलाज चला। और जब उस घुप्प, गहरे, ठंडे, विक्षिप्त सपनों से भरे अकेलेपन के पाताल से वापिस ज़िन्दगी की सीढ़ियों पर घिसटती-चढ़ती चेतना किसी तरह इस संसार में लौटी तो सबसे पहला निर्णय उसके दिल ने ज्ञान से दूर जाने का लिया। लेकिन योग्य पति को अयोग्य पत्नी छोड़े भी तो क्या आरोप लगाकर? दिल लाख चाहता रहा, लेकिन आत्मा ने पति से तलाक़ लेने का फ़ैसला उसे नहीं लेने दिया, नहीं लेने दिया! हर जानने वाला जैसे जज बन गया था उन दिनों उसकी कल्पनाओं में,

"देखा! हमने तो पहले ही कहा था, ये ज्ञान के लायक है ही नहीं! कौड़ी-मोहर का अंतर है!"

...और फिर कौड़ी-मोहर की जोड़ी में से कौड़ी छिटकी और भोपाल चली आई। यहाँ की युनीवर्सिटी में पी-एच.डी. में दाखिला मिल गया था। एक प्रायवेट कॉलेज में पढ़ाने की नौकरी ढूँढ भी ली यहाँ अपने लिए। यही आड़ लेकन वो अपना सब ज़रूरी-ज़रूरी सामान उठाये, बिना कुछ सोचे-समझे चली आई। यहाँ आने के बाद एक बार भी ज्ञान को फ़ोन करने का मन न हुआ। सेलफ़ोन नंबर भी उसने आते ही बदल लिया था। भविष्य के बारे में दूर-दूर तक उसके मन में कोई योजना न थी। सोचती थी जब पी-एच.डी. पूरी हो जायेगी तब सोचेगी। ससुराल दिल्ली या मायके दतिया जाने की कल्पनाओं से वो भरसक बचाती थी अपने मन को। इसी फेर में सिगरेट-शराब पीने लगी। फिर बाबू मिला। चेतना को बहुत कुछ अपनेआप जैसा लगा वो। बाबू के साथ जीवन को पिछले दो सालों में उसने इतना जिया जितना तो उससे पिछले पूरे जीवन को न जिया होगा। वो बाबू के साथ इस खुली-खुली मित्रता में ख़ुश रहती थी जिसमें उस पर नियंत्रण न था, साथ था। सोचती थी, ज्ञान ख़ुद ही दूसरी शादी कर लेंगे, और वो कभी अपनी तरफ़ से उनसे डिवोर्स भी न लेगी। इस तरह वो दुनिया के तमाम इल्ज़ामों से बच जायेगी। इन्हीं सुखद कल्पनाओं में उसने ज़िन्दगी को उन दिनों जन्नत की तरह जिया। शराब पी। सिगरेटों के पैकेट पर पैकेट फूंके। डिस्कोथेक गई। सुबह होने-होने तक रातें सड़कों पर काटीं। सेक्स में नये-नये प्रयोग किये। फिल्में और नाटक देखे। होटलों, रेस्तराओं और ढाबों का खाना खाया। पुरुष सत्ता के ख़िलाफ़ मंचों पर ऐसे करारे भाषण दिए, लेख लिखे कि नाम और दाम दोनों मिले। एक घरेलू औरत की ठहरी ज़िन्दगी के विरोध में वो ख़ुद को जितना आवारा बना सकती थी, बनाया उसने। पुराना पिंजरे में बंद जीवन याद आता तो वो स्वतंत्रता-स्वछंदता के आसमान में और-और ऊँची उड़ान भरने की कोशिश करती; इस स्वछंद जीवन का आधार था बाबू जिसका साथ पाकर वो बहुत-बहुत ख़ुश थी। ...लेकिन अब जबकि उसके साथ बराबरी से उड़ रहा वो परिन्दा अपनी राह बदल चुका है और अपने चुने इस आसमान की तपती ऊँचाइयों पर मृत्यु-सा अकेलापन महसूस करती वो झुलसकर सूखी ज़मीन

पर आ गिरी है तो अब उसे फिर से अपने उसी पुराने पिंजरे से लगाव हो गया है। ...और दिमाग़ कहता है कि लाख-लाख शुक्र है कि पिंजरे ने अब तक अपने लिए कोई दूसरा परिन्दा नहीं चुन लिया है! स्वछंदता के सब छल-छद्मों और असुरक्षाओं से गुज़र चुकी घायल चेतना अब अपने पुराने पिंजरे को कभी नहीं खोना चाहती। ज्ञान अगर दूसरी शादी कर लेते तो?? -वो सोचकर भयभीत हो उठती है अपनी बीती मूर्खताओं पर और पति के सीने में सिमट जाती है। वे निशब्द उसे सहलाते-थपथपाते हैं जैसे देर से अकेले बच्चे के भय को माँ अपने स्पर्श से मिटाती है -मैं हूँ ना!

ज्ञान को भोपाल आये आज छटवाँ दिन है। कल उन्हें लौट जाना है। वो भोपाल घुमाने की पेशकश कर चुकी है। वे आशा के सौ प्रतिशत विपरीत बात कहते हैं,

''नहीं। आज हम तुम्हारी बेस्ट फ्रेंड के घर चलेंगे। अब तो वो यहीं सैटल है ना? डिवोर्स के बाद अपनी इतनी छोटी बच्ची के साथ यहाँ अपने बूते रहना और इतने जल्दी एक फ्लैट की मालकिन हो जाना! क़ाबिलियत इसे कहते हैं कि चुनौतियों को इंसान अवसर में बदल ले! हम रिया से ही मिलने चल रहे हैं आज। और अब तक तो मैंने उसकी बेटी को भी नहीं देखा है। उसके घर जाते में, पहले बाज़ार चलेंगे। बच्ची को सोने की एक छोटी-सी हाय की पेंडल देने का मेरा मन है।''

वो पल भर को सन्न खड़ी रह गई। अगर रिया की तारीफ़ कर रहे हैं कि उसने इस शहर में आने के इतने कम समय में अपना फ्लैट कर लिया तो क्या इनके कहने का मतलब है कि कि वो इतने सालों से यहाँ रहकर गुलछर्रे उड़ाती रही है?? अब उसे अफ़सोस हो रहा है; उस दिन रिया की बालकनी में खड़े होकर उसने फ़ोन पर बात की थी तो अपार प्रसन्नता के उमड़ते सैलाब में सबकुछ बता डाला कि उसकी बेस्ट फ्रेंड रिया अब भोपाल में ही है। फिर उसने पूरी कहानी सुना डाली थी कि किस तरह वह अपने डिवोर्स के बाद भोपाल आई। उसके फ्लैट में रही और फिर अपनी मेहनत और क़ाबिलियत से अब न सिर्फ़ आत्मनिर्भर है बल्कि उसके पास अब ख़ुद का घर भी है। चेतना ने जो बात उत्साह के अतिरेक में कह दी थी, आज वे ही शब्द ज्ञान के मुँह से सुन रही है तो उसके अंदर कैसी दाह उठ रही है! वो रिया के लिए हिकारत से सोचती है कि भले ही वो ख़ुद के फ्लैट में रहती है लेकिन वो है तो सीमित आय वालों का अपार्टमेंट ही ना! साफ़ कहें तो ग़रीबों का अपार्टमेंट। ख़ास लोगों की सोहबत में आदमी ख़ास बनता है। और उसकी सहेली अब है ही क्या -खाना बनाने वाली बाई!!

''क्या सोच रही हो?'' ज्ञान ने उसका चेहरा हथेली से छुआ।

''आपकी हथेली कितनी बड़ी है कि मेरा पूरा चेहरा इसमें छिप जाता है।''

''ये तो नहीं सोच रही थीं तुम?''

पति ने उसके गले में अपनी बाँहें डाल दीं और एक भरपूर नज़र उसके चेहरे

पर डाली। वो सकपका गई। इस आरपार देखती नज़र से अपना मन छुपाने में वो हमेशा ही असफल रहती है। समझता तो हमेशा बाबू भी था उसके मन की बात और ज्ञान के मुक़ाबिल ज़्यादा ही समझता था लेकिन वो कभी ज़ाहिर नहीं करता था। वो चेतना को हमेशा लीड करने देता था। बाबू की याद आते ही दिल में एक हूक उठती है - सामने ज्ञान हैं! वो पति के सामने बाबू के ख़्याल से भी डर रही है। हड़बड़ाकर उसने ख़ुद को उनकी बाँहों से बाहर किया और फ़ोन उठा लिया,

"मैं उसे फ़ोन करके पूछ लेती हूँ। क्या पता वो आज घर पर है भी या नहीं?"

"अरे वो कहाँ जायेगी बेचारी? तुम ही तो कह रही थीं कि सुबह-शाम के तीन-तीन घंटे काम पर जाने के अलावा वो अपने फ्लैट में ही मिलती है हमेशा।"

"मिलती होगी; पता नहीं। पिछले बारह-पन्द्रह दिनों से उसका फ़ोन नहीं आया।"

"और तुमने चाहकर भी नहीं किया होगा ना?"

पति ने हमेशा की तरह उसकी नुकसानदायक सोच से उसे वाकिफ़ करवा दिया। अपनी शादी के पूरे इतिहास में आज पहली बार वो न पलटकर चीखी है, न तंज किया है। भोपाल में बीते पिछले सालों ने उसे असली दुनियादारी से मिलवाया है, अपना हित-अहित साधना सिखाया है। अब वो ज्ञान को नाराज़ नहीं करना चाहती बल्कि इस साथ और सुरक्षा को सहूलियत की तरह ओढ़-बिछाकर जीना चाहती है। उसने नंबर डायल किया; और रिया ने उन दोनों को दोपहर के खाने पर आमंत्रित कर लिया।

रिया के फ्लैट पर जाने से पहले वे बाज़ार गये। ज्ञान जब रिया की बच्ची के लिए कपड़े और सोने की लॉकेट की ख़रीददारी कर रहे थे, तो उसका दिल अपनी काल्पनिक शर्मिन्दगी में डूब-उतरा रहा था। सहेली के पास खाने-पकाने के बर्तन भी होंगे या नहीं? ये वहाँ से लौटकर ज़रूर उसे जतायेंगे कि उसकी सहेली अब एक ग़रीब कामवाली बाई है! इस रिया को भी क्या ज़रूरत थी कि उन दोनों को दोपहर के खाने पर बुला बैठी! दो-एक दिन पहले पता होता तो वो ही उसे कुछ उधार दे देती गोकि किसी को रुपये उधार देने में सख़्त तकलीफ़ होती है उसे लेकिन हाँ, ये नहीं तो वो अपने कुछ बर्तन तो उसे उधार दे ही सकती थी। मँहगे से मँहगा बर्तन चेतना की रसोई में है। अपनेआप से रिया की स्थिति की तुलना करते उसे ख़ुद पर बेतहाशा गुस्सा आने लगा। सब्ज़ी-रोटी और प्याज़ के अलावा वो ग़रीब कामवाली बाई उन लोगों को और क्या परोस पायेगी?? उसने अब तक ये मित्रता समाप्त क्यों नहीं की आख़िर??

बहरहाल, वे रिया के फ्लैट पर पहुँचते हैं। वो देख रही है कि दरवाज़े के बाहर ठीकठाक डोरमेट और सुंदर बंदनवार लगी है। ज्ञान ने डोरबेल बजाई तो वो चौंकी, अरे! डोरबेल भी लगवा ली! रिया बाहर आई और उसको गले लगा लिया। ज्ञान ने हाथ जोड़कर नमस्कार किया। अब वे अंदर आते हैं और चेतना ख़ुशी से चौंक-चौंक उठती है। दो छोटे कमरों का ये फ्लैट इतना ख़ूबसूरत पिछली बार तो न लगा था उसे!

खिड़कियों–दरवाज़ों पर लेटेस्ट चलन वाले झालरदार पर्दे थे। कमरे में पहले जहाँ सिर्फ़ एक दरी होती थी, वहाँ अब एक मोटा, नरम गद्दा था जिस पर कोरी चादर बिछी थी और रंग–बिरंगे, रेशमी कवर वाले कुशन और गाव तकिये थे। बैठने–लेटने की इस व्यवस्था के दोनों तरफ़ स्टैंड वाले फूलदान थे। दीवार पर घड़ी थी। वॉशवेशन के ऊपर दीवार पर एक पर्याप्त बड़ा, नक्काशीदार, पीतल की फ्रेमवाला आईना था। बगल मे, हाथ पोंछने को तौलिया टंगा था। और वॉशवेशन पर ब्रांडेड हैंडवॉश की बोतल रखी थी। नया सीलिंग पंखा चल रहा था। रसोई में गैस चूल्हा आ गया था; और स्टैंड में बर्तन चमचमा रहे थे। बालकनी में तुलसी और गुलाब के पौधे थे। इस्तेमाल और सजावट का सबकुछ सामान अगर मँहगा ना था तो सस्ता भी न था। चेतना की तबीयत खिल गई। पति के सामने उसकी इज़्ज़त बनाये रखी है सहेली ने। जब रिया उन लोगों के लिए शर्बत बनाने गई तो वो पीछे से जाकर उससे लिपट गई।

"अरे! क्या कर रही हो? छोड़ो वर्ना शर्बत गिर जायेगा!'

" नहीं! पहले तुम ये बताओ ये चमत्कार कैसे किया तुमने?"

चेतना उसकी दोनों हथेलियों को अपने हाथों में लेकर दबाती है और अनायास ही रिया के होंठों तक एक घुटी–घुटी कराह आकर ठहर जाती है। उसकी दोनों हथेलियाँ छालों से भरी हुई थीं।

"क्या किया तुमने अपनेआप के साथ?" अब वो उसे ग़ौर से देख रही है। वो पहले से दुबली दिख रही है। उसकी आँखों में कुछ सुर्खी है और मुस्कुराते पीले चेहरे के रेशे–रेशे में थकावट की झलक है जैसे वो लंबे समय से सोई न हो।

"मैंने पूछा तुमने क्या किया अपने साथ?" चेतना की आँखों में आँसू उतर आये।

"न! न! धीरे बोलो वर्ना जीजाजी तक हमारी आवाज़ जायेगी। और मैंने अपने साथ ऐसा भी कोई भारी अत्याचार नहीं किया है। बस कुछ एक्स्ट्रा काम कर लिया।"

"क्या एक्स्ट्रा काम?? बताओ मुझे।"

"इस महीने, पन्द्रह–बीस दिनों तक मैं शादी–पार्टी वगैरह में पूड़ी बेलने के लिए गई थी। यहाँ आसपास की बहुत बाईयाँ इस काम पर जाती हैं। गुड़िया को साथ ले जाती थी। वो गोद में सोई रहती, मैं सबके साथ बैठी पूड़ियाँ बेलती रहती। सुबह होने से पहले हम सब लौट आते। समूह में आते–जाते तो सेफ्टी की भी फिक्र नहीं रहती। खाना भी मिल जाता तो अगले दिन पकाना न पड़ता। कुछ बचत वो भी हुई। मज़दूरी भी अच्छी ही मिलती। बस यों समझ लो कि पिछले दिनों का ये हाल रहा कि रात–रात भर पूड़ियाँ बेलीं और दोपहर–दोपहर भर सामान ख़रीदने बाज़ार की ख़ाक छानी। सुबह–शाम खाना बनाने जाती रही, वो अलग।"

"रात–रात भर पूड़ियाँ बेलीं और दिन–दिन भर काम किया! ऐसी भी क्या हवस पैसा कमाने की? तुम्हारे फ्लैट की किस्त और तुम माँ–बेटी का ख़र्च तो तुम्हारे खाना

बनाने के काम से ही चल जाता है ना, फिर?''

''अरे! घर का सामान भी तो लेना ज़रूरी था। सोचा, सुविधायें तो धीरे-धीरे जुटाती रहूँगी लेकिन जो एकदम ज़रूरतें हैं ज़िन्दगी की, उनके लिए मैंने एक महीने का टॉरगेट बनाया और देखो, तक़रीबन-तक़रीबन सब ख़रीद लिया।''

''महीने भर के ही अंदर क्यों? इसीलिए ना कि जब हम दोनों तुम्हारे यहाँ आयें तो मैं शर्मिन्दा न होऊँ अपने पति के सामने? कहो, यही वजह थी और कोई नहीं ना?''

''अरे! तो ठीक है ना! इस बहाने गृहस्थी तो मेरी ही बनी।'' वो मुस्कुराकर, साड़ी के पल्ले से कंधे को ढँकती है और ट्रे में शरबत के गिलास सम्हालती हुई कमरे में चली जाती है।

चेतना स्तब्ध खड़ी है। अपना भला-बुरा, नेकी-बदी, अतीत-भविष्य जैसे सबकुछ किसी रोशनी में एकदम साफ़ हो गया है। कहाँ से आ रही है ये रोशनी? रोशनी ही नहीं बवंडर भी! प्रलय के जैसे बवंडर उठ खड़ा हुआ है आत्मा में। उसका अब तक का पूरा जीवन जैसे किसा मिक्सी में घूम उठा है। जीवन के सब सवालों को जैसे कोई प्रचंड क्रोध में मथ रहा है।

इन पलों में, समय, स्थान और काल का बोध धुंधला गया है। कब रिया ने उसे ले जाकर कमरे में बैठा दिया, कब उसने खाना खाया, उसने क्या-क्या खाया, ज्ञान ने खाने की तारीफ़ में क्या कहा और इस फ्लैट के व्यवस्थित जीवन की कितनी वाह-वाह की -उसने कुछ न सुना, न देखा, न जाना। खाने के बाद वाले सुस्ताते वक़्त में जब रिया चाय बनाने रसोई में चली गई; ज्ञान ने उसे झिंझोड़कर जगाया जैसे,

''ये क्या बर्ताव है? कब से बुत बनी बैठी हो? हो कहाँ तुम?''

चेतना ने रिक्त आँखों, शून्य चेहरे से उसे देखा। दिमाग़ ने कुछ चैतन्य होना चाहा; पर भीतर चल रहा आत्ममंथन जैसे उसे उबरने नहीं देता।

रिया चाय ले आती है; साथ में मठरी, शक्करपारे और बेसन के लड्डू।

अभिभूत ज्ञान उस कर्मठ युवती से उसके भविष्य के बावत् सवाल करते हैं; वो अपनी छिली हथेलियों को पल्लू में छुपाती हुई मुस्कुराती है,

''नौकरी तो करूँगी और पत्रकार की ही करूँगी क्योंकि माँ को ढूँढने का उससे बेहतर कोई तरीक़ा नहीं सूझता। उस तरफ़ कोशिशें तो हैं लेकिन अभी मेरी सबसे बड़ी चिंता ये है कि फ्लैट की किस्तें चुकता हो जायें, कुछ गृहस्थी जुट जाये और ये साहबजादी थोड़ी बड़ी हो जायें।''

रिया गुड़िया का झूला आहिस्ता-आहिस्ता झुलाने लगती है। ज्ञान ने मन में सोचा, ऐसी पद्मिनी स्त्री जिसके भाग्य में न थी, वो पूर्व पति कितना अभागा होगा!

''सोचती हूँ दूसरों के घरों में खाना बनाने का काम छोड़कर घर में ही टिफिन सेंटर खोल लूँ। ये गुड़िया की देखभाल के लिहाज से भी बेहतर काम है। जब आमदनी

ज़्यादा होने लगेगी तो गुड़िया के लिए कोई आया रख लूँगी। मैं भी पूरा वक़्त घर में रहूँगी तो ये हर लिहाज से इसके लिए अच्छा ही रहेगा। मेरी ज़रा-सी बच्ची परेशान हुआ करती है मेरे साथ धूल-धूप, सर्दी-गर्मी में। मारे-मारे फिरते हैं हम माँ-बेटी!''

बेटी को झूले में से उठाकर गोद में ले लेती है,

''लेकिन पहले मुझे कुछ और पैसे जुटाने हैं। नया काम डालने से पहले लोन की दो-तीन किस्तें एकमुश्त अलग रख देना चाहती हूँ।''

ज्ञान मुग्ध आँखों से देख रहे हैं एक अकेली युवती सिर्फ अपने बूते अपनी और अपनी बेटी की ज़िन्दगी सँवारने के लिए जूझ रही है -समय से, भाग्य से ...ईश्वर से! चेतना अपने पति की आँखों में झलकती सच्ची तारीफ़ को देख रही है ...आत्मा के मंथन से एक निर्णय अपने बनने की प्रक्रिया में है।

''रिया जी, आप भोपाल में हैं तो मैं इनके लिए कुछ निश्चिंत हूँ। '

ज्ञान ने चेतना की हथेली पर अपना हाथ रखते हुए कहा। उसको बहुत अच्छा लगा क्योंकि पति से उसे कभी उम्मीद नहीं रहती प्रेम के सार्वजनिक प्रदर्शन की।

''लेकिन अब आप अपनी सहेली को समझाइये कि अकेले रहने के सब सुख और दुख भोग चुकी हों, तो अब वापिस दिल्ली चलें मेरे साथ। और अगर इन्हें किसी प्रायवेट कॉलेज में पढ़ाना ही है तो वो तो ये वहाँ भी कर सकती हैं। नौकरी न करना चाहें तो न करें। मैं दोनों तरह से राजी हूँ। और इनकी यहाँ जो पी-एच.डी. चल रही थी अब तक वो एक तरह से पूरी हो चुकी है क्योंकि थीसिस सबमिट हो चुकी है और बस बायवा भर बाक़ी है, जब चाहे यहाँ आयें, रहें; चाहेंगी तो ग़रीब भी साथ चला आया करेगा।''

''चेतना, अब तुम मना मत करना। जीजाजी हर तरह से तुम्हारे भले की ही बात कर रहे हैं।''

दोनों अपनी-अपनी बात कह चुककर अब चेतना की तरफ़ देख रहे हैं। उसके चेहरे पर भीतरी मंथन की आती-जाती झलक उभरती है, फिर एक निर्णय आता है,

''चार महीने बाद यूजीसी नेट की परीक्षा है, मैं उसमें बैठ रही हूँ। परीक्षा के बाद मैं इनके साथ दिल्ली चली जाऊँगी और फिर चाहूँगी कि जीवन भर इनके ही साथ रहूँ। '

''चरैवेति! तुम यूजीसी नेट की परीक्षा में बैठ रही हो?? बताया नहीं?'' रिया ख़ुशी और लाड़ से उलाहना देती है।

''अभी, यहीं तय किया है तो पहले कैसे बताती?'' वो इस पूरी शाम में अब जाकर सामान्य हो पाई है।

''मतलब मैडम का मन अब सरकारी प्रोफेसरी के लिए एलीजिबल बनने का है? चलो, भोपाल आने का फ़ायदा तो हुआ। एक दिशा तो मिली तुम्हारे जीवन को।''

ज्ञान ने उसकी पीठ थपथपाई फिर प्यार से कहा,

"पर ये एक्ज़ाम तो दिल्ली में रहकर भी दे सकती हो। वहाँ जैसे ट्यूशन और कोचिंग क्लासेज़ भी यहाँ नहीं होंगे।" पति का दबाव पूरी तरह से ये है कि चेतना अभी ही, साथ चली चले दिल्ली।

"नहीं। मुझे किसी कोचिंग क्लासेस की ज़रूरत नहीं है। बस, आप मुझे किताबें और गाइड्स दिलवा दें। अभी ही चलते हैं। मोती मस्जिद के पीछे किताबों का बहुत बड़ा बाज़ार है यहाँ।"

"इतना पढ़ लोगी, कॉलेज में पढ़ाने के बाद?"

"पिछले ढाई-तीन सालों से सोई कहाँ हूँ, रात-रात भर पढ़ ही तो रही हूँ।"

ज्ञान उसका चेहरा निहार रहा है। बालकनी से आती नर्म रोशनी से उसका चेहरा दमक रहा है। वो कह रही है,

"जब भोपाल आने का निर्णय लिया था तो दरअसल मैं अपनेआप को खोजने निकली थी। पिछले सालों में सिर्फ़ भटकी हूँ। रास्ता तो अब सामने है। कम-से-कम आउटर सेल्फ़ को तो रास्ता मिल गया है; इनर सेल्फ़ का अभी कुछ नहीं मालूम।"

पहली बार पति के दिल ने महसूस किया कि पत्नी एक स्वतंत्र व्यक्तित्व है; और उसका असली सौन्दर्य उसकी स्वतंत्रता में ही निहित है। ज्ञान को जितनी तेज़ आत्मग्लानि महसूस हुई, उतनी ही तीव्र इच्छा हुई, इस नई सुंदर चेतना को कसकर गले लगा ले, देर तक प्यार करता रहे; इतना प्यार कि मसल दे इसको। लस्त होकर उसकी मज़बूत बाँहों में ढेर हो जाये ये सुंदर व्यक्तित्व! तब ये और कितनी ज़्यादा सुंदर होगी -मेरी ड्रीमगर्ल! ...लेकिन प्रत्यक्ष में वो केवल मुस्कुराया,

"चलो, तुम्हें किताबें दिलवा दूँ।"

पति को भोपाल से विदा करते चेतना खूब हिलक कर रोई। उसका दिन ज्ञान और बाबू, दोनों से अपने लगावों पर उसका दिल एक साथ आँसू बहा रहा था। स्टेशन पर जब ट्रेन चल पड़ी और ज्ञान का हाथ उसके हाथ से छूट गया, उसके आँसू एकदम थम गये। दिल भरभराकर भीतर-ही-भीतर ढेर हो गया जैसे। भोपाल की सड़कों पर कार चलाती कितनी अकेली है; यहाँ न कोई बाबू है न कोई ज्ञान। उसने फ्लैट का ताला खोला और बत्ती जलाई। सामने मेज़ पर यूजीसी नेट की किताबें रखी हैं। चेतना ने अपने लिए एक प्याली चाय बनाई। अम्मा की तस्वीर मेज़ के एक कोने पर रख ली और पढ़ने बैठ गई।

फिर उसकी दिलचस्पी सिवाय पढ़ाई के किसी और काम में न रही थी। मुलतानी मिट्टी या स्लेट पेंसिल खाती रहती और लगातार पढ़ाई करती रहती। कॉलेज जाने के सिवाय पूरा समय पढ़ती ही रहती या सो जाती। जब पढ़ते-पढ़ते थक जाती तो घर के काम कर उठती या अपने लिए कुछ पकाने लगती। ज्ञान से वो हर दिन फ़ोन पर

बात किया करती। एक दिन सुबह सोकर उठने पर उसने- क्योंकि वो फ़ोन बेडरूम में साथ रखकर नहीं सोती थी- सेलफ़ोन में बाबू के पैंतीस मिस्ड कॉल देखे जो उसके आधी रात के बाद से सुबह होने तक लगातार किये थे। उस पूरी सुबह चेतना का मन बेचैन रहा। बहुत बार उसने सेलफ़ोन उठाया- लेकिन बाबू को कॉलबैक नहीं किया। उस दिन कॉलेज जाते समय चेतना अपना सेलफ़ोन साथ नहीं ले गई कि किन्हीं कमज़ोर पलों में कहीं वो बाबू का कॉल अटैंड न कर ले। कॉलेज में वो हद बेचैन रही। पर्स में जितनी मुल्तानी मिट्टी भरी हुई थी वो सब खा गई। लौटते में एक पेटी स्लेट पेंसिल ख़रीद लाई। घर लौटकर आई तो देखा, फ़ोन में बाबू का एक भी मिस्ड कॉल नहीं था, अलबत्ता ज्ञान के ज़रूर पाँच मिस्ड कॉल थे। उसने राहत की साँस ली। बाबू नाम के जीवन की तरफ़ जाने वाले अंतिम रास्ते से भी आज उसने अपनेआप को बचा लिया था। ...क्या वाकई??

इधर, रिया दिन-ओ-रात काम कर रही थी। उसने एक टिफ़िन सेंटर खोल लिया था क्योंकि इलाक़े में आसपास बहुत छात्र-छात्रायें किराये से रहते थे जो बाहर से आये थे एजुकेशन हब भोपाल में पढ़ने। उसने ये काम शुरू ही तब किया जब पहले पाँच ग्राहकों से काम पा चुकी। उसने एक बंद हुए टिफिन सेंटर का सामान ख़रीद लिया था। समय का उसे ख़ास ख़्याल रहता। सुबह होने से पहले के अंधेरे में वो जाग जाती और खाना बनाने में जुट जाती। फिर गुड़िया को गोद में लिए-लिए टिफ़िन देने जाती। इतनी सुबह-सुबह ताज़ा खाना मिल जाने से ग्राहक छात्र-छात्रायें ख़ुश हुए क्योंकि इससे उनकी लंच के अलावा नाश्ते की ज़रूरत भी पूरी हो जाती थी और खाना होता भी ख़ासा लज़ीज था। एक सप्ताह बाद ग्राहकों की संख्या पाँच से बढ़कर बीस हो गई। अब रिया को एक सहायक की सख़्त ज़रूरत महसूस होने लगी। उसने सुबह से शाम तक के लिए एक लड़की को काम पर रख लिया। उसका नाम आरती था और वो पन्द्रह साल की एक बहुत दुबली लड़की थी। वो एक तरह से अनाथ थी। उसकी माँ बरसों पहले किसी के साथ भाग गई थी। पिता नशेड़ी और अपराधी दोनों था। पिछली बार की जेल-वापिसी के बाद वो न जाने कहाँ ग़ायब हो गया था। कुछ लोग कहते थे वो साधु होकर हिमालय चला गया तो कुछ कहते थे उसे उसके दुश्मनों ने मारकर गाढ़ दिया है शहर के बाहर वाले जंगल में। आरती अपने तेरह साल के भाई के साथ बुआ के दो छोटे कमरों के फ्लैट में रहती थी जिसमें बुआ का परिवार भी रहता था। ये फ्लैट रिया के फ्लैट से दो तल ऊपर था। रिया उसे हर दिन काम पर जाते देखती थी। वो दूसरों के घरों में बर्तन माँजने का काम करती थी। उसकी पूरी कमाई उसकी बुआ रख लिया करती थी। वो छोटी लड़की बड़े सबेरे काम पर निकला करती थी और दिन के दो-तीन बजे लौटती थी -लस्त, भूखी, बेदम! रिया को उस पर दया आती थी। उसने अक्सर ही उसे कुछ न कुछ खाने को दिया था, और कभी दस-पाँच रुपये भी कभी उसे सीढ़ियों

पर रोककर थमाती रही थी। एक बार अपना एक पुराना सलवार कुर्ता भी दिया था जिसे आरती ने अपने नाप का बनवाकर ख़ूब चाव से पहनती है, लगभग हर दिन ही। वो उसको 'रिया दीदी'' कहने लगी थी। तो, ऐसी आरती को रिया ने अपना कामकाज बढ़ते ही, सहायक के तौर पर काम पर रख लिया। महीने की उसकी वेतन उसकी बुआ के हाथ में देनी होगी, ऐसा तय हुआ। पहले तो आरती की बुआ उसे रिया के घर काम पर लगाने को राजी न थी क्योंकि आरती के प्रति रिया का लगाव बिल्डिंग में किसी से छिपा न था। बुआ को भय था कि ये पढ़ी-लिखी रिया उसकी नासमझ भतीजी को बहला-फुसला लेगी और उसके हाथ में जो चार पैसे आते हैं भतीजी की कमाई के, वे बंद हो जायेंगे। विधवा बुआ बहुत ग़रीब थी और उसे पाँच बच्चों के अपने बड़े परिवार को पालना था अगले बहुत सालों तक। ख़ैर, आरती की हद-बेहद ज़िद और इससे भी बढ़कर असली वजह ये कि रिया की तरफ़ से इतने वेतन की पेशकश आई थी कि जितना रुपया उसकी भतीजी को सब घरों में काम करके नहीं मिलता था। अंततः बुआ ने आरती को अलसुबह से देर रात तक के लिए रिया के घर में काम पर लगा दिया था।

आरती यहाँ काम पर लगकर बहुत ख़ुश थी। उसे करने को कोई वज़नी काम न था। घर की देखरेख के कामों के अलावा बस, उसे नन्ही गुड़िया की देखभाल करनी होती थी। काम तो सारा रिया करती थी और दिन-रात करती थी। कभी लड़की आश्चर्य से पूछती,

''दीदी आप जिन्न हैं क्या?''

ऐसी सब हदों के पार वाली मेहनत रिया किया करती थी। वो बड़े भगोनों और कड़ाहों में खाना बनाती। टिफ़िन देने जाती। फिर लौटकर, सब्ज़ी मंडी के लिए निकल जाती। ताज़ी, हरी, पत्तेदार सब्ज़ियाँ और मौसमी फल ख़रीदती जो सस्ते भी मिल जाते थे; और उनसे बने पकवान और फ्रूट सलाद उसके ग्राहकों को पसंद भी बहुत आते थे। मंडी से लौटकर आती तो अपने दूसरे काम करती और फिर शाम के टिफ़िन तैयार करने में जुट जाती। अपने ग्राहकों की ज़रूरतों को समझते हुए, महीने के आख़िर तक उसने टिफिन सेवा के साथ एक अतिरिक्त सेवा शुरू कर दी अंकुरित अनाज के छोटे पैकेट देने की जिसके लिए वो अतिरिक्त शुल्क लेती। इस नये काम को साधने और अधिकतम मुनाफे का काम साबित करने के लिए रिया मंगलवारा जाती जहाँ अनाज का पुराना बाज़ार था। वहाँ से वो अलग-अलग तरह के साबुत अनाज ख़रीद लाती। बड़े-बड़े बर्तनों में अनाज भिगोकर पीछे बालकनी में रख देती। अब उसकी बालकनी अंकुरित अनाज बनाने की जगह हो गई थी जहाँ वो दालें भिगोने, उनका पानी बदलने, भीगे कपड़े की पोटली बनाने और अंकुरित दानों को छोटी पन्नियों में पैक करने का काम करती। रिया के इस अतिरिक्त काम को आशातीत सफलता मिली। पिज़्ज़ा, बर्गर,

कोल्डड्रिंक और टिफिन पर निर्भर छात्र-छात्राओं को अपने कमरों-ठिकानों पर ही पौष्टिक अंकुरित अनाज मिलने लगा तो वे लगभग टूट पड़े इस सुविधा पर। पहले ही महीने के आख़िर तक रिया के ग्राहकों की संख्या चालीस पार कर गई; और अंकुरित अनाज के छोटे पैकेट्स की माँग तो इतनी थी कि वो पूरी नहीं कर पा रही थी। अब रिया के लिए इतने टिफिन दो वक़्त ग्राहकों तक पैदल जाकर पहुँचाना असंभव हो चला था। पहले उसने सोचा कि एक कर्मचारी रख ले टिफिन लाने-ले जाने को; फिर उसका दिमाग़ भावी कर्मचारी की वेतन का गुणा-भाग करता रहा और उसने तय किया कि जितनी अनुमानित वेतन कर्मचारी को देनी पड़ेगी, उतनी रकम की किस्त देना बेहतर रहेगा। उसी दिन वो एक नई स्कूटी ख़रीद लाई। फ्लैट के लिए जो लोन लिया था वो इन चार महीनों की अटूट मेहनत, कमाई, बचत और बैंक लोन को जीवन लक्ष्य की तरह भरने के उसके प्रयासों के तहत लगभग ख़त्म होने को था। एक बड़ा फ्रिज ख़रीदना जब इधर निहायत ही ज़रूरी हो गया जिसमें हरी सब्ज़ियाँ और फल रखे जा सकें तो इस ज़रूरत को रिया ने अपने ग्राहकों से एडवांस लेकर पूरा किया। उसका तात्कालिक लक्ष्य ये था कि अगले तीन महीनों में फ्रिज और स्कूटी का ऋण चुकता हो। अब अंकुरित अनाज के पैकेट्स की माँग इतनी ज़्यादा बढ़ गई थी कि रिया को कुछ बचत भी होने लगी थी जिसे वो हर दो-चार दिनों में अपने बचत खाते में जमा कर आती।

इस तरह पिछले चार महीने दोनों सहेलियों के लिए अपार मेहनत के महीने रहे थे। उधर चेतना दिन-ओ-रात पढ़ाई कर रही थी; इधर रिया दिन-ओ-रात अपनी आमदनी बढ़ाने को हाड़-तोड़ मेहनत कर रही थी।

चेतना अपने इम्तहान के चार दिन पहले रिया के पास रहने को आ गई। कॉलेज से उसने छुट्टी ले ली थी। अपने फ्लैट के निपट अकेलेपन में इतना-इतना पढ़ते उसकी तबीयत घबरा गई थी। इम्तहान का भी बेहद तनाव था। अब उसको लगता था कि उम्र के सब क़ीमती युवा साल उसने ज़ाया कर दिये हैं और अब सफलता की राह पर लौटने के लिए, उन सालों को रिकवर करने के लिए इस इम्तहान में पास होना बेहद-बेहद ज़रूरी है -सफलता हर हाल में!! उसकी इस सोच ने उसे डरा दिया था। असफलता का भय जैसे साँस भी ठीक से न लेने देता था। ज्ञान को फ़ोन पर वो कुछ न बताती थी लेकिन ज्ञान के जीवन में सिवाय चेतना के कोई स्त्री कभी न आई थी -वही पत्नी, वही प्रेयसी, वही साथी। एक स्त्री अपने पुरुष के जीवन में जो कुछ भी होती है या हो सकती है, वो सबकुछ थी चेतना ज्ञान के लिए इसलिए वे उसकी साँसों, धड़कन, आवाज़ तक से उसकी मनस्थिति भाँप लेते थे। उन्हीं ने ज़ोर देकर कहा कि वो रिया के घर जाकर रहे वर्ना तो चेतना अपनेआप में बहुत शर्मिन्दा रहती इन दिनों। उसे रह-रहकर वे दिन याद आते जब उसकी निराश्रित सहेली सिर्फ़ उसके भरोसे भोपाल चली आई थी अपनी नवजात बेटी को गोद में उठाये; और उसने उसे घरेलू नौकरानी से ज़्यादा

वाला मनुष्य कभी निराशा के उस गर्त में नहीं गिरता जिसका अंतिम सिरा मौत का भयानक जबड़ा है।

''आरती, मैंने अपना सब खो दिया!''

''न दीदी! ऐसे नहीं कहते। देखना, आप ये परीक्षा ज़रूर पास कर लेंगी।'

''ये परीक्षा तो शायद पास कर भी लूँ लेकिन जीवन की परीक्षा में, मालूम पड़ रहा है कि फेल हो चुकी हूँ।''

''ऐसा क्यों लगता है आपको; भगवान का दिया सबकुछ तो है आपके पास?''

''सबकुछ का मतलब पता नहीं क्या होता है? पहले भी सबकुछ था मेरे पास, पति, गहने, सब घरेलू सुख-सुविधायें लेकिन मैं उस जीवन से उकताकर भाग आई। यहाँ भी मुझे सबकुछ मिला और ये तो मनचाहा था -आज़ादी, आत्मनिर्भरता और पसंद का साथ भी लेकिन मन यहाँ भी उतना ही बेचैन रहा है जितना वहाँ हुआ करता था। पता नहीं, ये क्या तलाश है और मैं आख़िर चाहती क्या हूँ ज़िन्दगी से? तुम्हारी रिया दीदी की तरह सबकुछ बहुत साफ़ और सलीके से सजा-सँवरा नहीं है मेरे भीतर। यहाँ तो गर्द है, बेचैनियाँ हैं, टूट-फूट भी बहुत है और नयेपन का अटाला भी। तुम लेकिन अभी बहुत छोटी हो ये सब समझने के लिए। जाओ, चाय बना लो।'' अपनेआप से ऊबी हुई वो फिर किताब खोलकर पढ़ने लग जाती है।

''दीदी!'' रसोई में जाती आरती पल को रुककर कहती है।

''आप जीवन में जो-जो पाना चाहती हो, जब सब पा लो तो एक बच्चा गोद ले लेना।''

''तुझे ही गोद ले लूँगी; तू भी तो अभी बच्ची ही है।''

''मैं तो अब रिया दीदी की हूँ।''

''अच्छा तो ठीक है, जब तू बड़ी हो जायेगी और तेरी शादी हो जायेगी तो तेरे बच्चों में से ही किसी एक को गोद ले लूँगी।''

''क्या दीदी, आप भी!''

आरती शरमाकर रसोई में भाग जाती है और चेतना मुस्कुराती है, पन्द्रह साल की उमर ऐसी ही होती है! अचानक उसे याद आती है अपनी पन्द्रह साल वाली उमर - पहले प्यार के दिन!

उस जमाने में जबकि दतिया जैसे गँवई कस्बे में लड़कियों की शिक्षा इतने शुरुआती दौर में थी कि उनका सरकारी कन्या विद्यालय की नियमित छात्रा होना भी बड़ी आधुनिक बात मानी जाती थी। वो फैशनेबल और अनिष्ट के भय से भरी आशंकाओं-आशाओं के साथ ताँगे से अपनी सहपाठिन रिया और दूसरी लड़कियों के साथ स्कूल जाती थी। उनके ताँगे के पीछे एक ख़ूबसूरत नौजवान हर दिन साइकिल चलाता हुआ स्कूल तक आता था और चुपचाप लौट जाता था। आख़िर वो किसके पीछे है?? कई

दिनों की मीठी खुसुर-पुसुर के बाद रिया ने ताँगे की सब लड़कियों के बीच घोषणा की थी कि वो चेतना के पीछे है! चेतना का दिल रह-रहकर धड़कता और नहाने-खाने-पढ़ने-सोने के रोज़मर्रापन में भी एक शोखी आ घुली थी जैसे। वो सोचती और मुस्कुराती। लड़कियाँ जो सोचती भर हैं, लड़के कर डालते हैं। कुछ ही दिनों बाद वो लड़का चेतना के ही मोहल्ले में एक मकान में किरायेदार होकर रहने आ बसा था। वो शायद आसपास के किसी गाँव का था। उसका नाम सुधीर था और वो डिग्री कॉलेज का छात्र था। शायद ये होता कि चेतना का उससे प्रेमप्रसंग चलता। वे एक-दूसरे को दूर से देखते-निहारते जान गये थे कि दोनों ही एक-दूसरे को छू लेने को बेकरार हैं। पहली चिट्ठी किसी ख़ुशबूदार लैटरहैड के पन्ने पर सुधीर ने लिखी भी होगी शायद; लेकिन वो जवाबी ख़त लिख पाती, इससे पहले ही न सिर्फ़ उसका ध्यान को बल्कि पूरी की पूरी उसको ही किसी ने अपनी ओर खींच ली थी- ध्रुव! ...ध्रुव नहीं धूमकेतु! अब चेतना उसे इसी तौर पर याद रखती है। आज वो सोचती है तो उस लड़के का चेहरा भी उसे पूरी तरह से याद नहीं आता, वो इतने कम दिनों के लिए उसके जीवन में था लेकिन जो उसने किया वो एक तरह से स्थायी होकर रह गया चेतना के जीवन में -सबकी स्मृतियों में दर्ज़ उसकी एक अपमानजनक स्मृति! उसके नाकारा सौतेले भाईयों के हाथों में उसका जीवन भर अपमान कर सकने वाला एक स्थायी हथियार है अब वो प्रेमप्रसंग! ध्रुव पड़ोस के घर में आया था गर्मियों की छुट्टियाँ बिताने। दोनों परिवारों का बड़ा घरोबा था। गर्मी की अंतहीन दोपहरों में जब यहाँ उसकी सौतेली माँ और वहाँ आँटीजी अपने कामकाज से लस्त होकर सो जातीं, सब बच्चे इकट्ठा होकर कैरम, लूडो, अस्टाचंगा खेलते। कॉलेज में पढ़ रहा ध्रुव अपने महानगरीय व्यक्तित्व से दो दिनों में ही चेतना को जीत चुका था। अब सोचती है तो जान पड़ता है कि वो उस पर नहीं, दरअसल उसके महानगरीयपन पर फिदा हुई थी। मोहल्ले के एक बंद पड़े खंडहर कच्चे घर में दोनों ने पहली पुरलुत्फ़ दोपहर साथ बितायी, फिर दूसरी, फिर तीसरी- बस! इससे ज़्यादा छिप पाना उस गँवई परिवेश में संभव था भी नहीं। चौथी दोपहर तो आधा दर्ज़न बच्चे उस घर की टूटी खपरैल से झाँक-झाँककर तालियाँ पीट रहे थे। चेतना तो इतना ज़्यादा घबरा गई थी कि उल्टा सलवार-कुर्ता पहनती, दुपट्टा लपेट गिरती-पड़ती वहाँ से भागी थी। अपने बड़े भाई से उसकी रक्षा करने सौतेली माँ कभी बिस्तर पर पड़े मरणासन्न बाबूजी से, कभी अपने छोटे बेटे से गिड़गिड़ाती रही थीं पर बेटी की किसी तरह रक्षा न कर पाई थीं उस बेपनाह मार से। उस घटना के बाद वो अपने ही घर में नौकरानी बनकर रह गई। हर पल कामकाज में छिपी, परिवार के सामने पड़ने से बचती फिरती। ग्यारहवीं-बारहवीं की पढ़ाई फिर चेतना ने प्रायवेट ही की थी क्योंकि उसके दसवीं फेल सौतेले भाई का यही हुक्म था जिसे न माँ और नही बाबूजी पलट सकते थे। दो साल यों बीत जाने के बाद, चेतना ने कुछ उस भाई के सामने गिड़गिड़ाकर,

कुछ उसकी नवब्याहता पत्नी के हाथ-पैर जोड़कर, गर्ल्स कॉलेज में दाखिले की अनुमति पा ली थी। और ध्रुव? वो तो घटना के एक घण्टे के बाद ही अपने शहर वापिस लौट गया था; लेकिन चेतना को असली दुख इस बात का हुआ था कि सुधीर भी उसी हफ्ते उस मोहल्ले से अपनी बोरिया-बिस्तर बाँधकर निकल लिया था।

"सब लड़के एक जैसे होते हैं!"

चेतना को याद है उसने ये रिया से कहा था और रिया ने असहमति जताई थी क्योंकि उसका भी एक बॉयफ्रेंड था -चक्रधर! पूरे दो साल वो अफ़ेयर सफलतापूर्वक चलता रहा, वो भी उन कठिन से कठिनतम हालात में जबकि रिया जिस घर में रहती थी यानी कि मौसी के घर में, वहाँ सिवाय मौसी के, हर कोई उसे बाहर का रास्ता दिखाने का बहाना खोजता रहता था। रिया ने इतनी होशियारी-चेतना सोचती है- से या कि चालाकी से उस प्रेम का निर्वाह किया था कि चेतना को भी पूरी बात तब बताई जब उस दिन रिया उस लड़के के साथ घर से भागने वाली थी -लेकिन वो लड़का तय जगह, तय वक़्त पर पहुँचा ही नहीं! बावजूद इसके रिया ने कभी उसकी तरह लड़कों की जात पर इल्ज़ाम नहीं डाले।

अब वो सोच रही है- रिया कितनी चंट है! हमेशा से ही जीवन में वो बहुत सफल रही है उसके मुकाबिल। बुद्धिमत्ता उसमें इतनी है कि ज़रूर अब तक उसे जीवन के किसी ऊँचे शिखर पर होना था; वो तो, वो अपने भीतर के अज्ञात डरों और रंजीत के साथ ठीकठाक वैवाहिक जीवन बिताने की चाह में महत्वाकांक्षी न बन सकी थी या शायद वो सदा की अनाथिन अपने लिए एक सुरक्षित खोह चाहती थी। उस खोह में भी लेकिन वो अपनेआप को भूली नहीं थी। उतने सारे बरस वो अपनी डिग्रियाँ बढ़ाती रही थी। घर सजाने, पति की शर्ट में बटन टाँकते, नई से नई रेसिपी बनाते-बनाते ही उसने संस्कृत में एमए कर डाला था; साथ में न जाने कौन-कौन-से डिप्लोमा कोर्स भी। ...और अब जबकि उसकी अंधेरी खोह ने उसे इस दुनिया में निकाल फेंका है, तो उसकी खुली क़ाबिलियत छटपटा उठी है। और देखो, भोपाल आने के कुछ ही महीनों में उसके पास ख़ुद का घर हो गया है, ग़रीब-सा ही सही! भविष्य की सुरक्षा और तरक़्क़ी ही रिया के जीवन की सबसे ऊँची महत्वाकांक्षा है आज। और उसके जीवन की महत्वाकांक्षा क्या है? वो सोचती है, क्या नारी-स्वतंत्रता के सब भुलावों के बाद अब वो भी अपने लिए सुरक्षित भविष्य ही नहीं चाहती है? जीवन में विकल्प कितने कम हैं!! वो एक ठंडी साँस लेती है। आरती चाय बनाकर ले आई है। चाय की तुलसी-इलायची वाली ख़ुशबू से कमरा महक उठा है। उसको बेहतर महसूस हुआ। सोचने से थककर, वो फिर पढ़ने बैठ गई।

कल सुबह चेतना का यूजीसी नेट का इम्तहान है। रात के शायद तीन बजे होंगे। चेतना की नींद टूटी तो देखा भीतर वाले कमरे की बत्ती जल रही है। रिया भगोनों में

भरे अंकुरित दानों को नन्ही पारदर्शी पन्नियों में पैक करती जा रही थी और हरेक में एक स्लिप डालती जा रही थी। चेतना एक स्लिप उठाकर देखती है –

गुड़िया फूड फैक्ट्री

फ्रेश एंड हेल्दी स्पाउड्स

गुड़िया फूड फैक्ट्री?? –ये तुमने नया क्या काम डाला है?

"डाला नहीं है, डालने वाली हूँ। कल सुबह पहली डिलेवरी देने जाऊँगी माल की; एक मॉल और दो ग्रासरी स्टोर्स को। पेमेन्ट एक दिन बाद किया करेंगे वे; जितनी बिक्री हो जाये। न बिका तो लौटा भी देंगे।"

"अरे ग़ज़ब! तुम्हारी तरक़्क़ी की रफ्तार तो अब पकड़ में ही नहीं आती! डिवोर्स ऐसे शुभ मुहूर्त में हुआ कि ज़िन्दगी संवर गई!"

रिया उदासी से हँस दी।

"कल तुम्हारा इम्तहान है और मेरा भी।"

"और हम दोनों अपना-अपना बेस्ट देंगे अपने इम्तहानों को। तुम पैकेट बनाओ, मैं तुम्हारे लिए चाय बनाकर लाती हूँ।"

रिया फिर जल्दी-जल्दी पैकेट्स तैयार करने लगी। रसोई की तरफ़ जाने से पहले चेतना ने एक नज़र अपनी सहेली पर डाली। वो कितनी दुबली हो गई है! उसकी आँखें सुर्ख रहती हैं, चेहरा कुम्हलाया और वो हर वक़्त घबराई हुई-सी दिखती है। हर पल वो ज़्यादा से ज़्यादा मेहनत करना चाहती है। चेतना ने रसोई की खिड़की से आसमान को निहारा। समय जागने से पहले गहरी रात के आगोश में सोया हुआ है और आसमान से चाँदनी झर रही है। वो बहती हवा में एक गर्म साँस छोड़ती है और साँस के साथ उसके मन की बात आसमान की ओर बहती चली जाती है। कल भले मैं सफल होऊँ या न हो पाऊँ; पर हे अम्मा के ईश्वर! इस मेरी सहेली को ज़रूर सफल कर देना! प्लीज़ प्लीज़ प्लीज़!

आसमान के तारों को चेतना ने नजर भर ऐसे निहारा जैसे पुकारा हो। क्या वे एक पल को कुछ तेज़ होकर चमके थे??

एक दिन में तीन पर्चे! –चकनाचूर कर देने वाला इम्तहान था!

लस्त-पस्त लौटी चेतना डोरबेल बजाती है। सोच रही है, आरती जैसे ही दरवाज़ा खोलेगी वो उसे चाय बनाने को कहेगी। आज और यहीं रहेगी। ख़ूब सोयेगी, खायेगी-पियेगी फिर कल शाम अपने फ्लैट का रुख करेगी। कॉलेज की छुट्टी तो अभी और एक दिन बाक़ी है।

दरवाज़ा खोला; लेकिन आरती ने नहीं, ज्ञान ने!

"आप???" वो लिपट गई पति से।

"हाँ भई, मैंने सोचा हमारी मैडम इतनी मेहनत कर रही हैं तो क्यों ना उनकी

थोड़ी ख़िदमत की जाये! एक हफ्ते के लिए हम शिमला जा रहे हैं। कल बड़े सुबह की फ्लाइट है।''

''क्या?? लेकिन मैंने कॉलेज से इतनी छुट्टी नहीं ली है।''

''तो अभी फ़ोन कर दो वहाँ।''

''इतनी छुट्टियाँ लूँगी तो नौकरी चली जायेगी।'' वो हँस पड़ी।

चेतना फिर पति से लिपट गई। उसके दिल को पति का ये 'अपनी-अपनी चलाने वाला'' बर्ताव पसंद नहीं आया है लेकिन गले लगने में एक सुरक्षा बोध था। बाबू के साथ वो अपनी मनमर्जी का जीवन जीती थी लेकिन हर पल एक असुरक्षा दिलोदिमाग़ पर हावी रहती थी। ...फिर पुरुष से सुरक्षा की कामना स्त्री के लिए क्या है -हार या जीत?? और स्त्री होना क्या है? मनुष्य होना क्या है अंततः?

पति-पत्नी एक हफ्ते शिमला रहे। लौटते में ज्ञान ने चेतना को एक दिन के लिए दिल्ली रोका। अपना पुराना घर और बनाई-बसाई गृहस्थी को जस-का-तस देख उसका का दिल लरज-लरज गया। अगले दिन की फ्लाइट से वो भोपाल लौट आई।

हफ्ते भर वो अपने फ्लैट और कॉलेज के कामों में व्यस्त रही। आज शनिवार है। चेतना को रात रुकने के लिए रिया ने बुलाया है। फ्लैट में आते ही वो चौंकती है,

''यार ये तुम्हारा घर है या किसी जादूगरनी का महल? जब आओ, बदल-बदल जाता है!''

वो घर के नये हालात को देखकर ये बात कह रही थी। अंदर वाला पूरा कमरा और बालकनी अंकुरित दानों के भगोनों, पॉलिथिंस और 'गुड़िया फूड फैक्ट्री'' लेबल की पर्चियाँ बिखरी थीं। बालकनी में एक लड़की रिया के साथ बैठी अंकुरित दानों को पैकेट्स में भरती जा रही थी। रिया काम छोड़कर उठी और उसके गले से लिपट गई जैसे बस वही एक उसकी अपनी हो पूरी दुनिया में।

''देखूँ तो, कैसी निखरकर आई है मेरी बन्नो शिमला से?''

''मेरी छोड़! सबसे पहले ये बता तेरा काम कैसा चल रहा है?''

''टिफ़िन सेंटर बंद करके इस काम को करने के बारे में जब मैंने सोचा था तो मन में सिर्फ़ डर ही डर था; ये नहीं सोचा था कि ये सब होगा!''

''क्या सब?''

''दो मॉल और तीन ग्रासरी स्टोर हो गये हैं। जितने पैकेट्स देकर आती हूँ, अगले दिन तब सब बिक जाते हैं। इतना पेमेन्ट मिलता है!! और इसमें मेहनत भी मेरे पुराने कामों से बहुत कम है। सुबह-सुबह जाती हूँ माल की डिलेवरी देने और इसके लिए भी सोच रही हूँ किसी लोडिंग ऑटो वाले से बात कर लूँ। स्कूटी से ले जाते नहीं बनती इतने सारी बोरियाँ। मैं बस लोडिंग ऑटो वाले के साथ अपनी स्कूटी चलाकर जाया करूँगी और सबेरे के दस बजे तक सब जगह माल की डिलेवरी करके लौट आया

करूँगी। पेमेन्ट का सोच रही हूँ, वीकली लेने लगूँ।''

चेतना अपनी आँख की कोर से काजल लेकर उसके माथे के किनारे टीका लगा देती है,

''नज़र न लगे मेरी कमाऊ बन्नो को!''

चेतना शिमला से उपहार लाई थी रिया, गुड़िया और आरती के लिए। ख़ुश होकर दिखाने लगी। खाना खाने के बाद दोनों लेट गयीं। चेतना दीवान पर, रिया फर्श पर दरी बिछाकर लेट गई। गुड़िया को चेतना ने दीवान पर अपने पास सुला लिया। आरती और वो दूसरी लड़की काम पूरा करके जा चुकी थीं।

''तो भोपाल में तुम सैटल हो गईं यार; और अभी साल पूरा नहीं हुआ तुम्हें यहाँ आये!''

''इसे तुम सैटल होना कहती हो? हाँ, बस एक छत हो गई सिर पर और एक रोज़गार हो गया ऐसा जिसमें रोज़ कुँआ खोदना है, रोज़ पानी पीना है।''

''अपना ख़ुद का रोज़गार तो फिर भी संभावना देता है आगे बढ़ने की, चाकरी में तो लक्ष्मणरेखा में ही घुट-घुट कर मर जाता है आदमी। पूरी योग्यता की क़ीमत गिने हुए सिक्कों में बदलकर रह जाती है। और फिर नौकरी नोक पर होती है। हर दिन, डर का एक दिन होता है। अब मेरी नौकरी ही देख लो। पन्द्रह दिन की छुट्टी हुई तो इस महीने आधी ही सेलरी मिलनी है। तिस पर ये डर कि कहीं नौकरी से बाहर न कर दें।'

''ओह! प्रायवेट नौकरियों का यही हाल है। तभी मैंने ये ऐसा काम डाल लिया है जिससे साइड में कुछ स्थायी-सी आमदनी होती रहे कि अगर मैं नौकरी कर लूँ तो उसमें जो उतार-चढ़ाव आयें तब कम-से-कम कभी भूखों मरने की नौबत तो न आये हम माँ-बेटी के सामने।''

''ऐसी बात क्यों कहती हो?'' वो आगे कहना चाहती थी कि 'मैं हूँ ना हमेशा तुम्हारे साथ!'' लेकिन से बात उसके मुँह से निकल न सकी। जब रिया उसके फ्लैट में दो महीने रही थी तो उसने उसे घरेलू नौकरानी बनाकर रखा था, सो भी बड़ा एहसान जताते हुए। तब उसे कहाँ पता था कि सहेली अपना भाग्य इतनी जल्दी सँवार लेगी। उसका मन शर्मिन्दगी से भर उठा। बात बदलते हुए उसने पूछा,

''सफल होते ही आदमी अपने शौक पूरे करना चाहता है। पेट की रोटी का इंतजाम हो गया, सिर पर छत हो गई और चार पैसे की स्थायी-सी आमदनी होने लगी है तो अब अपना दिल बहलाने को तुम नौकरी करना चाहती हो? वही पत्रकार वाली ना?''

जवाब में रिया ने अलमारी में से निकालकर एक फ़ाइल उसे थमा दी।

''देखो, पूरे अस्सी हो गये हैं!''

रिया ने उसे दैनिक उदय के 'सिटीजन जर्नलिस्ट'' कॉलम की कतरनें दिखायीं।

रिया की खींची हुई तमाम तस्वीरें थीं वे; शहर की अव्यवस्थाओं के बारे में किसी माहिर पत्रकार की तरह उसने रिपोर्टिंग की थी।

"ये सब तुमने किया? कैसे कर सकीं तुम ये?"

"जब हमें अपने काम में मज़ा आने लगता है, तब हमारे काम को कोई नहीं रोक सकता।"

"पर अलग से इतना वक़्त कहाँ से लायीं इस काम के लिए? क्या दिन और रात को चौबीस से बढ़ाकर चालीस घंटों का कर लिया है अपने लिये?"

"नहीं रे। मेरे पास भी वही चौबीस घंटे हैं जो बाक़ी सबके पास हैं। रोज़ी-रोटी की फिक्र भी वैसी ही। अपने काम से तो समझो कि मुझे इतना घर से बाहर रहना पड़ता है कि एक तरह से बाहर की दुनिया ही मेरा घर है। बस, मैंने कुल इतना किया कि एक अच्छे कैमरे वाला सेलफ़ोन भी अपने साथ रखने लगी हूँ।"

"दिन-रात काम करती हो और अपने कामों के बीच तुम अपना ये शौक क़ायम रख सकीं, ग़ज़ब!"

"शौक नहीं, ये मेरी माँ की तलाश है। कितने भी व्यस्त हों बच्चे, भला माँ को भूल सकते हैं?? लेकिन अभी कुछ और मेहनत करनी है अपने इस अंकुरित दानों वाले काम को जमाने के लिए। माँ की तलाश में निकलने से पहले बेटी का भविष्य सुरक्षित करना है।"

"भगवान तुम्हारे एक्स हसबैंड को लंबी उमर दे जिसने एक धोख़ा देकर तुम्हारे मामूली गृहस्थ जीवन को इस महानता के पथ पर धकेल दिया है।"

कहते हुए चेतना हँस दी और हँसने की वजह से उसके हाथ से उसका सेलफ़ोन छूट कर नीचे दरी पर गिर गया जिसे वो इतनी देर से निहार रही थी। रिया ने फ़ोन उठाकर उसे देना चाहा कि चौंकी,

"तुम बाबू की फ़ोटो देख रही थीं इतनी देर से??"

"एक प्यार की कई-कई परतें होती हैं। तुम नहीं समझ पाओगी।"

"और भला मैं क्यों नहीं समझ पाऊँगी?"

"क्योंकि अब तक तुम्हें किसी से सच्चा प्यार नहीं हुआ ना! जैसे मैं बाबू से हमेशा करती रहूँगी, तब भी जब मेरे बाल सफ़ेद हो जायेंगे, मैं बीमारियों से घिर जाऊँगी और नज़र धुंधलाकर ख़त्म होने की कगार पर होगी, तब भी वो मेरे जीवन में आया सबसे चमकीला इंसान होगा जो मेरे ज़हन को आख़िरी साँस तक रोशन किये रहेगा अपनी यादों से।"

"सच्चा प्यार? पता नहीं, फ़िलहाल मैं मर्दों के बारे में नहीं सोचती। मैं बस अपने काम के बारे में सोचती हूँ और अपनी माँ को खोजना चाहती हूँ।"

दरी पर लेटी रिया खिड़की से झाँकते तारों को देखती है। अनदेखी माँ के लिए

उसकी आँखों में आँसू भर आये हैं –क्या बाहर बहती हवा भी कुछ नम नहीं पड़ गई है?

तीन–चार महीने बाद जबकि चेतना का पी–एच.डी. का बायवा हो गया है, अब रिजल्ट आना है। और उसने यूजीसी नेट की परीक्षा क्वालिफ़ाई कर ली है। इसके अगले हफ्ते रिया का नये फ्लैट में गृहप्रवेश है। शहर के मुख्य इलाक़े के पास तीन बेडरूम वाला एचआईजी फ्लैट। आज नये फ्लैट में गृहप्रवेश की पूजा है। रिया के निमंत्रण पर दिल्ली से ज्ञान भी आये हैं। गृहप्रवेश के हवन के बाद अब वे तीनों दरी पर बैठकर खाना खा रहे हैं। आरती परोस रही है। चेतना अपनी थाली में से निवाला बना–बनाकर गुड़िया को खिलाती जा रही है। ज्ञान चेतना का ममतामयी रूप देख रहे हैं। आज हमारा अपना बच्चा होता तो कितना बड़ा होता! आँखों की कोरों तक आँसू आ गये ज्ञान के। चेतना जैसी भी है, जहाँ भी है, ज्ञान का परिवार वही है; वर्ना तो किस–किसने नहीं सुझाया अब तक कि बाँझ चेतना को डिवोर्स देकर दूसरी शादी कर ले। ज्ञान ने चुपचाप अपनी जाँच करवाई थी कभी। वो पिता बनने के सर्वथा योग्य हैं लेकिन चेतना से ये बात कही नहीं कभी; ऐसा अपार प्यार है उन्हें अपनी इस औघड़, यायावर, बेशऊर बीवी से। दिल में हूक उठी ज्ञान के –बच्चे से ही तो परिवार पूरा होता है! आँसू रोकने के लिए ध्यान दूसरी तरफ़ कर लिया,

''रिया जी, इतना बड़ा फ्लैट तो बहुत मँहगा पड़ा होगा आपको?''

''पुराने फ्लैट को बेचने के अलावा कुल जमा पूँजी भी जाती रही; और अगले पच्चीस साल जीवन के, समझ लीजिये कि गिरवी रखे हुए हैं लोन की किस्तों के नाम।''

''पच्चीस साल तो नहीं, ये तो बहुत जल्दी चुका देगी किस्तें। ये बहुत चंट है। स्कूल के दिनों में भी ये अपनी कॉपी में सबसे पहले काम पूरा कर लेती थी और क़िसी को बताती भी नहीं थी।''

''लेकिन कुछ भी कहो, बहुत हौसले की ज़रूरत पड़ी होगी इतना मँहगा फ्लैट लोन पर लेते समय।''

''आप सच कह रहे हैं; पहले तो मेरा हौसला न जुटता था लेकिन फिर मैंने सोचा कि ज़िन्दगी भर यही तो नहीं करती रहूँगी कि सिर की छत की फिक्र में ही जिया करूँ। अब एक कमरा तो इन साहबज़ादी को ही चाहिए होगा ना; ये बड़ी होंगी तो इनकी सहेलियाँ आया करेंगी यहाँ 'गर्ल्स नाइट पार्टी'' करने।''

रिया ने बेटी का मुँह चूम लिया। पलटकर गुड़िया उसका चेहरा अपने नन्हे मुँह से बार–बार चूमने लगी। दंपति ने तरसकर देखा इस संतान–सुख को।

''फिर एक कमरा और बालकनी तो 'गुड़िया फूड फैक्ट्री'' के काम में ही खप जानी है। और आरती को भी तो घर में अपनी पर्सनल जगह चाहिए ना! अभी तो उसे गुड़िया का कमरा दे दिया है।''

''आरती, तुझे तेरी बुआ ने इतनी दूर इस फ्लैट में रहने के लिए आने कैसे दिया तेरी रिया दीदी के साथ?''

सबकी थालियाँ समेटकर रसोई में ले जाती आरती से पूछा चेतना ने।

''बुआ तो किसी भी तरह आने नहीं दे रही थीं फिर रिया दीदी ने कहा कि मैं पुलिस बुला लूँगी अगर तुमने आरती को रोका तो। तुम नाबालिग बच्ची से काम करवाती हो और उसकी सब कमाई छीन लेती हो।''

''फिर?''

''फिर कुछ नहीं। मैं तो चली आई दीदी के साथ; बुआ के घर अपने कपड़े उठाने तक नहीं गई। अब दीदी ने बैंक में मेरा खाता खुलवाया है। महीने की पगार मैं अपने खाते में जमा करके आया करूँगी और दीदी इस साल दसवीं का ओपन स्कूल वाला फार्म भी भरवा रही हैं मुझे। पढ़ायेंगी भी वे मुझे।''

''वाह रिया जी! आरती से लेकर चेतना तक -आपने तो ज़िन्दगियों को सुधारने-सँवारने की फैक्ट्री खोल ली है गुड़िया फूड फैक्ट्री के साथ-साथ।''

''और इस दूसरी फैक्ट्री की सर्विसेज़ का कोई चार्ज भी नहीं है!''

वे दोनों मिलकर हँसे; लेकिन चेतना का चेहरा उतर गया। ज्ञान उसकी सफलता का श्रेय किसी और को कैसे दे सकते हैं और रिया भी बजाय उसकी मेहनत की तारीफ़ करने के ख़ुद पूरा क्रेडिट ले रही है!

महीने भर बाद, एक दिन चेतना को रिया का फ़ोन आता है

''चेतना!'' उसकी आवाज़ ख़ुशी से थरथरा रही थी।

''क्या हुआ?''

''मुझे रिपोर्टर की नौकरी मिल गई है -दैनिक उदय में!''

मौसम बदलने के दिन

...गुड़िया की ज़िम्मेदार माँ अपने सब संयमों में साध्वी होने की कगार तक जा पहुँची है।

अख़बार की नौकरी!

बीस हज़ार रुपये वेतन जिसमें सुबह ग्यारह बजे से शाम सात बजे तक शहर की गतिविधियों को कवर करने के लिए तपती दोपहर भर भटकते रहना फ़ोटोग्राफर के साथ। देर शाम जब वो घर लौटती तो बदन तप कर सूख गया होता। शॉवर के नीचे खड़ी होकर पानी चला लेती सिर पर तो त्वचा पर ऐसा महसूस होता जैसे तपती धरती पर पानी की बूँदें धुआँ हो रही हैं। अब रिया की आँखों-सिर में नींद का भारीपन रहने लगा है। अपने फ्लैट के एक कमरे-बालकनी में रची-बसी गुड़िया फूड फैक्ट्री का काम भी उसे देखना होता है। दिन में उसकी ग़ैरमौजूदगी में गुड़िया फूड फैक्ट्री का काम करने को दो महिला कर्मचारी हैं जो अंकुरित दाने बनाने, पैक करने का पूरा काम करती हैं। आरती दिन में घर, गुड़िया और उन दोनों कर्मचारियों के काम की देखभाल करती है।

सबेरे साढ़े तीन बजे सोकर उठती है रिया। पाँच-छह पराँठे और सब्ज़ी बनाकर स्टील के एक टिफ़िन में रख लेती है, इसी के सहारे उसे पूरा दिन बिताना होता है। साथ होती है पानी की बोतल; बाहर के खाने-पीने पर वो कभी एक रुपया भी ख़र्च नहीं करती। और उसके कपड़े इतने साधारण होते हैं कि साथी पत्रकार गाहे-बगाहे मज़ाक भी उड़ा दिया करते हैं उसका। रिया के पास लेकिन लोगों की राय जानने-सुनने का समय नहीं है। उसका जीवन अपने लक्ष्य पर इतना एकाग्र है जितनी माइक्रोलैंस से वो धूप काग़ज़ पर एकाग्र होती है जो आग में बदल जाती है। साढ़े छह-सात बजे रिया स्कूटी से निकलती है। साथ में लोडिंग ऑटो में अंकुरित दानों के पैकेट्स बोरों में भरे रहते हैं। दो मॉल और तीन ग्रासरी स्टोर्स पर माल की डिलेवरी देने में दस-साढ़े दस बज जाते हैं। इस काम के पूरा होते ही, वहीं से वो अख़बार के दफ्तर जाने वाली सड़क पर स्कूटी डाल देती है। पूरा दिन काम करती है और देर शाम जब लौटती है, घर में क़दम रखते ही बेटी को सीने से चिपटा लेती है- मेरा बच्चा! बेटी को गले लगाती है, तो बिल्कुल

इसी पल में अपनी खोई माँ की याद आती है। माँ को ढूँढना ही है, ढूँढना ही है!

पहली तनख़्वाह मिली तो बजाय ख़ुश होने के रिया उदास हो गई। इतनी कम तनख़्वाह, इतना काम और फिर उसे उसके मन का काम भी तो नहीं मिला है अब तक। धैर्य रखो रिया! धैर्य रखो! धैर्य रखने वाला ही आख़िर में जीतता है।

इतवार की भोर है। रिया गुड़िया को चिपटाये बैड पर सो रही है, नीचे आरती कालीन पर सो रही है। इस कमरे में बड़ा नागपुरी कूलर है इसलिए आरती बजाय अपने कमरे में सोने के, यहीं कालीन पर अपना बिस्तर लगाकर सो जाती है। इस समय इस सजे-सँवरे फ्लैट में नींद की ख़ुशबू उड़ रही है और हर दिन वाली हड़बड़ी के बजाय सुकून महक रहा है। अचानक कॉलबेल ताबड़तोड़ बजने लगी है। अधमुंदी आँखों से उठती- न उठती रिया जैसे-तैसे दरवाज़ा खोलती है- सामने चेतना है।

रिया मुँह धोकर चाय बनाने चली गई है और चेतना फ्लैट के सजे-सँवरे कोने-कोने को देखकर सोच रही है, कैसे सहेली ने साल भर में ये मुकाम हासिल कर लिया और कैसे वो साढ़े तीन सालों से भोपाल में होकर भी महीने का पूरा ख़र्च भी ढंग से नहीं उठा पाती है अकेले ख़ुद का। क्या वो हार गई है अपनेआप से और इसीलिए वापिस पति के पास लौट जाने वाली है। मंच पर माइक लेकर बोलते समय नारी स्वतंत्रता की बातें करना कितना सरल है और ज़िन्दगी में ज़िम्मेदारी से स्वतंत्रता का निर्वाह कितना कठिन! तो क्या वो नारी-विमर्श का मंचीय संस्करण है और रिया असली ज़िन्दगी की सफलता...असली ज़िन्दगी, असली सफलता जहाँ न जेंडर कार्ड चलते हैं न मंचीय वाचालता, योग्यता के इम्तहान की असली ज़मीन! तो क्या चेतना नारी-विमर्श के अपने सब मुखौटे समेटे असफल होकर लौट रही है और रिया इस ज़मीन पर टिक सकी असली विजेता है?

रिया चाय ले आई तो उसने अपनी उदासी छिपाकर चेहरे पर एक नकली मुस्कान सजा ली,

''ज्ञान जिस युनीवर्सिटी में रजिस्ट्रार हुए हैं, अभी वहीं अस्सिटेंट प्रोफेसर की रिक्तियाँ निकली हैं। ये फार्म ऑनलाइन भरना है तो मैंने सोचा, पहले गुड़िया का चेहरा देखूँगी फिर उसे देखते हुए ही लैपटॉप पर फार्म भरूँगी। वो मेरा गुडलक है ना इसलिए।''

''गुड़िया तुम्हारा गुडलक है?'' रिया ख़ुशी से चौंकती है।

''हाँ।'' उसने सोई हुई गुड़िया का माथा चूम लिया,

'तुम्हारे पास वो दौलत है जो मुझ ग़रीब के पास कभी नहीं जुट पानी है!''

दोनों ने साथ में चाय पी। चेतना आज जैसे यहाँ रिया से मिलने नहीं आई है, गुड़िया को दुलारने आई है, बिछुड़ रही कोई माँ दुलारती है जैसे अपने बच्चे को। रिया को बड़ा आश्चर्य हो रहा है, इससे पहले तो इसका कभी ये बर्ताव न था!

''तो दिल्ली वापिस जाने का इरादा है?''

'हाँ, फ्लैट का जो सामान था, उसमें से काफ़ी कुछ बेच दिया है, कुछ दिल्ली भेज दिया है; और कार!''

''कार बेच रही हो? वहाँ तो जीजाजी के पास दो-दो कारें हैं।''

''कार बेच नहीं रही हूँ, अपनी बेटी को गिफ्ट कर रही हूँ। बाहर कार खड़ी है, ये रहीं चाबियाँ। मुझे बस एयरपोर्ट तक छोड़ देना। चार बजे की फ्लाइट है।''

''क्या??? लेकिन...''

''नहीं एक शब्द भी मत कहो। पता है रिया; पिछले इतने महीनों में मैंने सैंकड़ों किताबें पढ़ीं धर्म, दर्शन और मनोविज्ञान पर। वेद पढ़े। बाइबिल पढ़ी। बौद्ध, इस्लाम, जैन, सिख धर्म की शिक्षायें क्या हैं ये खोजा, जाना। जीवन भर के उस सवाल का जवाब अब कुछ-कुछ समझ में आता है। बुद्ध ने विपश्यना साधना से ही बुद्धत्व पाया। विपश्यना जीवन की सच्चाई को उसके वास्तविक रूप में स्वीकारना है। अपने अंदर की रोशनी में विश्व को देखना है विपश्यना। इसके बारे में पढ़ने के बाद मैंने कुछ नहीं पढ़ा कई दिनों तक। इस योग साधना को करने लगी। फिर अचानक एक सुबह योग के बाद, मुझे लगा जितना सारी किताबें मैंने अब तक पढ़ी सब धर्मों की, वे सब अंततः एक ही सत्य की ओर ले जाती हैं हमें।''

''और वो क्या है?''

''जीवन का अंतिम सत्य है- ख़ुश रहना। और ख़ुश रहना अपने अंतिम रूप में संभव होता है जॉय ऑफ गिविंग से। धर्म जिसे कहता है- लोकमंगल। परहित। दूसरों से प्यार करना। मैं जान गई हूँ कि ख़ुश रहना ही जीवन का सबसे बड़ा सत्य है और ये साकार होता है- दूसरों को ख़ुश रखने से।''

''और इसलिए तुम मुझे अपनी कार दे जा रही हो? मुझे नहीं चाहिये तुम्हारी कार। किसी और को दे दो।''

''अरे जो चीज़ तुम्हें दी ही नहीं उसे लेने से तुम कैसे मना कर सकती हो? ये तो मैं अपनी बेटी को दे रही हूँ। इतना तो हक़ बचने दे यार मेरा उस पर?''

''कैसी बातें करती हो? मैं अगर कभी अचानक मर गई तो तुम्हीं पालना उसे।''

वे गले लग गयीं। दोनों की आँखें नम हो गईं। चेतना ने माहौल बदला,

''अरे भई, मुझे तो बड़ी ज़ोर की भूख लगी है। क्या तुम मुझे तुम्हारे मनपसंद गोभी के परांठे नहीं खिलाओगी? क्या पता फिर हम कब मिलें; मिलें भी या नहीं?''

''ऐसे क्यों कहती है पगली; तू बहन है मेरी।''

रिया ने चेतना के सिर पर हाथ फेरा, और एकाएक उसे अपने पूर्व पति रंजीत के घर की याद हो आई। पता नहीं उनका जीवन कैसा चल रहा होगा? वो घर जिसका तिनका-तिनका उसने इतने प्यार, समपर्ण और मेहनत से बनाया-बसाया था कि अपने मामूली आमदनी वाले पति को एक तरह से अमीर कर दिया था, अब उस घर का

न जाने क्या हाल होगा? और क्या रंजीत को कभी उसकी ...ना! उसकी न सही, बड़ी मन्नतों से जन्मी अपनी इस बेटी की याद आती होगी?? उसका मन भरभराकर रोने को हुआ। अपने आँसू क़ाबू करती वो बाथरूम में घुस गई और सिर पर शॉवर खोल लिया। बेआवाज़ आँसू बहते-बहते आख़िरकार ख़ुद ही थम गये।

नहाकर निकली तो देखा, चेतना और आरती गोभी के पराँठों का मसाला और आटा तैयार कर चुकी हैं।

''हम नालायकों से तो बनने से रहे। देवीजी तैयार हो जायें, पूजा-पाठ कर लें तो हमारी भी पेटपूजा का इंतज़ाम हो।''

रिया ने ड्रेसिंग टेबल के सामने खड़ी होकर मेकअप किया, ख़ासकर अपनी आँखों का; और अलमारी से ढूँढकर वो साड़ी पहनी जो कभी रंजीत को बेहद पसंद हुआ करती थी। वो पराँठे सेंककर परोसने लगी; लेकिन चेतना का ध्यान पराँठे पर नहीं, उसकी आँखों की सुर्ख़ी पर है।

''कहीं जाने का मन बनाया है?''

''नहीं! नहीं! बिल्कुल नहीं! हर दिन इतना फिरती हूँ शहर में कि छुट्टी के दिन तो फ्लैट का दरवाज़ा तक खोलने की तबीयत नहीं होती।''

''फिर ये मेकअप-शेकअप क्यों बन्नो? तैसे तुम्हें पहली बार मेकअप में देख रही हूँ जब से भोपाल आई हो।''

''यों ही, ये एक पुरानी आदत है कि कभी मेकअप भी कर लेती हूँ बेवजह!''

''नहीं! आदत ये है कि जब तुम उदास होती हो तो मेकअप करती हो! तुम्हारी आज की सहेली नहीं हूँ मैं, जन्म से जानती हूँ! और ये सुर्ख आँखें मेकअप से छुपा लोगी, वो भी मुझसे; ये सोचा कैसे तुमने? अरे! अगर रोना है तो बाथरूम में छिपकर क्यों रोना? खुले में रोओ! दहाड़ें मार-मारकर रोओ! दूसरों पर इल्ज़ाम लगा-लगाकर रोओ!''

''तू मत जा यार!'' वो चेतना के गले लग गई और रोने लगी। दोनों सहेलियाँ गले लगकर रोती रहीं।

''तुम्हारे भरोसे तो भोपाल आई थी मैं। मेरा यहाँ है कौन और?''

''क्यों गुड़िया है तो। और फिर अपनी माँ को भी खोज लेना तुम। फिर कोई मनपसंद साथी मिले तो घर भी बसा लेना।''

''नहीं यार! एक स्त्री के तौर पर मैं मर चुकी उसी दिन जिस दिन रंजीत ने मुझे तलाक देकर अपने जीवन से बाहर निकाल दिया। अब बस मैं एक सफलता हूँ; और मैं सिर्फ़ सफल होने के लिए जिंदा हूँ।''

''देखना, आयेगा प्यार किसी दिन तुम्हारे भी जीवन में- सच्चा प्यार!''

''तुम्हारे बाबू जैसा? तब मैं ऐसे ही ठीक हूँ।''

चेतना को बहुत बुरी लगी ये बात; जैसे बाबू का नहीं, उसका अपमान है ये;

पर आज सहेली के साथ के इस अंतिम भोपाली दिन को वो ख़राब नहीं करना चाहती। नाश्ता करके वो बालकनी में चली गई।

"अरे!! ये क्या है?" वहाँ बिछी दरी पर काली मिट्टी के बड़े टुकड़े सूख रहे थे। चेतना ने एक टुकड़ा उठाकर मुँह में डाला और आँखें बंद कर लीं –हुँह, ये तो मिश्री की तरह घुल गया मुँह में! कहाँ से लाई हो इतनी अच्छी क्वालिटी की काली मिट्टी?"

"बड़े तालाब के एक दूर किनारे से खोदी है। ये आरती कब से 'मिट्टी–मिट्टी" कर रही थी। न जाने बाल धोती है, न जाने खाती है? ख़ास इसी के कहने पर लाई हूँ, ऐसा भी नहीं है; मैं भी तालाब की शुद्ध मिट्टी के चमत्कारी गुण जानती हूँ। आदिवासी औरतें पोखरों की मिट्टी के लेप से नहाती हैं और लंबी उम्र तक युवा दिखती हैं। सबसे बड़ी बात ये मुफ्त थी इसलिए एक बोरा भरकर ले आई स्कूटी पर रखकर। धूप में दो दिनों से डाल रखी है ताकि हर तरह से बैक्टीरिया फ्री हो सके।"

रिया कहती जा रही है और देखती जा रही है कि सहेली किसी नशेड़ी की तरह मिट्टी खा रही है।

"तुम कबसे खाने लगीं मिट्टी?"

"जब से बाबू को छोड़ने की कोशिशों में हूँ। इतने बड़े नशे के सामने ये नशा तो कितना मासूम–सा है न रिया?"

"बिल्कुल। थोड़ी–सी मिट्टी ले भी जाओ।"

"जितनी फ्लाइट में ले सकती हूँ उतनी ले जाऊँ?"

उत्तर में रिया मुस्कुराई, 'बिल्कुल।"

और सहेली ने बैग में से अपनी क़ीमती साड़ियाँ हटाकर उसकी जगह मिट्टी के टुकड़े रखने लगी।

"ये क्या कर रही हो? इतनी मँहगी साड़ियाँ तुम्हारी?"

"इन्हें तुम रख लो। मुझे बस ये मिट्टी ले जाने दो। वैसे भी ये सब क्लासिक साड़ियाँ कोई चंदेरी, कोई मेखला चादर, कोई कांजीवरम –ये सब ज्ञान ने मुझे जबरन दिलवाई थीं। दिल्ली से आते में इसलिए लेती आई क्योंकि इनकी क़ीमत थी लेकिन जिन साड़ियों को पिछले इतने सालों में एक बार भी नहीं पहना; उन्हें ढोते रहने से अच्छा है कि मैं ये मिट्टी ले जाऊँ जिसका अमृत जैसा स्वाद है!"

रिया सिर्फ़ मुस्कुराकर रह गई इस बात पर –चेतना हमेशा से थोड़ी सनकी है!

पूरी मिट्टी चेतना ने भर ली, कुछ अपने बैग में, कुछ पर्स में और कुछ एक उस बैग में जो रिया ने उसे दे दिया। ये सब करते हुए वो लगातार काली मिट्टी खाती भी जा रही थी; अब वो देख रही है कि उसकी इस मिट्टी की भूख़ को देख–जानकर रिया कुछ असहज हो गई है; तो उसने बात बदली,

"अच्छा छोड़ो। अपने अख़बार के काम के बारे में बताओ। आख़िर तुम्हें अपने

मन का काम मिल ही गया ना?''

''नहीं यार! अख़बार की नौकरी कोई नेमत नहीं होती, ये अब समझ में आ रहा है मुझे। ये तो बंदे को इस क़दर निचोड़ने वाली नौकरी है जैसे गन्ने से रस निकाला जाता है; फिर स्त्री के लिए जीवन कहाँ सरल होता है जो यहाँ हो!''

''इससे पहले तुम्हारे मुँह से कभी सुना नहीं स्त्री-विमर्श?''

''स्त्री-विमर्श झंडा नहीं है जिसे उठाये फिरा जाये। ये जो जीवन है यार मेरा-तुम्हारा; विमनहुड का युनीवर्सल दुख कि स्त्री को मादा पहले समझा जाता है, मनुष्य बाद में! कार्यस्थल पर ये होता है तो थोड़ा ज़्यादा बुरा लगता है कि देखो, हमारी प्रतिभा ख़ारिज है हमारे स्त्री होने के सामने!''

''तुम्हारे साथ कुछ हुआ?''

''अब तक तो नहीं; हाँ लेकिन जिस दिन मैंने ज्वाइन किया, उसी दिन एक पत्रकार लड़की को बाहर होते देखा।''

''क्यों?''

''फ़ीचर एडीटर ने उसे काम के बहाने रोके देर शाम तक रोके रखा था, फिर एकांत पाकर उसे जबरन टेबल पर लिटाने की कोशिश करने लगा।''

''अटेम्प ऑफ़ रेप?? फिर?''

''उस वक़्त तो लड़की के चिल्लाने से गार्ड्स अंदर आ गये थे लेकिन अगले दिन उन्हीं गार्ड्स ने मुख्य संपादक के सामने ये बयान दिये कि फीचर एडीटर की मदद की पुकार पर वे अंदर गये थे।''

''ओह! फिर?''

''इतना ही नहीं, फ़ीचर डेस्क की दूसरी लड़कियों ने भी ये बयान दिये कि वो ट्रेनी लड़की जो पत्रकारिता विश्वविद्यालय से आई थी, वो चरित्रहीन थी और पहले ही दिन से वो फ़ीचर एडीटर साहब को आमंत्रित कर रही थी। ...बेचारी वो नई पत्रकार लड़की! ऐसी सूरत लेकर वो हमारे दफ्तर से बाहर गई कि मैं सोच रही थी कि ये इस लड़की की पत्रकारिता का यहाँ आख़िरी दिन है, और मेरा पहला! उस वक़्त सहज होने के लिए मुझे बहुत हौसले की ज़रूरत पड़ी। '

''कभी डर लगता होगा न; तुम तो इतनी ज़्यादा घरेलू थीं पहले और अब?''

''कभी लगता भी है। तब अपनेआप से कहती हूँ -सुहृद्वा कालोऽयं। केवल काल ही मेरा मित्र है।

''केवल काल ही मेरा मित्र है।'' चेतना दोहराते-दोहराते उदास हो गई। मित्रता निभाने में अपनी अयोग्यता याद कर शर्मिन्दगी हुई तो उसने बात बदली,

''तुम कभी दतिया जाने के बारे में नहीं सोचतीं?''

''जब तक मौसी ज़िन्दा थीं, मेरी रोटियाँ वहाँ थीं, अब कौन है जो स्वागत में

आगे बढ़कर मुझे गले लगा लेगा? आवत ही हरषै नहीं नैनन नहीं सनेह। तुलसी तहां न जाइये कंचन बरसे मेह। जन्मभूमि माँ होती है; लेकिन अब वहाँ जाने का कोई सहारा न रहा। कभी उस धरती जाओ तो एक मुट्ठी धूल लेती आना; अपने मंदिर में रख लूँगी।''

''तुम्हारी माँ तो यहीं है। और मुझे पता है एक न एक दिन तुम उन्हें ढूँढ ही लोगी। तुम्हारी अख़बार की नौकरी ज़रूर मदद करेगी तुम्हारी इस काम में।''

''रास्ता तो यही है, मैं जानती हूँ। हाँ, थोड़ा लम्बा ज़रूर है। अभी तो फिलहाल रास्ता दिखा भर है; उस पर चलना शुरू नहीं किया है। परसों ही पहली सेलरी हुई है। मैं सोच रही हूँ अब अपने एडीटर से बात करूँ कि भोपाल गैस काण्ड पर मुझे कॉलम लिखने को दें। पता नहीं इतनी नई नौकरी में मुझे कॉलम लिखने का मौक़ा दिया भी जायेगा या नहीं?''

''ज़रूर दिया जायेगा। तुम बात करके देखना। यहाँ तक भी तुम अपनी क़ाबिलियत से ही तो पहुँची हो।''

''हाँ लेकिन अख़बारों के दफ्तरों की अपनी पेचीदगियाँ हुआ करती हैं। आधा दिन और पूरी रात अख़बार के नाम करके भी कोई मुख्य संपादक सनक न जाये तो आश्चर्य ये बहुत बड़ा है। बाक़ी फ़ीचर एडीटर, न्यूज एडीटर माने हर वो शख़्स जिसके पद में एडीटर लगा है, उसका कुछ झक्की होना तो जैसे उसके काम की अनिवार्य योग्यताओं में से एक है।''

''जॉब करना कभी भी सरल नहीं होता है; अब ये तुम्हें समझ आ रहा होगा और फिर रिर्पोटर की जॉब तो सच में बहुत ही चुनौतियों से भरी होती होगी।''

''नहीं। चुनौतियों को मैंने बहुत महत्व कभी दिया नहीं और फिर मैं तो ख़ुद रिर्पोटर मानती भी नहीं हूँ। ये बस एक काम है मेरे लिए; मकसद मेरा इसके साथ भोपाल गैस काण्ड पर एक कॉलम लेना है ताकि एक सिलसिलेवार खोज हो सके। मेरा दिल हमेशा कहता है माँ मिलेगी इसी रास्ते। लेकिन अभी मुझे कतई अंदाज़ा नहीं है कि मेरा सनकी संपादक मुझे कॉलम लिखने का मौक़ा देगा भी या नहीं।''

और फिर उस महीने तो नहीं लेकिन दो महीने बाद रिया के सनकी संपादक ने उसे शहर वाले पन्ने पर भोपाल गैस काण्ड पर कॉलम लिखने का कोना दे दिया। शर्तें लेकिन ये थीं कि अव्वल तो इससे उसके हमेशा वाले रिपोर्टिंग के काम पर कोई फ़र्क नहीं पड़ना चाहिये। दूसरी बात, कॉलम में कुछ नई बात होनी चाहिए जो इस मुद्दे पर हुई अब तक की हज़ारों-लाखों पन्नों की रिर्पोटिंग में न आई हो। तस्वीर भी हर लेख के साथ नई हो लेकिन अख़बार का कोई भी रेग्युलर फ़ोटोग्राफ़र इस काम के लिए तय नहीं किया जायेगा। कोई स्वेच्छा से तैयार हो जाये तो बात अलग है। और कोई अतिरिक्त भुगतान भी उसे नहीं किया जायेगा इस काम के लिये। सभी लेखों पर अख़बार का कॉपीराइट रहेगा वगैरह-वगैरह। रिया ने हर शर्त पर हामी भरी। दिक़्क़त

उसे सिर्फ़ फ़ोटोग्राफ़र को लेकर थी। अच्छी क्वालिटी का फ़ोटो तो फ़ोटोग्राफर के खींचे ही आयेगा। सिटी फ़ोटोग्राफर आमिर जो उसके साथ हर रिर्पोटिंग में रहता है, उसने इस कॉलम के लिए फ़ोटो खींचने से साफ़ मना कर दिया।

''मुझे नहीं पड़ना किसी एक्सट्रा काम में! सब जर्नलिस्ट लड़कियाँ बहुत एम्बीशियस होती हैं; आगे बढ़ने के लिए हमें इस्तेमाल करती हैं और फिर भूल जाती हैं। मैं बहुत वल्नरेबल हूँ। अब और नहीं।''

उस पूरे दिन रिया का मन बहुत खिन्न रहा; और ये बात आमिर ने भी महसूस की। वे दोनों साथ काम कर रहे थे। भोपाल आये एक मुंबईया सेलीब्रिटी का इंटरव्यू, बच्चों की एक चित्रकला प्रतियोगिता, एक सभा, हस्तशिल्प मेला और शास्त्रीय संगीत के कार्यक्रम की रिर्पोटिंग, फ़ोटोग्राफ़ी के दौरान दोनों के बीच आज कोई बात नहीं हुई। पहले भी उनके बीच कम ही बात होती थी लेकिन ये तनाव नया था जो दोनों सिरों पर प्रत्यंचा की तरह खिंचा हुआ था। शाम अख़बार के दफ्तर में लौटकर आमिर ने दिन भर का अपना काम एडीटर को सौंपा और लौटने के लिए बाहर निकलने के रास्ते में देखा कि रिया स्टोर रूम के बाहर स्टूल पर बैठी है। उसने गार्ड से पूछा तो मालूम चला कि वो स्टोर से अपने लिए एक कैमरा चाहती है। स्टोरकीपर तो आज छुट्टी पर है; और दूसरी चाबी मुख्य संपादक साहब के पास है जो तीन घंटे बाद ही दफ्तर आयेंगे।

''वे घंटे भर से वहाँ बैठी हैं। कहती हैं आज कैमरा लेकर ही घर जायेंगी; कल से ज़रूरी काम शुरू करना है।''

आमिर ने दो पल उसे दूर से निहारा। ज़हीन, ख़ूबसूरत और ख़ूब मेहनती रिया! वो उसके पास जाकर बोला,

''तुम्हारी तो छोटी बच्ची है ना! जाओ घर।''

''लेकिन मुझे सर से कैमरा लेना है। आप ले लेंगे मेरे लिए प्लीज़।'' रिया ने कहा तो पर उसकी आवाज़ में अविश्वास था।

''नहीं, मैं ये नहीं करने वाला हूँ।''

''मुझे पता था।'' उसने दूसरी तरफ़ मुँह फेर लिया। अपने आहत, अपमानित मन को जाहिर होने से बचाने के लिए वो चुप लगा गई।

''लेकिन मैं ये करने वाला हूँ कि...''

आमिर एकदम से उसके सामने आ गया तो वो मुड़कर वहाँ से जाने लगी, 'मुझे तंग मत करो।''

''मैं कल से तुम्हारे साथ चलूँगा।'' उसका गाल थपथपाकर आमिर ने कहा।

''क्या??''

वो चौंककर उसे देखती रह गई और वो वहाँ से चला गया।

विधवा कॉलोनी

आमिर ने अपनी मोटरसाइकिल पर चलने को कहा था; लेकिन उसने अपनी स्कूटी ही चलाई। दोनों सबसे पहले एक कॉलोनी में पहुँचे जहाँ चारों ओर बहुमंजिला इमारतें थीं। रिया अनजान आँखों से देखने लगी। बेहद ग़रीब इलाक़ा मालूम होता है। एक-एक कमरे के फ्लैट; हज़ारों होंगे।

क्या यही है विधवा कॉलोनी?

"यही सुनना चाहता था तुमसे कि कुछ जानती भी हो गैस कांड के बारे में कि यों ही एडीटर की गुड़िया बनकर चली आई हो रिर्पोटिंग करने?"

वे दोनों अपनी-अपनी दुपहियाओं से उतरकर कॉलोनी में पैदल चल दिये।

रिया को उसका यों तुम-तुम कहकर बात करना अच्छा नहीं लगा; पर वक़्त की नज़ाकत और अपनी ज़रूरत को सोचकर वह बात सह गई।

"ये नाराज़गी किससे है?" वो पूछती है।

"किसी से नहीं।"

"तो भी?"

"जानकर क्या करोगी? तुम्हारा मेरा साबका कॉलम तक का है।"

"माने?"

"तुम्हारी पहली नौकरी है न? कुछ दिन काम कर लोगी अख़बार में तो किसी और ज़्यादा सेलरी देने वाले मीडिया हाउस को पकड़ लोगी। गैस कांड पर रिर्पोटिंग अपना कॅरियर बनाने के लिए ही कर रही हो न? कितने लड़के-लड़कियों को मैंने देखा है ऐसे अपना कॅरियर बनाते हुए इस फ़ील्ड में।"

"जो यही हो तो भी क्या बुरा है?"

"कुछ बुरा नहीं मैडम। अपना कॅरियर बनाने के लिए लोगों के दुख-दर्द बेचना भी कोई बुरा नहीं। वैसे भी इन गैस पीड़ितों के नाम पर कौन क्या करता है सिवाय कमाने के।"

"जान पड़ता है आपको बड़ी हमदर्दी है इनसे?"

“मेरी अम्मी नहीं रही थीं गैस कांड में।” आमिर ने गन्ने का रस बेचने वाले एक ठेले के सामने रुकते हुए कहा।

रिया ने ठेलेवाले से कहा “दो गिलास रस देना।”

वे दोनों ठेले के पास डली प्लास्टिक की कुर्सियों पर बैठ गये। आमिर अपना कैमरा जाँचने लगा। ऑटोवालों, महरियों जैसे कामगारों की इस कॉलोनी को देखते हुए रिया बोली, “आपकी अम्मी नहीं रही थीं गैस कांड में?”

“पहली स्टोरी क्या मेरी ही बेचने वाली हो?”

“मेरे दादा-दादी और पापा मरे थे गैस से। मम्मी जो खो गईं तो आज तक नहीं मिली हैं; और तब मैं सिर्फ़ पन्द्रह दिन की थी।”

आमिर अवाक उसे देखता रह गया। ये बदली हुई नज़र थी। दोनों ने चुपचाप गन्ने का रस पिया। और रिया के उठने से पहले ही आमिर ने पैसे चुका दिये। रिया मुस्कुराई। ये बंदा इतना भी बुरा नहीं है; उसने सोचा।

वे विधवा कॉलोनी में घूमने लगे,

“सोच रही हूँ किसी एक से बात करूँ। हर वीक एक विधवा की आपबीती उसके बदहाल घर की तस्वीर के साथ दिया करूँगी। ये आइडिया कैसा है?”

आमिर हँसा, “मासूम रिपोर्टर का मासूम आइडिया है।”

“ऐसा क्यों कह रहे हैं आप?”

“गैस कांड में पन्द्रह हज़ार लोग तो तुरंत ही मर गये थे और पाँच लाख किसी न किसी तरह अपाहिज हो गये थे। आगे आने वाली दो नस्लों को तो मैं ही देख चुका हूँ। तीसरी पीढ़ी तक अपाहिज पैदा हुई है। कुल शायद ग्यारह लाख लोग अपाहिज हुए गैस कांड की वजह से। तीसरी पीढ़ी की लड़कियों की माहवारियाँ बिगड़ी हुई हैं, लड़के बूढ़ों की तरह बीमार रहते हैं। तुम कैसे कवर करोगी ये सब?”

“करूँगी; आप देखियेगा।”

वे कॉलोनी में घूमने लगे। आमिर कहता जा रहा है; रिया इधर-उधर हर बात, हरकत, चीज़ पर ग़ौर करती चल रही है।

“गैस कांड में विधवा हुई औरतों के लिए ये हज़ारों फ्लैट्स बनाये गये थे-शहर से बीस-तीस किलोमीटर बाहर वीराने में। अपने बच्चों के साथ औरतें यहाँ रहने भी आ गयीं लेकिन सरकार ने ये नहीं सोचा कि शहर से इतनी दूर वे क्या तो रोज़गार पायेंगी और किस तरह महफूज़ रहेंगी? ये कॉलोनी शोहदों-बदमाशों का अड्डा बन गई। कुछ औरतें महरियों का काम करने शहर जाने लगीं। कुछ अपने फ्लैट किराये पर चढ़ाकर चली गयीं। कुछ जो ये भी न कर सकती थीं तो या तो अपना जिस्म बेचने लगीं या भीख़ माँगने लगीं।”

रिया ने एक बालकनी में खड़ी एक लड़की से पूछा, “क्या नाम है तुम्हारा?”

''अफ़साना। क्यों पूछ रही हैं आप?''

''हम अख़बार से आये हैं; क्या तुम्हारे घर आ सकते हैं?''

''ज़रूर आइये। सीढ़ियाँ इधर से हैं।''

अब वे एक अपार्टमेंट में चढ़ रहे थे। आमिर को अपने पर ग़ुस्सा आया। इस रिर्पोटर को कुछ बताने की ज़रूरत नहीं है। ये तो बात सुन ही नहीं रही है मेरी!

वे अफ़साना के फ्लैट में पहुँचे जो वहाँ अपनी बीमार दादी के साथ रहती है। उसके माँ-बाप दोनों गैस से प्रभावित थे और अस्पताल, डॉक्टर, दवाईयों के पर्चे - बस, ऐसा-ऐसा ही याद है अफ़साना को उनके बारे में, उनके मर जाने तक का। दादी को विधवा पेंशन मिलती है। बूढ़ी-बच्ची दोनों घर में रहकर ही छोटे रंगीन बल्बों की झालर बनाने का काम करती हैं। ठेकेदार रोज़ गिनकर दे जाता है काम; गिनकर ले जाता है। कभी सौ, कभी डेढ़-दो सौ रुपये दिन भर की मेहनत के बाद यों दोनों को मिल जाते हैं। अफ़साना का जन्म तो चौहद बरस पहले हुआ है लेकिन वो भी गैस से प्रभावित है। मेहनत-मजूरी में साँस फूलती है; दम उखड़ता है। चौथी के बाद स्कूल का मुँह नहीं देखा। अपने मरहूम माँ-बाप की तरह उसकी और दादी की ज़िन्दगी भी अस्पताल, दवाइयों के पर्चे और सरकारी राशन की दुकान के इर्द-गिर्द निकल रही है। रिया और आमिर अफ़साना की बात पूरी सुन भी न सके हैं कि रिया के घर से फ़ोन आ गया है। आरती ने बताया है कि गुड़िया को तेज़ बुख़ार है और आज दाने पैकिंग का काम भी आधा ही हो रहा है क्योंकि दो में से एक वर्कर काम छोड़कर जा रही है और वो अपने बक़ाया पैसे माँगने खड़ी है।

''आप दफ्तर चले जायें। मैं घर होकर आती हूँ।''

रिया अफ़साना का फ़ोन नंबर लेकर तुरंत ही निकल गई। आमिर को इतनी नाराज़गी हुई कि दफ्तर जाकर सीधे एडीटर के सामने जाकर पूरा वाक्या सुना डाला,

''सर, मैं दूसरे काम छोड़कर उसके साथ गया और वो रिर्पोटर बीच में ही काम छोड़कर अपने घर चली गई।''

ये संपादक जो कुख़्यात हैं नौकरियाँ छीनने के लिए; अब घड़ी देखकर इंतज़ार कर रहे हैं। चार घंटे बाद रिया दफ्तर लौटी है। अपनी सीट तक पहुँच भी न सकी है कि चपरासी ने आकर कहा है,

''सर ने बुलाया है आपको।''

रिया का दिल थम-सा गया। क्या ये नौकरी का आख़िरी दिन है?

अब वो संपादक के सामने है। आमिर को वहीं देखकर उसे अंदाज़ा हो गया कि उसके बारे में क्या-क्या बातें हो चुकी हैं।

''रिया, आप कहाँ थीं वर्किंग ऑवर्स में?''

''सर, आज का आर्टिकल।''

रिया ने बॉस की टेबल पर टाइपशुदा लेख रख दिया। संपादक ने एक नज़र लेख पर डाली; और चेहरे पर से तनाव की रेखायें मिटती गयीं।

''आप अपनी सीट पर जाइये।''

''थैंक्यू सर।'' रिया एक गहरी नज़र आमिर पर डालकर चली गई।

''सर, आपने उसे?'' आमिर के चेहरे पर ऐतराज़ था।

''कल उसका लेख पढ़ना।''

और अगले दिन जब लेख छपा; पूरा दफ्तर उसकी तारीफ़ कर रहा था। संपादक के पास पाठकों के फ़ोन कॉल्स आ रहे थे और संपादक ने रिया को बुलाकर कहा कि अबसे वह एक नियमित कॉलम लिखे जिसका नाम होगा 'विधवा कॉलोनी'' और साथ जाने के लिए किस फ़ोटोगॉफर को चाहती है, जब उससे ये पूछा गया तो उसने मुस्कुराकर कहा, 'आमिर''।

आमिर ने भी उसका लेख पड़ा और उसे अच्छा लगा कि कल जो वो रिया को बता रहा था भोपाल गैस कांड के बारे में, वे बातें उसके लेख में थीं तो उनके साथ आमिर का ज़िक्र भी था। कल जो कुछ हुआ था- गन्ने के रस के ठेले से लेकर अफ़साना के फ्लैट तक; इतने दिलचस्प तरीक़े से लिखा था कि पढ़ते में मुँह से बरबस वाह निकलती थी। संपादक ने जब आमिर को बुलाकर कहा कि अब से उसे हर दिन रिया के साथ जाना होगा, तो उसे अब कोई ऐतराज़ न था।

अब आमिर को हर दिन रिया को और-और जानने का मौक़ा मिल रहा था। अव्वल तो उसका बर्ताव एकदम प्रोफ़ेशनल था; सिवाय काम के और कोई बात न करती थी। शायद उस दिन की नाराजगी है- कुछ दिन लगेंगे जाने में; आमिर ने ऐसा सोचा। वहीं दूसरी तरफ़ वह कैसी इंसान थी ये भी वो धीरे-धीरे जान रहा था। एक दिन रिया ने अपना लंच का डिब्बा एक भूखी, अकेली, बीमार विधवा को अपने हाथ से खिला दिया था, फ़ोन करके उसके लिए सरकारी एम्बुलेंस बुलवा दी थी अस्पताल ले जाने को; और अस्पताल जाती बीमार औरत से जब उसने कहा था, 'शुक्रिया मत कहिये प्लीज़। आप मेरी माँ की उम्र की हैं।''

आमिर देर तक इस बात को सोचता रहा था। वो कितनी मेहनत करती है, ये भी वो धीरे-धीरे जान रहा था। गुड़िया फूड फैक्ट्री के नाम से जो उसका अंकुरित दाने बेचने का काम था, उसके बारे में भी वो कुछ जानने लगा था। अख़बार की नौकरी में पूरा दिन व्यस्त होने के कारण अब रिया उस तरफ़ कम ध्यान दे पा रही थी। एक ही वर्कर थी अब उसके पास। इतने ही दाने पैक हो पाते थे कि वो अब बजाय लोडिंग ऑटो के, वो अपनी स्कूटी पर ही दो बोरे रखकर सुबह सप्लाई कर आती थी। उसे अपने फ्लैट की क़िस्त भी देनी होती है, वो भी जान गया था इन दिनों। कई एक बार पहले जब वो भी हँसा होगा, नई रिर्पोटर के पुराने कपड़ों या स्टॉफ को कभी चाय-

समोसा पार्टी से मना कर देने की कंजूसी या प्लास्टिक की बोतल में हमेशा अपना पानी अपने साथ रखे रहने की आदत पर; तो अब उसे वो सब याद करके अफ़सोस हो रहा था।

रिया और आमिर अब हर दिन विधवा कॉलोनी में होते, आधा दिन उनका वहाँ स्टोरी करने में बीतता; बाक़ी आधा दिन शहर के दूसरे कार्यक्रमों को कवर करने के बीच-बीच वो लिखती रहती और शाम तक अपनी स्टोरी को अंतिम रूप दे लेती। इस कॉलम ने उसे एक नई पहचान दी। हज़ारों फ्लैट थे; रिया अलाटमेंट की दशकों पुरानी सूचियाँ नगरनिगम से निकलवा लाई थी। एक-एक नाम-पते को बारीक़ी से जाँचा-परखा थे। उसकी माँ सरस्वती का नाम कहीं न था। हर दिन जब वो स्टोरी करने जाती, मन में एक आस होती कि कहीं आज माँ से मिलना हो जायेगा। जिस भी फ्लैट में जाती, उसकी आँखें कोने-कोने में अपनी माँ को तलाशतीं। हर इंटरव्यू के बाद वो आख़िरी एक सवाल निजी ज़रूर करती,

"क्या आप किसी सरस्वतीदेवी को जानते हैं?"

अपनी माँ की एक फ़ोटो उसके पास थी। ख़ूबसूरत और कमउम्र युवती जो तस्वीर में थी, उस ब्लैक एंड व्हाइट फ़ोटो को आज किसी बूढ़े चेहरे में खोज पाना जब उसके लिए ही सरल नहीं है तो अनजान लोगों से भला क्या मदद मिल सकती है? वो जानती थी ये बात; लेकिन एक विश्वास था जो टूटता न था। वो हर दिन अपनी माँ को खोज रही थी। ...तुम भी लुप्त सरस्वती नदी जैसी हो मेरी माँ! दिखती नहीं हो, मिलती नहीं हो लेकिन हो! मुझे यकीन है तुम हो ओ मेरे जीवन की खोई हुई सरस्वती!

रिया गैस कांड की कहानियाँ लिख रही है,

–कलावती सागर के गढ़कोटा से भोपाल आई थी पति के साथ मेहनत-मजूरी करने। कार्बाइड फैक्ट्री के सामने की घनी झुग्गी बस्ती में झोपड़ी बनाकर रहती थी। जब गैस रिसी, उसे तीन माह का गर्भ था। साथ में डेढ़ बरस की बेटी और चार साल का बेटा। पति दूसरी दिशा में भागे थे; अगली सुबह उनकी लाश भी न मिल सकी थी उसे। बच्चों को समेटे भागती, गिरती, बदहवास कलावती का चार महीने का गर्भ गिरकर फिंक गया। डेढ़ साल की बेटी घर के पास ही गिरकर मर गई और बेटा अगले तेईस सालों तक सांस का रोगी रहा फिर मर गया। बेटे की शादी एक गैस पीड़ित लड़की से की थी। एक पोती है जिनका न शरीर काम करता है न दिमाग़। कलावती कहती है, "जो मर गये वो फ़ायदे में रहे। जो बच गये, उनका जीवन नर्क है।" ...रिया ने कॉलम के बॉक्स में लिखा है कि उस समय इतनी घनी आबादी के बीच ज़हरीले पेस्टीसाइट बनाने वाली कम्पनी को फैक्ट्री लगाने की अनुमति नगर निगम ने नहीं दी थी; फिर दिल्ली से केन्द्र सरकार का दबाव आया और लाखों की आबादी वाली झुग्गी बस्ती के बीचोंबीच ज़हर बनाने वाली फैक्ट्री लगी जिससे रिसी चौबीस टन मिक गैस

ने लाखों ज़िन्दगियों को नर्क बना दिया। जैसे कीड़े मारने का स्प्रे जब किसी कीड़े पर गिर जाये तो वो छटपटाता है, ऐसे लाखों लोग आज तक छटपटा रहे हैं।

–राबिया के शौहर अहमद की पेशाब की थैली फट गई थी गैस कांड में। बरसोंबरस हाथ से सब करती थी उनका। सोचती थी, ज़िन्दा लाश सही, आदमी ज़िन्दा तो है। फिर कैंसर हो गया शौहर को और वे चल बसे। पाँच में से तीन बच्चे चल बसे हादसे के अगले सालों में। जो दो बचे हैं एक बेटी जो उस समय गर्भ में थी, अंधी पैदा हुई। बेटा जो तब पाँच बरस का था, स्कूल में नाम लिख चुका था जिसका। बरसों अस्पताल के बेड पर ही बड़ा हुआ। मेहनत–मजूरी किसी काम के नहीं रहे हम। घरों में झाड़ू–पोंछा कर किसी तरह पेट पाल रहे हैं। भीख़ माँगने के लिए हाथ नहीं बढ़ाया कभी; बस, यही बचा पाये इतने बरसों में अपने अंदर। ...रिया ने बॉक्स में लिखा कि तत्कालीन एसपी और कलेक्टर न सिर्फ़ मुख्य आरोपी को ससम्मान छोड़ने गये थे एयरोप्लेन के द्वार तक; उन्होंने दिल्ली जाने वाले विमान में विदा होते मुख्य आरोपी एंडरसन को सेल्यूट भी किया था।

–सोफ़िया ने गैस कांड में अपने वालिदैन को खो दिया। रिश्तेदारों ने मकान और मुआवज़ा तक हड़प लिया। दूर किसी गाँव में शादी हुई थी लेकिन सांस की बीमारी वो साथ ले गई थी निकाह में। ससुरालवालों ने यह कहकर भोपाल वापिस भेज दिया कि वहीं के अस्पतालों में इलाज करवाना। तब से सोफ़िया यहीं है। पढ़ाई–लिखाई की; नौकरी करती है और जो कुछ कमाती है, इलाज पर ख़र्च हो जाता है। सोफ़िया कहती है, गैस राहत अस्पतालों में दवाई नहीं मिलती है। कह देते हैं, ख़त्म हो गई है। डॉक्टर आते नहीं ड्यूटी पर। सरकारी अस्पताल का स्टॉफ़ ऐसे बर्ताव करता है जैसे हम जानवर हों। मेरे सिर में हमेशा दर्द रहता है। आँखों में जलन होती है। सांस फूलती है। क्या बतायें, क्या–क्या दर्द है? ...बॉक्स में रिया ने दुष्यंत कुमार का शेर लिखा –सिर से सीने में कभी, पेट से पाँओं में कभी। इक जगह हो तो कहें, दर्द इधर होता है। आगे उसने लिखा कि मिक गैस का प्रभाव करने की कारगर दवा एंटीडॉट सोडियम थायो सल्फेट इंजेक्शन जो एक बार गैस पीड़ितों को लगाये गये, दोबारा नहीं लगाये गये क्योंकि उनसे गैस पीड़ित तो ठीक हो रहे थे लेकिन वे ज़हर की काट दवा के इंजेक्शन थे जो अपने आप में ये साबित करने को पर्याप्त थे कि हवा में ज़हर था– अपने विदेशी दोस्तों के मददगार हुक्मरानों ने हवा ही बदल दी केस की!

ऐसे बारह–पन्द्रह लेखों के प्रकाशित होते–होते वह अपने ही नहीं, दूसरे अख़बारों के दफ्तरों में भी चर्चा में आ गई। एक दिन आमिर ने उससे पूछा भी, ''अब क्या किसी और बड़े मीडिया हाउस में नौकरी करना चाहोगी जहाँ तनख़्वाह भी ज़्यादा हो?'' जवाब में वो मुस्कुराई; कितना सुंदर कॉप्लीमेंट है! अब हर लेख पर वो इतनी तारीफ़ें पाती है। दूरदर्शी मैनेजमेंट ने उसकी तनख़्वाह में तीन हज़ार रुपये बढ़ा दिये। जबकि दाने पैकिंग

का काम ठप्प होने की तरफ़ था और बीस हज़ार की तनख़्वाह में से फ्लैट की किस्त देने के बाद अपना, गुड़िया और आरती का ख़र्च चलाना मुश्किल हो रहा था; तनख़्वाह का अपनेआप बढ़ जाना उसके लिए बड़ी मदद थी। उसने तुरंत चेतना को फ़ोन किया,

''मेरी सेलरी बढ़ गई- पूरे तीन हज़ार रुपये।''

''हूँह, बहुत बधाई।''

''तुम कुछ खा रही हो क्या? आवाज़ से ऐसा लग रहा है।''

''हाँ, मुल्तानी मिट्टी।''

''तुम मुल्तानी मिट्टी भी खाने लगीं अब?''

''हूँ।'' उधर से आती चेतना की आवाज़ किसी पाताल से आती हुई लग रही थी। स्वाद लेते हुए वह बता रही थी, 'बहुत दिनों से खाती हूँ, तुम्हें पता नहीं है। किसी को भी पता नहीं है। मुल्तानी मिट्टी को भूनकर खाती हूँ, क्या ग़ज़ब स्वाद आता है, बता नहीं सकती। साथ में स्लेट पेंसिल भी खाती हूँ। लाल मिट्टी भी लाई थी एक दिन। दिक्कत बस यही है कि ये सब चीज़ें आसानी से मिलती नहीं दुकानों पर; और मिलती भी हैं तो ख़रीदने में बड़ी झिझक लगती है। बड़े तालाब की काली मिट्टी की याद आती है। दिल्ली में भी काली मिट्टी मिलती है लेकिन वैसे स्वाद की मिट्टी का मिलना यहाँ दुर्लभ है। क्या तुम मुझे पार्सल कर सकती हो दस किलो काली मिट्टी। वैसी ही जैसी तुमने दी थी पहले- तालाब की गहराईयों से निकली, एकदम सूखी, कुरकुरी, साफ़-सुथरी और स्वाद में बिल्कुल किसी मिठाई के जैसी। जो मुँह में रखते ही घुल जाये और मैं उसके स्वाद में पूरी दुनिया को भूल जाऊँ।''

''ये सब क्यों चेतना?''

''अब कहीं से तो हौसला चाहिये न जीने के लिए!''

''तुम्हें भला क्या दुख है? भगवान का दिया सबकुछ तो है।''

''भगवान का दिया सबकुछ है, बस भगवान ही नहीं है! पता नहीं क्यों दिल नहीं लग रहा दुनिया में, दुनियादारी में। इधर बस धर्म या दर्शन की किताबें ही पढ़ती रहती हूँ जबकि ज्ञान हमेशा कहते हैं कि अपने सब्जेक्ट की किताबें पढ़ो। एमफिल, पीएचडी, नेट एक्जाम सबकुछ करके अब घर पर बोर हो रही हूँ। अगले हफ्ते युनीवर्सिटी में अस्सिटेंट प्रोफ़ेसर की पोस्ट के लिये इंटरव्यू देना है।''

''तुम्हारा सिलेक्शन होना तो तय है।''

''क्यों? मेरा सिलेक्शन होना क्यों तय है?''

''तुम इतनी टेलेन्टेड जो हो। डीयू से एमफिल हो, नेट क्वालीफ़ाई हो, टीचिंग एक्सपीरियंस है।''

''तो? दूसरे उम्मीदवार तो मुझसे भी ज़्यादा क्वालीफ़ाई होंगे। मेरी तो अब तक पी-एच.डी. भी अवार्ड नहीं हुई है; जिनके अंडर में कई एक पी-एच.डी. हो चुकी

हैं, वे भी आ रहे हैं इंटरव्यू के लिए। लेकिन तुम भी जानती हो कि नौकरी मुझे ही मिलनी है क्योंकि मैं युनीवर्सिटी के रजिस्ट्रार की बीवी हूँ। अब इतना सौभाग्य सहन करने के लिए कहाँ से लाऊँ अपने में हौसला? शराब नहीं पीती हूँ अब तो तरह-तरह की मिट्टियाँ खाती हूँ। स्लेट पेंसिल खाती हूँ। बाबू की कल मुझे इतनी याद आ रही थी रिया कि मैंने एक ही बार में आधा किलो मुल्तानी मिट्टी खा ली; फिर मैं सो गई। ख़ूब गहरी नींद आई। उठी तो मन एकदम शांत था।''

''तुम्हें पाइका रोग हो गया है। डॉक्टर के पास जाना।''

''पाइका मेरा रोग नहीं है, मेरा इलाज है। पता है, कल शाम हम एक फार्म हाउस देखने गये थे। ये मेरे नाम उसे ख़रीद रहे हैं। अब तुम ही कहो, ये सब सहन करने के लिए कोई सहारा तो चाहिये न? अच्छा, अब मैं फ़ोन रखती हूँ। इतनी मिट्टी खा चुकी हूँ; अब नींद आ रही है। तुम प्लीज़ मुझे काली मिट्टी ज़रूर भेज देना।''

''हाँ, ठीक है। भेज दूँगी।''

उधर से चेतना ने कॉल काट दिया। इधर रिया सोच रही है, भला सौभाग्य सहन करने के लिए भी किसी नशे की ज़रूरत पड़ती है??

अख़बार के दफ्तर से लौटते अंधेरा हो जाता है। स्कूटी चलाते रिया को इस समय सिर्फ़ अपनी बेटी का चेहरा नज़र आता है और वो जल्दी से जल्दी घर पहुँच जाना चाहती है। आज भी दफ्तर से निकली तो स्कूटी तेज़ ही चला रही थी लेकिन बड़े तालाब के किनारे से गुज़रते हुए उसे चेतना की कही बात याद आ गई। तालाब के किनारे वो थोड़ी दूर तक गई और जहाँ निर्जन था, वहाँ एक गड्ढा खोदकर मिट्टी निकालने लगी। एक बोरा भरा उसने और उसकी हथेलियाँ दुखने लगीं। बोरा किसी तरह उठाकर, घसीटकर स्कूटी तक लाई और घर आ गई।

''आरती, ये मिट्टी बालकनी में सूखने डाल दो। जब सूख जाये तो इसमें से दस किलो पैक कर देना। तुम्हारी चेतना दीदी को भेजनी है।''

''बाकी की मिट्टी तो हम ही रखेंगे न दीदी?''

''हाँ, बाल धोना ख़ूब इससे। चेतना के बहाने ले आई मैं वर्ना तो भूलभाल गई थी।''

''दीदी, मैं तो इसे चेहरे पर भी लगाऊँगी। इससे चेहरा इतना सुंदर हो जाता है! ज्यादा होती तो मैं तो नहाती भी इससे ही।''

भला मिट्टी पर ऐसी क्या मुग्धता?? -रिया ने सोचा और विचार झटककर गुड़िया के साथ खेलने लगी।

''विधवा कॉलोनी'' कॉलम लिखते रिया को पैंतालीस दिन हो चुके हैं। पूरे चालीस लेख उसके छप चुके हैं। शुरू के ग्यारह लेख सिटी वाले पन्ने पर छपे और फिर स्टेट एडीटर का कॉल आने के बाद संपादक ने उसके कॉलम को मुख्य पृष्ठ पर

सबसे नीचे जगह दे दी। देखते-ही-देखते रिया ने कितना नाम कमा लिया अपने इस कॉलम से। और कितना कुछ जाना है उसने इससे। अफ़साना की कहानी से शुरू उसका सफर किन-किन किरदारों, किन-किन रास्तों से गुज़रा है। कुछ ऐसे जिन्हें सुनते आँखों से टप-टप आँसू गिरते हैं तो कुछ ऐसे कि रूह काँप जाती है सामने वाले की तकलीफ़ की कल्पना कर। नासिर की कहानी, रुखसाना की कहानी, रामपाल की कहानी, शोएब की कहानी; इस बस्ती में कहानियों का ख़जाना है। वे मोहरों की तरह बिखरी पड़ी हैं; बस एक पारखी नज़र चाहिये। ...और पारखी नज़र पर अब सबकी नज़र है। संपादक ने उसे अपने केबिन में बुलाया है।

''बधाई हो रिया। इतने जल्दी इतनी तरक़्क़ी अमूमन कोई पाता नहीं है जर्नलिज़्म में। ख़ासकर ऐसे शहर में जहाँ कई पत्रकारिता विश्वविद्यालय हैं जिन्होंने देश को एक-से-एक यशस्वी पत्रकार दिए हैं। और तुम तो हाउस वाइफ़ थीं अभी कुछ महीनों पहले तक; आज देखो!''

बॉस से तारीफ़ पाती रिया ने मन में शुक्र मनाया कि उसने ये जॉब ज्वाइन करते समय अपने को हाउस वाइफ़ बताया था। 'डिगनिटी ऑफ़ जॉब'' जब उसकी इतनी पढ़ी-लिखी सहेली नहीं समझती है तो ये लोग भला क्या समझते कि वो गुड़िया टिफिन सेंटर या गुड़िया फूड फैक्ट्री या फिर लोगों के घरों में खाना बनाने का काम करने के बाद आई है यहाँ!

''मैं किस बात की बधाई दे रहा हूँ जानती भी हो?''

''जी कॉलम के लिए।''

''नहीं।''

''तब?''

''आपका ट्रांसफ़र नेशनल न्यूज रूम में कर दिया गया है। कॅरियर शुरू होते ही नेशनल न्यूज़ रूम मिल जाना किसी चमत्कार से कम नहीं होता है। मैं इसलिए तुम्हें बधाई दे रहा हूँ। तुम्हारे दिल्ली जाने की ख़ुशी में पूरे स्टॉफ के लिए चाय-समोसे मेरी तरफ़ से।''

''दिल्ली??''

''हाँ, तुम तो दिल्ली से ही आई थीं न भोपाल? तुम्हें दोहरी बधाई- नेशनल न्यूज रूम जाने की और दिल्ली लौट जाने की।''

'' नहीं सर। मुझे ये ट्रांसफ़र नहीं चाहिये। मैं दिल्ली नहीं जा सकती।''

''ये क्या कह रही हो? इसका मतलब भी जानती हो?''

''मतलब जो भी हो; मैं दिल्ली न जा सकूँगी।''

''अरे! ऐसे-कैसे?''

''सर, बस यही मेरा आंसर है। मुझे ये प्रमोशन नहीं चाहिये।''

"बिना संघर्ष किये, बिना जर्नलिज्म की डिग्री किये एक हाउस वाइफ को अपने मामूली डिप्लोमा और चंद शौकिया तस्वीरों के दम पर इतनी अच्छी नौकरी मिल जाये; उसमें भी इतनी इज़्ज़त तो किसका दिमाग़ न फिर जायेगा।" -ये बात कहते एडीटर की आवाज़ ऊँची हो गई थी; बाहर लोगों के चलते काम रुक गये।

"आप उम्र में बड़े हैं इसलिए आपकी ये बात सुन ली मैंने। अब मैं अपनी सीट पर जा रही हूँ। कॉलम के लिए आज की स्टोरी देना है।"

"वो कॉलम आज से तुम नहीं कर रही हो।"

"कॉलम बंद किया जा रहा है?"

"नहीं, तुम्हारी जगह किसी और को वो कॉलम दे दिया गया है।"

"ओह! तो ये वजह है मेरे ट्रांसफर की? मैं भी सुनूँ किसे चाहिये था वो कॉलम?"

"तुम्हें इससे क्या? कॉलम कोई भी करे।" एडीटर ने लगभग चीख़ते हुए कहा। बाहर काम करता स्टॉफ़ पूरा ध्यान लगाकर केबिन से आती ऊँची आवाजें सुनने लगा।

"वो कॉलम मेरा कॉन्सेप्ट था। और जब मेरे कॉन्सेप्ट को पहचान मिल गई, स्टेट एडीटर और मालिकों की नज़र तक में वो कॉलम आ चुका तो अब किसी और का लालच जागा है उस कॉलम को लिखने का? बनी-बनाई मिठाई नहीं है मेरा कॉलम। बताइये मुझे, कौन करेगा वो कॉलम?"

"अब या तो तुम दिल्ली चली जाओ या इसी वक़्त इस्तीफ़ा देकर अपने घर जाओ।"

"इस्तीफ़ा मैं नहीं दूँगी!" ये बात रिया ने भी समान ऊँची आवाज़ में कही।

रिया अपनी सीट पर आकर बैठ गई। एकदम चुप। स्टॉफ़ में से किसी ने उसके पास आकर कुछ नहीं कहा। वो जानती है इस दफ्तर में जब भी किसी की नौकरी पर संकट आता है, सहकर्मी अंधे-गूंगे-बहरे हो जाते हैं। ...पर रिया ये नहीं जानती कि कोई एक है जो इनमें से एक नहीं है!

किसी ने भागकर बाहर आमिर को अंदर का हाल जा बताया था। वो दौड़कर आया। रिया के पास जाने से पहले उसने स्टॉफ रूम में सब पर एक नज़र डाली। सब अपने-अपने कामों में यंत्र की तरह लगे थे ...शहर में आदमी की ज़रूरतें स्वाभिमान से भी ऊपर बैठी दिखती हैं कभी-कभी।

आमिर रिया के पास आया।

"अब क्या सोचा है?"

"सोचना क्या है; ऐसे माहौल में नौकरी की भी नहीं जा सकती। मैं बस उसका नाम जानना चाहती हूँ जिसे मेरा कॉलम दिया गया है। वो एडीटर का भाई है कि भतीजा है?"

"जो भी हो। ख़ाक डालो इस बात पर। चाहो तो स्टेट एडीटर को एक फ़ोन कर लो।"

''नहीं। अब यहाँ नौकरी करते नहीं बनेगा मुझसे।''

''तब ठहरो। मैं आता हूँ अभी।''

आमिर बाहर चला गया। रिया अपना इस्तीफ़ा लिखने लगी। सहकर्मी मूक चेहरों से, कनखियों से उसकी ओर देख रहे हैं।

रिया अपना इस्तीफ़ा पूरा लिख भी न सकी है कि आमिर लौट आया।

''चलो रिया।''

''कहाँ?''

''बताता हूँ। पहले यहाँ से चलो।''

''हाँ लेकिन, ये जानना भी तो ज़रूरी है कि हम कहाँ जा रहे हैं?''

''मेरी मोटरसाइकिल पर नहीं बैठना है; अपनी ही स्कूटी से चलना। अभी सब इधर को ही देख रहे हैं। चलो भी।''

''बस एक मिनिट।''

रिया ने इस्तीफ़े पर नीचे अपने हस्ताक्षर किये अपनी टेबल पर ही छोड़ दिया। टेबल पर रखी पानी की बोतल, टिफ़िन और गुड़िया की फ़ोटो उठा ली। एक नज़र कार्यरत् सहकर्मियों पर डाली। कुल जमा तीन-साढ़े तीन महीने की जॉब में किसी से इतना परिचय न हो पाया था कि जाते समय गले मिलकर विदा ले। अपनत्व की एक हिलोर उठी भीतर। ये दफ्तर जहाँ दिन-दिन भर काम किया! आँसू बहने लगते, इससे पहले ही रिया तेज़ी से वहाँ से बाहर निकल आई। पत्रकारिता विश्वविद्यालय से आई एक ट्रेनी लड़की जो अब तक अपने आँसू ज़ब्त किये हुई थी, डेस्क पर सिर रखकर रोने लगी। इधर-उधर होकर कईयों ने अपने आँसुओं को आने से रोका। ...पत्रकारिता पेशा ही ऐसा अति प्रतियोगिता का है, क्या कीजियेगा!

''पर हम जा कहाँ रहे हैं?''

''इतने दिनों तक मैं तुम्हारे पीछे-पीछे घूमा हूँ कैमरा उठाये। कभी मैंने पूछा कि कहाँ घुमा रही हो मुझे? किस-किस के फ़ोटो खिंचवा रही हो?''

आमिर की बात पर रिया मुस्कुरा दी। स्कूटी निकालते उसने पलटकर अपने दैनिक उदय के दफ्तर की तरफ देखा। महीने की बारह तारीख़ है। कल ही पिछले महीने की सैलरी मिली है; अब इन बारह दिनों की सेलरी तो मिलने से रही। हर प्रायवेट संस्थान यही करता है अपने कर्मचारी के साथ, उसने सोचा।

''क्या सोचने लगीं?''

''कुछ नहीं। आप आगे चलिये।''

रिया कितनी प्यारी है- बिल्कुल अम्मी और बाजी के जैसी मासूम और घरेलू!

आमिर ने सोचा और मुस्कुराकर मोटरसाइकिल आगे बढ़ा दी।

वे बाबे अली स्टेडियम पहुँचे। शाम हो चली थी। इक्का-दुक्का टहलते लोग दिख

रहे थे। एक के पास वे रुके। वे सज्जन शाम को घूमने वालों में से एक नहीं लगते। वे किसी दफ्तर के बड़े अधिकारी लगते हैं; रिया ने सवाल भरी नज़र से देखा।

आमिर ने मुस्कुराकर परिचय करवाया, 'आप हैं दैनिक हिन्दुस्तान के न्यूज एडीटर –अजीत सर।

रिया के पास सिवाय मुस्कुराने के और कुछ न था। पच्चीस हज़ार सैलरी पर फ़ीचर डेस्क में उसे काम मिल गया। कहने को तो काम साप्ताहिक महिला पत्रिका नंदिनी और बालपत्रिका नंदन का था लेकिन दरअसल उसे चुना गया था गैस कांड पर लेख लिखने के लिए। नियमित कार्य के अलावा हर सप्ताह उसे एक लेख देना था। कल से ही उसे ज्वॉइन करना था। एडीटर से मुलाक़ात के बाद लौटते में रिया ने आमिर से कहा, ''मेरा घर यहाँ से पास ही है। चाय पीकर जाइयेगा।''

पहली बार आमिर को उसकी आवाज़ में अपनापन महसूस हुआ। अब आमिर की मोटरसाइकिल रिया की स्कूटी के पीछे चल रही थी।

रिया के घर पहुँचते ही गुड़िया उससे लिपट गई। आरती चाय बनाने चली गई और आमिर फ्लैट को बारीक़ नज़र से देखने लगा। इतने बड़े शहर में एक तलाकशुदा औरत अपनी मेहनत और क़ाबिलियत से इज़्ज़त की ज़िन्दगी गुज़ार रही है। ड्राइंगरूम में सजावट मँहगी नहीं है तो भी अच्छी है। वो रिया से पूछता है,

''अब कॉलम के लिए नये फ़ोटोग्राफ़र का साथ मिलेगा। मुझे तो भूल ही जाओगी?''

''नये अख़बार में 'विधवा कॉलोनी' नहीं होगा कॉलम। वो पिछले अख़बार के साथ छूट गया। अब उस तरह की कवर स्टोरी नहीं करूँगी।''

''तो?''

''गिद्ध भोज'' नाम से नया कॉलम लिखूँगी। गैस कांड के बाद आये अरबों रुपयों की किस तरह से लूट-खसोट हुई सिस्टम में और आज भी जिस तरह भटकते फिरते हैं गैस पीड़ित अपने हक़ के लिये... पोस्टमैन तक तो उनसे रिश्वत लेता है जब मुआवज़े की पर्ची आती है। इस कॉलम के लिए पुरानी तस्वीरें चाहिये होंगी और ऑफ़िस में ही बैठकर तो लिखना है। बहुत हुआ तो लाइब्रेरी जाना होगा। फ़ोटोग्राफ़र अब आपके बाद कोई नहीं चाहिये इस जर्नलिस्ट को।''

वह मुस्कुराई। आमिर को ध्यान आया, रिया कितना कम मुस्कुराती है।

आमिर को छोड़ने वो अपार्टमेंट के बाहर तक आई। आज मन कितना उदास है। चेतना का मिस्ड कॉल था दिन में। उसने कॉल बैक किया।

''क्या कर रही थीं?'' सबसे पहले उसने चेतना से पूछा।

''मिट्टी खा रही थी। तुम्हारी भेजी मिट्टी तो अमृत जैसी लगती है। मुँह में रखते ही घुल जाती है। पता है मैंने अपने इंटरव्यू से पहले भी खाई थी। सब तनाव जाता

रहा; फिर इतने कॉन्फिडेंश के साथ इंटरव्यू दिया कि वे लोग ज्ञान को फ़ोन कर मेरी तारीफ़ कर रहे थे। बस, मेरा सिलेक्शन हुआ समझो।''

''बहुत बधाई।'' रिया सुनती रही उसकी बहुत सारी बातें, अपना कुछ बताने का मन जाता रहा।

रात सोई तो ग्यारह बजे किसी ने घंटी बजाई। देखा तो पड़ोसन थी। बड़ी झिझक लेकिन बड़ी ज़रूरतमंद नज़र आ रही थी चेहरे से।

''लगता है आप बड़ी जल्दी सो जाती हैं; हम तो एक बजे से पहले कभी नहीं सोते।'' वो हँसकर भूमिका बना रही थी।

''बताइये न। कुछ ज़रूरी काम था? '

''जी वो। आपकी बालकनी में कुछ दिन पहले काली मिट्टी सूखती दिख रही थी। आपकी बाई ने बताया कि आप बड़े तालाब से लाई हैं। क्या थोड़ी-सी मिल सकती है।''

''ज़रूर। चाहे जितनी ले लें। आइये।''

उनींदी रिया ने पड़ोसन का स्वागत किया। आधी बोरी मिट्टी जो बची थी उठाकर उसे दे दी।

''ये रख लीजिये प्लीज़।''

रिया मना करती ही रह गई; पड़ोसन दो सौ उसकी हथेली में थमाकर कर, बड़ी शर्मिन्दा-सी तुरंत वहाँ से चली गई।

सुबह वह नये ऑफ़िस जाने के लिए तैयार हो रही थी; और आरती रूठे चेहरे से पूछ रही थी, ''दीदी, क्या आपने पूरी मिट्टी दे दी?''

''क्यों मैं ये नौकरियाँ करने में एड़ियाँ रगड़ रही हूँ। मुझे तो मिट्टी ही बेचने लगना चाहिये।''

रिया नये दफ्तर के नये माहौल में है। आमिर का फ़ोन आया है,

''आज का दैनिक उदय देखा?''

''क्यों?''

''विधवा कॉलोनी कॉलम आज भी छपा है?''

''ओह! अब मुझे उसका नाम बताओ जिसने वो कॉलम मुझसे छीना। किसने लिखा है?''

''ख़ुद एडीटर ने।''

रिया का दिल एकदम बुझ गया; कितनी बेईमान दुनिया है पत्रकारिता की!

गिद्ध भोज

रिया ने अपने कॉलम 'गिद्ध भोज' में पहला लेख लिखा "किसके हिस्से क्या अपराध ?" इसमें उसने लिखा कि रीज़नल कॉलेज के तत्कालीन प्रिंसीपल ने यूनियन कार्बाइड के दोषी मुख्य अपराधी एंडरसन को अपने कॉलेज के लंबे परिसर के पार करवाया था अपनी कार से। कॉलेज परिसर का एक गेट यूनियन कार्बाइड के दफ्तर के पास था और दूसरे गेट के बाहर एसपी अपनी गाड़ी लिए ख़ुद खड़े थे मुख्य आरोपी को सुरक्षित निकाल ले जाने। किस तरह एसपी और कलेक्टर ने मुख्यमंत्री वाया भारत सरकार वाया अमेरिकी सरकार के दबाव में आकर मुख्य आरोपी एंडरसन को सुरक्षित निकाल दिया भोपाल से। वे जज साहब जिन्होंने केस कमज़ोर करने के लिए धारायें बदल दीं और गृहमंत्रालय के वे लोग जिनके कहने पर सीबीआई ने कभी अमेरिका से मुख्य आरोपी के प्रत्यर्पण का प्रयास नहीं किया। एक लेख में इतने लोगों के सिलसिलेवार नाम, किसी कहानी जैसा रोचक ब्यौरा मय सबूतों के जब छपा तो दैनिक हिन्दुस्तान के दफ्तर का फ़ोन लगातार घनघनाता रहा उस पूरे कार्य दिवस। हर कोई कॉलम लिखने वाली का नंबर जानना चाहता था जिसे एडीटर हँसकर टाल दे रहे थे। रिया का मन लेकिन उदास था इसीलिए लेख पर बधाई के फ़ोन के साथ जब आमिर ने उसे लंच पर चलने को कहा तो उसने मना नहीं किया।

वे रविन्द्र भवन के अप्सरा रेस्टोरेंट में आमने-सामने बैठकर खाना खा रहे थे। शहर की ये जगह मशहूर है पत्रकारों और लेखकों के बैठने-बतियाने के लिए।

"कमाल बात है; इतना अच्छा तुम्हारा कॅरियर चल रहा है। पहले ही हफ्ते में दैनिक हिन्दुस्तान ने तुम्हारे लेख को इतना इम्पोर्टेंस देकर छापा है। अब तो डेस्क की जॉब है, रिर्पोटिंग जैसी दौड़-भाग भी नहीं है इसमें। और तुम्हें क्या चाहिये ?"

"पत्रकारिता मैंने फीचर डेस्क का काम करने नहीं बल्कि अपनी माँ को खोजने के लिए शुरू की थी।"

"तो अभी भी तो वही कर रही हो एक तरह से।"

"दफ्तर में बैठकर लेख लिखना तो माँ को खोजना नहीं है। इससे तो अच्छा

'विधवा कॉलोनी' कॉलम लिखना ही था। कम-से-कम उस बस्ती में तो जाना होता था जहाँ माँ के मिलने की सबसे ज़्यादा उम्मीद है। क्या हाल हैं उस कॉलम के आजकल? मैंने तो एक लेख भी नहीं पढ़ा आने के बाद उसका।"

"अच्छा हुआ नहीं पढ़ा। ऐसा कुछ अब उस कॉलम में बचा भी नहीं है पढ़ने लायक। अव्वल तो तुम्हारे आते ही वो कॉलम डेली से वीकली हो गया क्योंकि एडीटर साहब तुम्हारी तरह हर दिन विधवा कॉलोनी में दोपहर भर तप-तपकर ज़िन्दा किरदारों से थोड़े ही मिल सकते थे। कुल जमा दो लेख छपे उस कॉलम में सर के और ख़ुद उन्हें ही बेदिली हो गई कॉलम से। टेबल-कुर्सी पर बैठकर फ़ील्ड की रिपोर्टिंग कोई कर भी नहीं सकता। अब सुन रहे हैं वो कॉलम एक नये लड़के को लिखने के लिए दे रहे हैं जिसने तुम्हारी जगह ज्वाइन किया है। मैं तो मना कर चुका हूँ उस कॉलम के लिए फोटोग्राफी करने से।"

"क्यों?"

"बस यों ही।"

"भला ये भी कोई बात हुई?" रिया ने बिल्कुल उसके जैसे अंदाज़ में कहा।

लंच के बाद दोनों को अपने-अपने दफ्तर लौट जाना था। आते में वो एक शर्ट ख़रीदती लाई थी उसके लिए; पैकेट स्कूटी में अब तक रखा था। बड़ी झिझक के साथ उसने वो पैकेट उसे दिया।

"ये किसलिये?"

"यों ही। मन किया। मुझे नाप तो मालूम नहीं था फिर कभी किसी के लिए शर्ट ख़रीदी भी नहीं। ये तो बस अंदाज से...।

"तो भी है मेरे ही नाप की। लेकिन ये तो... ?? इतनी मँहगी शर्ट लाने की क्या ज़रूरत थी? तीन हज़ार रुपये की शर्ट पहनकर भला मुझे कहाँ जाना है?"

"ऐसा क्यों कहते हैं? आप स्टार फ़ोटोग्राफर हैं दैनिक उदय के। आप जैसी तस्वीरें भोपाल में तो कम-से-कम कोई दूसरा नहीं खींच सकता। आप अगर अपना स्टूडियो खोल लें तो लाइन लगी रहे फ़ोटो खिंचवाने वालों और वालियों की।"

"ऐसी तारीफ़ सुनना अच्छा लगता है और फिर तुमसे सुनना तो और भी अच्छा।"

"तारीफ़ भी है, सच भी है। आपके पास जो हुनर है, जो आपकी मेहनत है उसे आप क्यों किसी को बंधी तनख़्वाह में बेचते हैं। बड़ी-से-बड़ी नौकरी के मुक़ाबले एक छोटा बिजनेस भी बेहतर भविष्य का मौक़ा है।"

"अच्छा! तब तुम क्यों नौकरी कर रही हो?"

"मेरी बात और है। मैं अपनी माँ को ढूँढ रही हूँ।"

इस मुलाक़ात के बाद जैसे दोनों के भीतर कुछ बदल गया। आमिर अपनी खींची पुरानी तस्वीरों को देखता रहा और एक फ़ोटो स्टूडियो का ख़्याल पहली बार उसके

ज़हन में झिलमिलाया। अगर कभी अपना स्टूडियो खोला तो उसमें रिया की एक बड़ी फ़ोटो लगाऊँगा।

इधर आमिर रिया की तस्वीरें देख रहा है जो उसने आज खींची हैं, उधर वो अपने डेस्क पर बैठी अपनेआप में गुम है। इतना अच्छा लग रहा है आज, किससे साझा करूँ ये फीलिंग्स! उसने चेतना को फ़ोन किया।

''एक बात बतानी है।''

''ज़रूर कोई अच्छी ख़बर होगी। तुम्हारी ज़िन्दगी तो अब उपलब्धियों की कहानी है। लेकिन पहले मेरी बात सुन लो। अगर अच्छी और बुरी दोनों ख़बरें आमने-सामने हों तो पहले बुरी ख़बर को मौक़ा देना चाहिये ताकि अच्छी ख़बर बाद के लिए बची रहे।''

''बुरी मुद्रा अच्छी मुद्रा को चलन से बाहर कर देती है।''

उसने हँसकर कहा। आज वो कितनी ख़ुश है।

''आज रंजीत और लिली मिल गये थे ज्ञान को एक कॉमन फ्रेंड के घर। उनका एक बच्चा भी है। अब समझ आया कि जब तुम्हारा डिवोर्स हुआ, जिस समय तुम्हें घर से निकाला तुम्हारे पति ने तब उसकी प्रेमिका को कम-से-कम पाँच-छह महीने की प्रेग्रेंसी रही होगी।''

''क्या?'' रिया धम्म से कुर्सी पर बैठ गई। आँखें आँसुओं से झिलमिलाने लगीं।

''हाँ, बच्चे का नाम उन्होंने कान्हा रखा है।''

''कान्हा???''

''हाँ, यही नाम तुम बताती थीं न कि रंजीत कहते हैं कि अगर बेटा हुआ तो उसका नाम कान्हा रखेंगे।''

''हाँ।''

''और पता है वो अकेले में इनसे तुम्हारे और बेटी के बारे में भी पूछ रहा था।''

अपनी रुलाई इस पल कैसे रोके वो; ओ अभागे पिता, मेरी नन्ही दुर्गा का सुख तुम्हारे हिस्से न था!

''जाने दो चेतना। अपने एक्स हसबैंड की ज़िन्दगी से मुझे कुछ नहीं लेना-देना।''

''अरे! तुम उसे कैसे माफ़ कर सकती हो? उसने तुम्हारे साथ कितना अमानवीय बर्ताव किया! तुम्हें तब घर से निकाल फेंका जब तुम्हारी गोद में दुधमुंही बच्ची थी। उसने ये तक न सोचा था कि तुम कभी घर की दुनिया से बाहर भी न निकली हो तो एकदम से कैसे जिओगी अपनी बच्ची के साथ अकेले? एक तरह से सड़क पर फेंक दिया था उसने तुम माँ-बेटी को!''

''जो घर से निकालने को सड़क पर ही फेंकना कहती हो तो भी उन्होंने अन्याय न किया था। गुड़िया के नाम पॉलिसी की थी, मुझे दस लाख का चेक दिया था जिससे

मैं अपनी नई ज़िन्दगी शुरू कर सकी। उनकी जो आर्थिक स्थिति थी, उसके हिसाब से उन्होंने अन्याय नहीं किया था हमारे साथ।'

"ये तुम कैसे कह सकती हो? तुम एक नंबर की बेवकूफ हो! माफ़ तो कर ही चुकी हो। अब एक क़दम और आगे बढ़ाओ। उसको भोपाल भी बुलाने लगो गुड़िया को देखने के बहाने। और घर के कोने में पड़े भरे मटके की तरह उसकी ज़िन्दगी में उपलब्ध हो जाओ। जब चाहे वो आकर अपनी प्यास बुझा जाया करे।"

"नहीं, ऐसा भी नहीं है। अब मेरे और रंजीत के बीच कोई रिश्ता संभव नहीं।"

"लेकिन तुमने तो माफ़ कर दिया है न उसे?"

"जब तक हम किसी को माफ़ नहीं करते, हम वहीं रुके रह जाते हैं, उसी शिकायत, उसी हालात में; कभी-कभी तो उम्र भर। मैंने उन दोनों को माफ़ कर दिया और अपनी ज़िन्दगी में आगे भी बढ़ चुकी हूँ।"

"तुम्हारा दिल कितना बड़ा है न रिया!"

"दिल तुम्हारा भी बड़ा है। तुमने हम माँ-बेटी को आसरा दिया जब हमारा कोई न था इस दुनिया में।"

रिया की कृतज्ञता और अपना बुरा बर्ताव याद कर उसका दिल शर्मिन्दा हो उठा। बात बदलते हुए उसने जल्दी से कहा, "तुम अपना एकाउंट नंबर मुझे मैसेज कर दो।"

"क्यों?"

"करो तो।"

"ठीक है।"

उसने अपना बैंक एकाउन्ट नंबर मैसेज कर दिया। दूसरी तरफ़ से सहेली का मैसेज आया।

"मैसेज कर रही हूँ क्योंकि कहते हुए झिझक लग रही थी। क्या तुम मुझे दो बोरी मिट्टी भेज सकती हो प्लीज़। एक बोरी काली मिट्टी और एक बोरी मुल्तानी मिट्टी। तुम्हें परेशानी तो होगी, जानती हूँ। मज़दूर ले जाकर मिट्टी खुदवानी पड़ेगी। मुल्तानी मिट्टी ख़रीदनी होगी फिर लोडिंग ऑटो से स्टेशन लाना और मालगाड़ी से भेजना। इतना परेशान होओगी और ख़र्चा भी होगा। तुम्हारे एकाउन्ट में पाँच हज़ार रुपये ट्रांसफ़र कर दिये हैं। कल संडे है। कल या फिर जब तुम्हें सहूलियत हो। प्लीज़ यार।"

मैसेज पढ़कर रिया के मुँह से निकला, "पागल है ये!"

पर अगली सुबह, इससे पहले कि उजाला पूरी तरह छँटता; रिया अपनी स्कूटी से गई और बड़े तालाब के दूर के सूखे-गहरे हिस्से से दो बोरे काली मिट्टी खोदकर भर लाई। एक बोरा उसने बालकनी में रखा, दूसरा स्कूटी पर ही रहने दिया। फिर चाय-नाश्ता कर, नहा-धोकर निकली और थोक बाज़ार से दो बोरे मुल्तानी मिट्टी ख़रीद ली। रेल्वे स्टेशन जाकर एक बोरा काली मिट्टी और एक बोरा मुल्तानी मिट्टी उसने दिल्ली

पार्सल की और बची हुई एक बोरा मुल्तानी मिट्टी स्कूटी पर रखे घर लौट आई। दिन के ग्यारह बजे तक रिया ने ये सब काम कर लिया। आरती ने काली मिट्टी और मुल्तानी मिट्टी बालकनी में फैला दी। उसने पूछा तो लड़की का जवाब था, कुछ दिन पड़ी रहेगी हवा-धूप में तो स्वाद बढ़ जायेगा। और शायद पड़ोसन भी ख़रीद ले जाये देखकर। रिया उसकी बात पर मुस्कुराई और अपने काम में लग गई। आज उसे 'गिद्ध-भोज' कॉलम के लिए लेख लिखना है जिसके लिए पिछले पाँच दिनों से नोट्स ले रही थी। लेख लिखने से पहले उसका मन हिसाब लगाने लगा। दो बोरे मिट्टी दिल्ली भेजने में कुल ख़र्च हज़ार रुपये भी न हुआ है; तो क्या उसे चेतना को चार हज़ार रुपये लौटा देने चाहिये। फिर सोचा, अब रहने दूँ। इतनी मेहनत और समय ख़र्च हुआ इस काम में फिर उसे इन चार हज़ार रुपयों की ज़रूरत बहुत है अपनी अमीर सहेली के मुक़ाबले।

गिद्ध-भोज कॉलम में इस बार उसका लेख था- क्या अग्निहोत्र करने से बच गया था कुशवाह परिवार? इस लेख में उसने लिखा कैसे एक परिवार के पति-पत्नी जो हर दिन अग्निहोत्र करते थे; गैस रिसाव के समय अग्निहोत्र करने लगे थे और जिससे उनके घर की हवा में ज़हरीली गैस का असर कम हो गया था और इस तरह उन दिनों भोपाल में अग्निहोत्र करने का चलन अत्यधिक बढ़ गया था और अधिकांश हिन्दू परिवार गैस के दुष्प्रभाव से बचने के लिए अग्निहोत्र करने लगे थे। उसका ये लेख जनता ने अत्यन्त रुचि लेकर पढ़ा। सत्ताधारी पार्टी के एक बड़े नेता का संपादक को फ़ोन आया और फिर उसे एक दिन पत्रकारिता विश्वविद्यालय में भी बुलाया गया व्याख्यान देने। सोशल मीडिया पर कुछ लोगों ने उसके लेख का विरोध किया और उसे हिन्दूवादी बताया; इससे उसे और अधिक चर्चा मिली।

आमिर का फ़ोन आया, "मिलना है।"

"ऑफ़िस आ जाइये।"

"नहीं, ऑफिस वाला नहीं मिलना।"

"तब?"

"मैं आता हूँ लेने। बस, दो-तीन घंटे को निकल आओ।"

"ठीक है। बॉस से पूछकर आती हूँ।"

आमिर जब उसके दफ्तर पहुँचा वो बाहर खड़ी उसका इंतज़ार कर रही थी। आमिर ने मोटरसाइकिल रोकी और वो उस पर आ बैठी। मोटरसाइकिल चली तो अपने संतुलन के लिए उसने आमिर के कंधे पर हाथ भी रख लिया।

वे रॉयल मार्केट पहुँचे। कतारबद्ध दुकानों में एक दुकान पर वो उसे ले गया। वहाँ फ़र्नीचर बनाने-लगाने का काम चल रहा था। ये बोर्ड चढ़ाया जा रहा था "आमिर फ़ोटा स्टूडियो"।

"ये? ये?? क्या ये सच में आपका फ़ोटो स्टूडियो बन रहा है?"

"हूँ। तुमने कहा और बस हो गया। कितनी मुबारक ज़ुबान है तुम्हारी!"

"इतनी जल्दी? सच में देखकर अच्छा लग रहा है।"

"उस दिन तुम्हारे साथ लंच किया उसके बाद तुम्हारी कही बातें ही ज़हन में गूँजती रहीं। घर जाकर चर्चा की तो सभी ने यही कहा कि मुझे अपना फ़ोटो स्टूडियो खोल लेना चाहिये। बड़े भाईसाहब की यह दुकान है। दस रोज़ पहले ही ख़ाली हुई है शायद मेरी ही क़िस्मत से। बड़ी अम्मी ने उनसे बात की और उन्होंने ये दुकान मुझे किराये से दे दी। फ़र्नीचर के काम के लिए पैसे कुछ मैंने अपने पास से दिए हैं कुछ बड़ी अम्मी ने दिए हैं। मालिक ने चाहा तो अगले हफ्ते तुम्हारे हाथों फीता कटवाऊँगा।"

"नहीं, फीता अपनी बड़ी अम्मी के हाथों कटवाना। उन्हीं की वजह से आप ये दुकान यहाँ पा सके हैं।"

"तुम कितना अच्छी हो!" वो गहरी नज़र से उसे देखने लगा; और वो शरमाकर इधर-उधर देखने लगी। उन्होंने साथ में लंच किया और फिर आमिर ने उसे उसके दफ्तर छोड़ दिया। नई ज़िन्दगी में पहली बार रिया को असुरक्षित नहीं लग रहा है।

-बस माँ और मिल जायें फिर और कुछ नहीं चाहिये!

गिद्ध भोज कॉलम में उसका अगला लेख आया- "शहरयार दे दो, एंडरसन ले लो"। इस लेख में उसने उन तमाम बयानों को कोट किया जो अब तक मीडिया में आते रहे थे और जिनके अनुसार एक अमेरिकी अपराधी लौटाने के एवज में एक भारतीय अपराधी की अदला-बदली की गई थी सो भी बिना किसी लिखापढ़ी के। अगला लेख था- "तीसरी पीढ़ी तक असर : नामर्द, बांझ और बीमार जींस"। इस लेख में उसने लिखा कि जिसने भी गैस कांड के समय भोपाल में सांस ली थी उसके जींस में एक ज़हर ऐसा उतरा कि दूसरी और तीसरी पीढ़ी के जन्मे बच्चे विक्षिप्त, बीमार या इतने कमज़ोर पैदा हो रहे हैं जो न नौकरी के क़ाबिल हैं न मज़दूरी के। लड़कियों की माहवारियाँ ख़राब हैं, लड़के नपुंसक जन्म ले रहे हैं और ज़िन्दा लाशों जैसे पैदा हुए ये बच्चे जिनका न शरीर काम करता है, न दिमाग़- ये उस एक रात की देन हैं जो भोपाल के इतिहास में आई तो थी, फिर कभी गई नहीं लाखों जिंदगियों से। अगली बार उसने लिखा- "एफआईआर नंबर 1104/84" हनुमानगंज थाने का थाना प्रभारी इंस्पेक्टर किन दबावों में काम कर रहा था वो जब छपा लेख में एफआईआर की दुर्लभ फ़ोटो के साथ; अब दफ्तर में सहकर्मी तक उसके अगले लेख को लेकर सवाल करते रहते; और एडीटर तो उससे इतने ख़ुश थे कि लंच टाइम में उसे घर जाकर अपनी बेटी को देख आने की अनुमति भी दे दी।

बेटी को देखती है तो उसका दिल भर आता है; जबसे पैदा हुई है, उसके साथ रह ही कितना पाई है! और इतना करके भी वह क्या जुटा पाई है?? सिर पर एक छत है, उसी की किस्त भरते रहने की चिंता लगी रहती है। कब से एक एसी ख़रीदना चाहती

है अपनी बेटी के लिए; पर कहाँ से लाये एसी की क़ीमत चुकाने को रुपये? पच्चीस हज़ार वेतन में से पन्द्रह हज़ार रुपये महीने की लोन की किस्त देने के बाद जो बचता है, उसमें से भी आरती की वेतन देने के बाद इतना ही बच पाता है कि घर का राशन-पानी चलता रहे। पहनने को तन पर कपड़े रहें। बिजली का बिल भरता रहे और स्कूटी में पेट्रोल डलवाने लायक रुपये हमेशा पर्स में रहें। पुरानी बचत के आख़िरी सिक्के भी ख़र्च हो चुके पत्रकारिता की इस नौकरी में घर-ख़र्च चलाने में। कभी-कभी महीने के आख़िरी दिनों में किसी सहकर्मी से कुछ उधार भी ले लेती है। एक कॉलम अतिरिक्त लिखती है वो कुछ सौ रुपयों के लिए। रिया अपने इस जीवन से बहुत असंतुष्ट है। अंकुरित दाने बेचने का उसका कुटीर उद्योग बंद हुआ पत्रकारिता की नौकरी के कारण। ये नौकरी उसने अपनी माँ को खोजने के लिए की थी; अब न तो माँ को ही खोज पा रही है और न ही इस नौकरी में इतनी कमाई थी जितनी उसके पुराने कुटीर उद्योग में थी। कितने महीनों से उसने बाहर कभी पाँच रुपये की चाय तक नहीं पी। रिया अपनेआप को दिलासा देती है; ये जीवन का आख़िरी बुरा समय है। इससे आगे कुछ बुरा न होगा।

...पर कभी ऐसा भी होता है कि जब हम सोचते हैं कि अब हमारे साथ इससे ज़्यादा बुरा नहीं हो सकता, तो भाग्य और और बुरा समय हमें दिखाता है।

आज जब वह दफ्तर जाने को तैयार हो रही थी, आरती ने कहा कि वो बैंक जा रही है और वहाँ से बुआ के घर जायेगी दो-तीन दिनों के लिए। आरती इतनी जल्दी में थी कि अपने कपड़े-सामान ले फुर्ती से निकल गई और रिया को बात कहने-सुनने का कोई मौक़ा ही न दिया। कॉलोनी में एक पालनाघर था जहाँ कभी इमरजेंसी में रिया अपनी बेटी को छोड़ दिया करती थी जब आरती अपनी बुआ के घर एक या दो रातें रुकने को जाती थी। अब भी रिया ने ऐसे ही अपनी बेटी को वहाँ छोड़ दिया ये सोचकर कि कल-परसों तक आरती लौट आयेगी। लेकिन जब चार दिन हो गये और आरती न लौटी तो रिया को उसकी फिक्र हुई। आरती का फ़ोन नहीं लग रहा था। आज पालनाघर वाली कह रही थी कि आप शाम को जल्दी ले जाया कीजिये अपनी बेटी को नहीं तो ज़्यादा पेमेंट कीजिये। अख़बार की नौकरी होती ही ऐसी है; फीचर डेस्क में काम करने वालों को भी घर लौटते अंधेरा हो जाता है। कभी आठ भी बज जाते। पालनाघर जाती तो गुड़िया कभी रोती मिलती कभी अकेली बैठी टीवी देखती। माँ का दिल रुंआसा हो उठता अपनी बेटी का यह हाल देख। उस दिन गुड़िया को लेकर घर लौटते साढ़े आठ बज गये। अभी खाना भी बनाना है। रिया बेटी को सीने से चिपकाये फ्लैट का ताला खोल ही रही है कि पड़ोसन ने आकर बताया कि आरती की बुआ आई थी और बहुत हंगामा कर रही थी।

"क्यों?"

''भाग गई वो किसी लड़के के साथ जो उसकी बुआ के ही पड़ोस में रहता था। जाते-जाते बैंक खाते से सब रुपये भी लेती गई जो आप उसके खाते में हर महीने वेतन देती थीं। अब उसकी बुआ कह कर गई है कि वो पुलिस थाने जा रही है रिर्पोट लिखवाने कि आपने उसकी नाबालिग भतीजी को ग़ायब कर दिया है। कहकर गई है कि जेल करवायेगी वो आपको।''

''अच्छा। देखेंगे।''

रिया अपने फ्लैट के अंदर आ गई। दिन भर की थकी हुई है। खाना बनाना है और उससे भी पहले दूध का पैकेट गर्म करके गुड़िया को देना है। बच्ची भूखी है। रिया ख़ुद भी भूख़ी है। उसको रोना आ गया। अगर आरती की बुआ ने रिर्पोट कर दी तो वो गिरफ्तार हो जायेगी तब उसकी मासूम बच्ची का क्या होगा? नौकरी जायेगी। फ्लैट की किस्तें न दे सकी तो फ्लैट भी न बचेगा। भोपाल आकर जो कुछ कमाया-बनाया है, सब चला जायेगा। और सबसे बड़ा सवाल अगर उसे सज़ा हो गई तो गुड़िया का क्या होगा? रंजीत की गृहस्थी में भला कहाँ अब मेरी बेटी के लिए जगह होगी?? सोच-सोचकर वो रोने लगी। उसे रोता देखा तो गुड़िया ज़ोर-ज़ोर से रोने लगी। रिया ने तुरंत अपने आँसू पोंछे। बेटी को चुप कराया। उसे दूध पिलाया। खाना बनाया और देर रात जब सोने गई तो उसकी आँखों से नींद ग़ायब थी। बालकनी में खड़ी होकर शहर की झिलमिलाती रोशनियों को देख-देख अपने आँसू पोंछती रही, ''माँ, तुम कहाँ हो?''

अगले दो दिन रिया के इसी तनाव में निकले कि कहीं पुलिस आकर उसे गिरफ्तार न कर ले। तीसरे दिन जब वह गुड़िया को पालनाघर से लेकर लौटी, पड़ोसन ने आकर राहत की ख़बर दी,

''आज आरती आई थी अपने पति के साथ, आपका आर्शीवाद लेने। मैंने कहा आजकल तुम्हारी दीदी देर से आती हैं। और मैंने ये भी कहा कि तुमने ये कैसी विपत्ति में डाल दिया अपनी दीदी को। वे तुम्हें इतने प्यार से रखती थीं और अब तुम्हारी बुआ उन्हें थाने-कचहरी की धमकी देकर गई है। आरती बड़ा दुखी होती थी जी। कह रही थी कि वो सीधे अपने बुआ के घर जा रही है अब। वैसे भी उसका ससुराल बुआ के पड़ोस में ही है। अब वो जाने और उसकी बुआ जाने; आपकी बला टली।''

''आपने बड़ी मदद की।''

''ओ जी इसमें मदद की क्या बात है ये तो फर्ज है पड़ोसियों का। मैं ये कह रही थी कि क्या कुछ मुल्तानी मिट्टी मिलेगी? आपकी बालकनी में सुखाती तो थी आरती काली-पीली मिट्टी।''

''जी, बालकनी में दोनों रखी हैं आप जो चाहे ले जायें।''

पड़ोसन ने बालकनी से मुल्तानी और काली मिट्टी दो बड़े-बड़े थैले भरकर ले

ली।

"कितने हुए पैसे?"

"नहीं कुछ नहीं। बेचती थोड़े ही हूँ। आप ले जाइये ऐसे ही।"

"नहीं तो भी। आपने ख़रीदी तो थी।"

पड़ोसन पाँच सौ रुपये टेबल पर रखकर चली गई। रिया को रुपये की कितनी ज़रूरत है इन दिनों, उसका दिल ही जानता है।

अगले दिन वो दफ्तर नहीं गई। एक भी दिन काम पर न जाने पर सेलरी से पैसे कटते हैं लेकिन पालनाघर का एक दिन का शुल्क पाँच सौ रुपये था जो अब उससे और वहन करते नहीं बन रहा था। सुबह-सुबह ही वह विधवा कॉलोनी गई। पिछले हफ्ते दादी के गुज़र जाने के बाद, अफसाना अब अकेली रह रही थी अपने कमरे में। रात में सोने को पड़ोस की बूढ़ी को बुलाती है। कभी वो नहीं भी आती। शोहदे परेशान करते हैं। रात में दरवाज़ा खटखटाते हैं, पत्थर फेंकते हैं। दिन में रास्ता रोकते हैं। पड़ोसी औने-पौने दामों उसका घर ख़रीदने पर उतारू हैं।

"इतनी परेशान थीं तो तुमने मुझे फ़ोन क्यों नहीं किया?"

उसने अफ़साना के सिर पर हाथ फेरा। आमिर को फ़ोन किया। पूरी बात बताई। अगले दो-तीन घण्टों में ही आमिर ने अपनी पहचान का एक किरायेदार परिवार ढूँढ लिया जो अफ़साना के एक कमरे के फ्लैट में रहने भी चला आया शाम तक। आठ सौ रुपये में किराये पर अपना एक कमरे का घर चढ़ाकर और अपना ज़रूरी सामान भर लेकर अफ़साना रिया के साथ चली आई। रास्ते में उन तीनों ने रेस्टोरेंट में खाना खाया- रिया के मन की सब पसंदें आमिर अपने मन में याद रखता है।

"कुछ परेशान दिख रही हो?"

आमिर ने रिया से पूछा तो वो टाल गई। आमिर को अपनेआप पर सख़्त गुस्सा आया। हर पल जो उसके ख़्यालों में बसती है, उसे फ़ोन न लगाया इसी झिझक में कि कहीं वो नाराज़ न जाये। उसके सुख-दुख को जानने का उसे क्यों हक नहीं जबकि वो हमेशा उसके साथ ही रहती है उसके ज़हन में।

अफ़साना को लेकर आई रिया; और पालनाघर से गुड़िया को लिया। अब से गुड़िया को पालनाघर नहीं जाना है। अफ़साना के हाथों में अपनी बेटी को देख उसका दिल तसल्ली से भर उठा। रात के खाने में अफ़साना ने अंडा-बिरयानी बनाई। शायद एक हफ्ते बाद रिया ने पेट भर खाना खाया है। सुकून की नींद उतर रही है आँखों में लेकिन रिया अभी सो नहीं सकती। कल उसे कॉलम के लिए लेख देना है। वो रात दस बजे लिखने बैठी तो रात के ढाई बजे जाकर उसका लेख पूरा हुआ उस लैपटॉप पर जो उसने सैंकेड हैंड ख़रीदा था।

अगले दिन उसने संपादक को लेख दिया जो उन्हें बहुत पसंद आया। लेख जब

छपा, जैसा कि इस कॉलम के हर लेख का पाठक इंतज़ार करते ही थे, ये लेख लेकिन सबसे ज़्यादा चर्चा पा गया। इसमें रिया ने मय सबूतों के लिखा कि कैसे आज इतने साल बाद भी गैस पीड़ितों के नाम पर पैसा खाया जा रहा है अस्पतालों, संस्थाओं और सरकार में। कैसे यूनियन कार्बाइड कारखाने की ज़मीन अब भी इतनी ज़हरीली है कि आसपास की बस्ती के लोगों को पीने का पानी तक ज़हरीला मिल रहा है। लेख का शीर्षक था- मिलिये, आज के एंडरसनों से।

इस लेख ने धूम मचा दी। एडीटर फ़ोन कॉल्स ही अटेंड करते रहे दिन भर। लेकिन अगले दिन उन्होंने रिया को बुलाकर कहा,

"रिया, गिद्ध-भोज कॉलम हम बंद कर रहे हैं।"

"क्यों सर??"

"मालकिन का हुक्म है। रात को एक बजे उनका फ़ोन आया था। सीधा सरकार का दबाव है अब हम पर।"

"लेकिन सर?"

"जितने भी लेकिन हैं, वे मैं मैडम को बता चुका हूँ लेकिन वे कुछ सुनने को तैयार न थीं। अब ये कॉलम बंद हो चुका है। तुम्हारे लिए तो अच्छा ही है कि तुम्हारा काम कम हो गया। नंदिनी और नंदन पत्रिकाओं के अलावा तुम्हें लेख लिखना पड़ता था। अब बस अपना सरल-सा रेग्युलर काम करना है तुम्हें फीचर डेस्क का। मैडम ने ये भी कहा है कि तुम्हारी सेलरी दो हज़ार रुपये बढ़ाई जा रही है। तुम हीरा हो हमारे पब्लिकेशन हाउस का।"

"सर, अब मैं ये जॉब नहीं कर सकूँगी।"

"क्यों?"

"ऐसे ही।"

"तुम पागल हो क्या? कोई इतना अच्छा जॉब ऐसे छोड़ता है भला? और इससे बेहतर जॉब तुम्हें कम से कम भोपाल में तो कहीं न मिलेगा।"

"नहीं सर, अब मुझे जॉब ही नहीं करना है। न यहाँ न कहीं और।"

"तब क्या करोगी?"

"पता नहीं। अभी कुछ सोचा नहीं। पर अब ये जॉब तो नहीं करूँगी। महिला पत्रिका, बाल पत्रिका निकालने के लिए मैंने पत्रकारिता ज्वाइन नहीं की थी।"

"तो किसलिए की थी?"

"मैं अपनी माँ को खोज रही हूँ जो गैस कांड में खो गई थीं। अच्छा हुआ ये कॉलम बंद हो गया क्योंकि इसको लिखते हुए तो मैं उन्हें खोजने भी नहीं जा पाती थी।"

"एक-दो दिन सोच लो।"

"नहीं। बस, इसी पल मैं पत्रकारिता छोड़ चुकी।"

"तुम्हें जब भी वापिस ये ऑफिस ज्वाइन करना हो; दैनिक हिन्दुस्तान के दरवाज़े हमेशा तुम्हारे लिए खुले हैं; जब तक मैं यहाँ हूँ तब तक तो ज़रूर ही।"

"थैक्यू सर। अब चलती हूँ।"

"ऐसे नहीं। पहले अपने सभी ड्यू पेमेंट लेती जाओ। तुम पहुँचो फाइनेंस डिपार्टमेंट; मैं आता हूँ। मैं रहूँगा तो तुम्हारे सारे पेमेन्टस तुरंत हो जायेंगे।"

"जी सर। थैक्यू।"

रिया केबिन से बाहर चली गई और एडीटर ने अपनी सेकेट्री से कहा, "कुछ लोग कितने अलग होते हैं न।"

रिया घर लौटने को स्कूटी चलाने लगी। नौकरी छोड़कर बहुत हल्का महसूस हो रहा है जैसे पिंजरे का परिन्दा खुली हवा में आ गया हो। अब क्या करेगी उसे नहीं पता। अगले एक हफ्ते तक घर के तीनों जनों के खाने के पैसे तो हैं उसके पर्स में अभी लेकिन फिर क्या होगा? क्या चेतना की दी पुरानी कार बेच दे? अंकुरित दानों के काम वाला कुछ बड़ा-बड़ा सामान पड़ा है, क्या वो बेच दे? अपना सेकेंड हैंड लैपटॉप बेच दे? लेकिन ये सब बेचकर भी कितने दिन ख़र्च चलेगा? उसने स्कूटी बड़े तालाब के किनारे रोकी और सामने हिलोरें लेते अथाह जल की ओर देखा, आसमान की ओर देखा। उसके दिल ने पूछा- अब क्या करना है?

जो पापा आज ज़िन्दा होते तो क्या उसे यों अनाथिन की तरह संघर्ष करना पड़ता अपनी रोटी कमाने के लिए? एक पल को दिल ने कहा, इसी तालाब में कूदकर जान दे दे। खड़ी हो गई वह- फिर गुड़िया?? बेटी का ध्यान कर वो रोने लगी। आज उसे अपने उस पिता की याद आती है जिसे जीवन में कभी देख ही न सकी आँखों से।

"ओ पापा!"

वो रो रही है। वो पहली बार अपने पिता के लिए बिलख-बिलखकर रो रही है। ये आँसू तर्पण हैं। ...और तालाब को छूकर आती हवा ने उसके बालों को छुआ। तपती दोपहर में भी कितना शीतल स्पर्श है जैसे आर्शीवाद कोई। वो चुपचाप किनारे की सीढ़ियों पर बैठी रही- किंकर्त्तव्यविमूढ़। थोड़ी देर बाद वो मुस्कुराई। इस शीतल हवा के स्पर्शों ने जैस अंदर की तक की छटपटाहट शांत कर दी है। उसका दिल चाहा, तालाब को थैंक्यू कहे। उसने कितनी स्पष्ट, कितनी उज्जवल राह पा ली है इस जल के सामीप्य में। उसने सोचा, अभी वह बाज़ार जायेगी और तराज़ू और बाट ख़रीद लेगी। स्कूटी की डिग्गी में एक खाली बोरा रखा है और उसके पास ये कपड़े का झोला भी है जिसमें वो अपना टिफिन और पानी की बोतल रखे है। रिया ने तालाब के सूखे हिस्से की काली मिट्टी खोदी और बोरे, झोले, डिग्गी में भर ली जितना भर सकती थी। कुछ कागज़ थे जिन्हें अब स्कूटी में रखने की जगह न बची थी। रिया ने देखा वे गिद्ध भोज

कॉलम के अगले लेख के नोट्स थे। वे नोट्स फाड़कर उसने वहीं फेंक दिये और मिट्टी सम्हालती स्कूटी चलाती हुई अपनी राह पर चली गई। पीछे सूने तालाब के किनारे उड़ते कागज के वे टुकड़े पानी पर जा गिरे हैं और धीरे-धीरे पानी में चले गये हैं जैसे किसी ने अपनी हथेली में उन्हें ले लिया हो। ...कोई कर्म व्यर्थ नहीं जाता रिया! ...हर कर्म का एक कर्मफल होता है, जो देर से सही, मिलता ज़रूर है।

पाइका फूड फैक्ट्री

अगले सबेरे, उजाला जब छँटा ही था, वह अपनी स्कूटी पर एक दरी, दो बोरा काली मिट्टी, एक बोरे में मुल्तानी मिट्टी और अपने पीने के पानी की प्लास्टिक बोतल लिये घर से निकल पड़ी। एक पॉश कॉलोनी के मुख्य-से दिखते मंदिर के बाहर एक ओर वह दरी बिछाकर बैठ गई। दिल बहुत तेज़-तेज़ धड़क रहा है। इससे पहले ऐसे काम के बारे में कभी सोचा नहीं था। दूसरों के घरों में खाना बनाते भी इतना संकोच कभी हुआ जितना आज सड़क किनारे, मिट्टी में बैठकर मिट्टी बेचते हो रहा है। अपने दिमाग़ में आये नकारात्मक विचार को वो हमेशा किसी-न-किसी सकारात्मक विचार से बदल लेती है। उसने याद किया, उसके स्कूल की एक शिक्षिका कहती थीं कि जो लोग बड़ा या छोटा सोचे बिना किसी भी काम को करने के लिए तैयार रहते हैं, उनके पास हमेशा पैसा रहता है। यह सोचकर उसे राहत-सी महसूस हुई। लेकिन अगले ही पल याद आया कि सबेरे से चाय तक नहीं पीकर निकली है। घर में दूध न था। सोच रही थी लौटते में लेती जायेगी। उसने दो घूंट पानी पिया। ख़ाली पेट में पहुँचकर पानी दुखता है। अपनी शर्म और भूख से ध्यान हटाकर वो देखने लगी; मंदिर में श्रद्धालु आने-जाने लगे हैं। सब उसे देखते जा रहे हैं। कुछेक उसे देख आपस में खुसर-फुसर बातें करते गये हैं। उस पर मानो घड़ों पानी पड़ गया। हिम्मत टूटने को हो आई। अपनी दुकान समेटकर उठ जाने का मन करने लगा; लेकिन सब विपरीत परिस्थितियों के सामने वो अडिग बैठी है। यों हर पल जब उसे भारी लग रहा है, सिर शर्म से झुक रहा है और पेट भूख से दुख रहा है; लगभग पन्द्रह मिनिट बाद उसकी दरी पर सजी मिट्टी की दुकान के सामने पहली ग्राहक रुकी। एक वृद्धा जिसने सवालों की झड़ी लगा दी है।

"क्या भाव बेच रही हो?"

"काली मिट्टी बीस रुपये किलो, मुल्तानी मिट्टी पचास रुपये किलो।"

"इतनी मंहगी? काली मिट्टी तो कहीं भी मिल जाती है।"

"नहीं ये बड़े तालाब से निकाली काली मिट्टी है। धूप में सुखाकर बैक्टीरिया फ्री की गई है। इसमें कंकड़-पत्थर, गंदगी कुछ नहीं है। देखिये, पानी पड़ते ही ये

कैसे घुल जाती है।''

रिया ने हथेली पर एक टुकड़ा रखा मिट्टी का और उस पर पानी की कुछ बूंदें डाली। टुकड़ा तुरंत पानी सोखकर फूल उठा और उसकी ख़ुशबू से हवा महकने लगी। ग्राहक के चेहरे पर अनुकूलता देख रिया ने आगे कहा,

''आप इससे बाल धो सकती हैं, फेस पैक की तरह प्रयोग कर सकती हैं। जली त्वचा पर लेप कर सकती हैं। नहा सकती हैं और चाहें तो खा भी सकती हैं।''

''तुम तो बड़ी पढ़ी-लिखी मालूम होती हो।''

''जी।''

रिया कहकर चुप हो गई। ये वृद्धा इतनी देर से सवाल कर रही है; पता नहीं कुछ ख़रीदना भी है या नहीं? आसपास एक-दो लोग और आकर खड़े हो गये हैं।

''अच्छा। ऐसा करो। दो किलो काली मिट्टी और एक किलो मुल्तानी मिट्टी तोल दो।''

नब्बे रुपये कमाये उसने अपनी पहली ग्राहक से; और इसके बाद जो हुआ, ख़ुद रिया के लिए अविश्वसनीय था। अगले तीन घंटे में उसकी पूरी मिट्टी बिक गई। सब रुपये उसने गिनकर पर्स में रखे और उनमें से ग्यारह रुपये निकाले। पास ही घूमती एक नन्ही, नंगे पैर फिरती, मैली-कुचैली लड़की को बुलाया और उसके पैर छूकर उसे वे ग्यारह रुपये दे दिये। ...देवी माँ तक उसका भोग भी पहुँच गया और चरण स्पर्श भी; जिनके मंदिर के बाहर दुकान ने इतनी शुभ लाभ दिया।

अभी सिर्फ़ दस बजे हैं। काम करने को पूरा दिन सामने है। रिया ने थोक बाज़ार को जाती सड़क पर स्कूटी डाल दी। दो बोरे मुल्तानी मिट्टी और दो पेटी स्लेट पेंसिल ही स्कूटी पर बन सकी। घर के लिए दूध-ब्रेड-अंडे और फल-सब्ज़ी ली और जब घर पहुँची तो दोपहर के ढाई बज चुके थे। रिया ने सुबह से चाय तक न पी थी। एक बोतल पानी कब का ख़त्म हो चुका था। आते ही वो नहाने चली गई और अफ़साना ने रोटियाँ सेंकी उसके लिए। दाल रोटी और टमाटर-प्याज़ का सलाद खाते वो कितना अच्छा महसूस कर रही है। कितने दिनों बाद उसे लंच टाइम में तसल्ली से गर्म खाना खाने का मौक़ा मिला है; बेटी के पास सुख से रहना मिला है। ...नौकरी करना तो अपनी प्रतिभा और समय को बेच देना है। ...नौकरी करना अपनी स्वतंत्रता की हत्या करना है। ...इस समय और स्वतंत्रता से तो पूरा विश्व जीता जा सकता है।

खाना खाकर वो बैठ गई अपने बिजनेस को आगे बढ़ाने का प्लान बनाने को। लघु उद्योग निगम से कुटीर उद्योग के लिए लोन लेना है इसमें कम-से-कम तीन महीने का वक़्त लगेगा वो जानती है। तब तक उसे अपने कुटीर उद्योग को रजिस्टर करवाना है। मिट्टी का पावडर बनाकर भी वो बेचा करेगी; और सबसे ज़रूरी ये कि ऑनलाइन बिजनेस शुरू करना है। इतने बड़े फ्लैट में माल रखने की जगह तो बहुत है लेकिन

एक लोडिंग ऑटो ख़रीदने की सख़्त ज़रूरत है जिससे वो बाज़ार से मुल्तानी मिट्टी के बोरे, स्लेट पेंसिल की पेटियाँ, लाल-पीली-सफेद मिट्टी की बोरियाँ, खड़िया बत्ती-चॉक के डिब्बे ला सके। बड़े तालाब के दूर के सूखे-साफ़ किनारों से काली मिट्टी बोरों में भरकर लाने के लिए भी लोडिंग ऑटो चाहिये ही।

ये उसके व्यवसाय की सबसे ज़रूरी ज़रूरतों में से एक है; लेकिन लोडिंग ऑटो ख़रीदने को पैसे कहाँ से आयेंगे? क्या ज़रूरत है; चेतना की दी पुरानी कार है तो! इतने दिनों से धूल खा रही है पार्किंग में। उससे मन ही मन ईश्वर को बहुत धन्यवाद दिया जो सदैव उसके साथ है। यकींनन वो गॉड की फ़ेवरेट चाइल्ड है।

वो अपने व्यवसाय की विस्तृत रूपरेखा तैयार कर रही है। बार-बार आमिर का कॉल आ रहा है लेकिन उसके पास अभी किसी और को देने को न समय है न फ़ोकस। उसने अफ़साना से कहा कि वो कह दे कि दीदी अभी बिज़ी है, बाद में कॉल बैक कर लेंगी।

''दीदी, वे कह रहे हैं कि वे इंतज़ार करेंगे आपके कॉल का।'' अफ़साना शरारत से मुस्कुराई।

''अच्छा! तुझे बड़ा मुस्कुराना आ रहा है इस बात पर! जा चाय बना ला।''

सब व्यस्तता के बीच रिया पल भर को ठहर गई। आमिर की याद हो आई। उसके साथ होने पर उसे कितना अच्छा महसूस होता है। नहीं, अभी समय नहीं है; अभी बहुत काम करना है। उसने अपनेआप से कहा और फिर अपने काम में ध्यानलीन हो गई -किसी तपस्विनी की तरह।

उसने अपनी ''दरी वाली दुकान'' का काम बस अगले एक हफ्ते और करने का लक्ष्य तय किया था। और उसने जी-जान से, दिन और रात का फ़र्क ख़त्म करके काम किया। अगले एक हफ्ते तक दिन के दोनों पहर रिया शहर के अलग-अलग प्रमुख मंदिरों के बाहर दरी पर अपनी दुकान लगाकर मुल्तानी, काली, लाल, पीली मिट्टी, स्लेट पेंसिल, चॉक वगैरह बेचती रही; और इसी एक हफ्ते में उसने मिट्टी पीसने को एक पुरानी मशीन ख़रीद ली जिसके लिए उसने घर का एकमात्र ज़ेवर, सोने के वे नन्हे टॉप्स बेच दिए जो टिफिन सेंटर के अच्छे दिनों में बेटी के लिए लेकर रखे थे। फ्लैट के उसी ख़ाली कमरे में उसने अपना नया व्यवसाय जमाया है जिसमें कभी गुड़िया फूड फैक्ट्री का काम वो किया करती थी। रात-रात भर उसने मुल्तानी मिट्टी पावडर, खड़ी मुल्तानी मिट्टी, भुनी मुल्तानी मिट्टी, खड़िया बत्ती, लाल मिट्टी, सफ़ेद मिट्टी, पीली मिट्टी और काली मिट्टी के छोटे-छोटे टुकड़ों को सौ-सौ ग्राम के पारदर्शी पैकेट्स में पैक किया और उसमें छोटे पर्चे डाले जिनपर उसने हाथ से लिखा है—

पाइका फूड फैक्ट्री

शहर के कई मॉल और बड़ी दुकानों में वो पहले कभी जो अंकुरित दाने सप्लाई

किया करती थी; अब जब उसने अपना नया माल सप्लाई करने के लिए सभी पुराने संपर्कों को ताज़ा किया तो अधिकांश ने सकारात्मक प्रतिक्रिया दी। अगले हफ्ते से उसने अपनी 'दरी वाली दुकान' का काम बंद किया और सुबह-शाम शॉपिंग माल, और बड़ी दुकानों को 'पाइका फूड फैक्ट्री' के प्रोडक्ट सप्लाई करने का काम शुरू कर दिया। वो अपनी कार में भरकर माल ले जाती। अक्सर ही अफ़साना और गुड़िया को भी अपने साथ ले जाती; और माल सप्लाई के बाद कहीं-न-कहीं उन्हें घुमाकर, खिला-पिलाकर लाती। काम की सब व्यस्तताओं के बीच आमिर की याद आ जाती है। हफ्ते भर से वो उसका फ़ोन ट्राई कर रही है; पर पता नहीं क्यों उसका फ़ोन हमेशा स्विच ऑफ़ ही मिल रहा है। एक दिन उस तरफ़ से गुज़र रही थी तो आमिर के स्टूडियो भी गई थी लेकिन स्टूडियो बंद था। वो उदास हो गई। शायद आमिर नाराज़ हैं। अपने कामकाज के बीच अब कभी-कभी उसे ये बात याद आती है और वो उदास हो जाती है। रिश्तों के लिए, अपनों के लिए, अपनत्व के लिए रिया का मन हमेशा ही बहुत तपा-तरसा रहा है। उसकी ज़िन्दगी में लोग रहे ही नहीं एक तरह से। बचपन मे मौसी ही उसकी दुनिया थीं। मौसी के परिवार से मिले अपमान, दुत्कार और प्रताड़ना के बीच एक जीवनसाथी का सपना देखा था, दुनिया से छिपा ले जो उसे ऐसी सुरक्षित खोह के जैसा साथी। शादी के बाद पति ही उसके लिए वो सुरक्षित खोह था; पति ही उसका सब संसार। जिन भी अभावों में वो रखता, रिया को वो जीवन स्वर्ग समान जान पड़ता और अपना पति अपना भगवान। अब सोचती है तो अपने भोलेपन पर हँसी भी आती है, रोना भी। कभी लगता है जो हुआ अच्छा हुआ। गीता में सही ही लिखा है। आज वो जानती है कि ये दुनिया, सचमुच की ये दुनिया जो सुरक्षित खोह के बाहर है, ये ख़ूबसूरत है। मन का खाना, मन का पहनना, मन का घूमना और अपने सब छोट-बड़े निर्णय ख़ुद लेना- ये दुनिया मेरी है; और मैं इस दुनिया की हूँ। यही बात एक दिन उसने चेतना से कही फ़ोन पर तो पलटकर सहेली ने कहा,

"लगता है अच्छा कमाने लगी हो अपने नये बिजनेस में। असली कमाई तो बिजनेस में ही है यार। वेतन चाहे जितनी हो, आख़िर है तो गिनती के सिक्के ही न! वो क्या तो कहती हो तुम कि, 'वाणिज्ये वस्ते लक्ष्मी:।' रिया हँस दी; इस इतिहास वाली के पल्ले कभी नहीं पड़ने वाली अपनी संस्कृत!

"वही। अब तुम सफल हो तो तुम्हें तो दुनिया ख़ूबसूरत लगेगी ही।"

"मैं सफल उस दिन होऊँगी जिस दिन माँ को खोज लूँगी।"

अगले पन्द्रह दिनों में उसने अपना बिजनेस ऑनलाइन कर लिया। इस बिजनेस में इतना मुनाफ़ा है इसकी उसने कल्पना नहीं की थी। बीस रुपये किलो के भाव से मिलने वाली मुल्तानी मिट्टी की पिसाई का ख़र्च प्रति किलो पर तीन रुपये आता था। दो रुपये पैकिंग का ख़र्च और दूसरे ख़र्चे पाँच रुपये। इस तरह एक किलो मुल्तानी

मिट्टी के पावडर पर कुल तीस रुपये लागत आती और ऑनलाइन उसका तीन सौ रुपये किलो के भाव बिकता। रिया ने ऑनलाइन दाम कम रखे। वह मुल्तानी मिट्टी का पावडर ढाई सौ रुपये में बेचती। भुनी हुई मुल्तानी मिट्टी पौने तीन सौ रुपये किलो और काली मिट्टी सौ रुपये किलो। शुरू में वो अकेले ही काम करती रही लेकिन जब कुछ ही दिनों में बिजनेस इतना बढ़ गया कि दिन में दो बार उसे कार में भरकर मिट्टी और दूसरा सामान लाना पड़ता तो अब उसने एक वर्कर रख ली है पिसाई और पैकिंग के काम पर। आज पहला दिन है वर्कर के काम का। वो उसे मशीन से काम करना समझा और सिखा रही है कमरे में कि तभी अफ़साना ने ख़ुशी से हाँफते हुए आकर कहा,

"दीदी, भाईजान आये हैं!"

"आमिर आये हैं??"

"हाँ। हाल में बैठे हैं।"

" तो..." रिया को एकाएक सूझा नहीं कि अफसाना और नई वर्कर के सामने कैसे अपनेआप को सम्हाले। पल भर को वो कुछ बोल ही न सकी।

"मैं जाकर उनसे कहती हूँ कि आप बस आ ही रही हैं। तब तक उन्हें पानी पिलाती हूँ।"

"हाँ, कॉफ़ी बनाओ तुम। मैं बस आती हूँ अभी।"

हॉल और कमरों के बीच पर्दे हैं जिन्हें अफ़साना आते में बंद करती आई है। कितनी समझदार है ये लड़की। रिया ऐसे आमिर के सामने नहीं जा सकती। वो झट अपने कमरे में गई और बाथरूम में जाकर सिर पर शॉवर खोल लिया। दस मिनिट बाद नहाई-धोई, कुछ सजी-सँवरी वो हॉल में आई।

"आपको इंतज़ार करना पड़ा। वो, फैक्ट्री वाले कमरे में थी धूल-मिट्टी में तो।" उसकी आँखों में हया थी।

"अब मिट्टी का काम करोगी तो मिट्टी-मिट्टी तो हो ही जाओगी।" गहरी, तरसी, प्यार भरी नज़र उसके पूरे व्यक्तित्व पर डालते हुए वो बोला।

"अफ़साना ने बताया आपको नये काम के बारे में?"

"क्या अब अफ़साना के बताये ही जानूँगा अपनी ज़िन्दगी के बारे में?"

आमिर ने एकदम से ऐसी बात कह दी। दोनों ही दो पल को चुप रह गये। दोनों ही इस बात का मतलब जानते हैं। रिया ने किसी तरह माहौल को सहज करना चाहा,

"आपका फ़ोन नहीं लग रहा था। एक दिन स्टूडियो की तरफ़ गई थी; वो भी बंद था।"

"और मैं कमबख़्त ये सोचता रहा कि अकेला मैं ही याद करता हूँ।"

"आप कहीं बाहर गये थे?" वो बातचीत को औपचारिक रखने की भरसक

कोशिश कर रही है।

“उमरा करने गया था। तुम्हें बताना चाहता था लेकिन तुमने फ़ोन नहीं उठाया फिर कॉल बैक भी नहीं किया और मेरे जाने का दिन आ गया।”

वे बात कर ही रहे थे कि तभी नई वर्कर आकर खड़ी हो गई काम करते-करते मशीन उससे बंद हो गई थी। रिया ने कहा,

“आज तुमने काम समझ लिया इतना ही काफ़ी है। कल से समय पर आ जाना।”

वर्कर चली गई। अब अफ़साना गोद में गुड़िया को उठाये हुए आई,

“दीदी, मैं इसे बाहर घुमाकर लाती हूँ।”

“बिल्कुल घुमा लाओ। जाओ जाओ; जल्दी।” आमिर ने कहा और मुस्कुराती अफ़साना गुड़िया का पानी-बिस्कुट साथ लेकर चली गई।

“तुम्हारे लिए कुछ लाया हूँ सऊदी से।”

“आपको वहाँ याद रही मैं?”

अपने दिल में आमिर ने इस सवाल का जवाब दिया, ‘गया ही तुम्हारे लिए था –तुम्हें माँगने!

जाहिर तौर पर वो कुछ न बोला। आकर उसी सोफ़े पर बैठ गया जिस पर रिया बैठी थी। वो कुछ और झिझक गई अपने में, वो कुछ और पास को आ गया उसके।

“ये लाया हूँ।”

सोने का नेकलेस सेट था।

“ये??”

“पसंद आया?”

“बहुत। लेकिन ये तो सोने का है?”

“तो?”

“मँहगा होगा?”

“सऊदी जाकर वापिस कर आऊँ?”

दोनों हँस दिये इस बात पर। आमिर कुछ और पास आ गया उसके। इतने कि चेहरा झुका लिया रिया ने हया से।

“पहनकर दिखाओ न।”

रिया से नेकलेस पहना। झुमके आमिर ने ख़ुद उसे पहनाये। उत्तेजना का कैसा लम्हा था; आमिर ने उसे बाँहों में भर लिया और रिया ने अपना चेहरा उसके सीने में छिपा लिया। वो सबकुछ भूलकर एकदूसरे से यों लिपटे हुए हैं।

“रिया?”

“हूँ।”

“मैं तुमसे मोहब्बत करता हूँ।” उसने उसके बालों को चूमा है।

आँखें मूँदे, चेहरा उसके सीने में छिपाये रिया वहीं से सुन रही है। ...जैसे ये कोई सुरक्षित खोह है जो उसे पूरी दुनिया से महफ़ूज रखेगी। ...वो उम्र भर से एक सुरक्षित खोह खोज रही है ...वो उम्र भर से अपनी माँ को खोज रही है। माँ कहीं नहीं मिलती, कभी नहीं मिलती; बस इस-उस चेहरे में उसके होने का भरम मिला करता है रिया से ...कभी मौसी बनकर, ...कभी रंजीत बनकर ...और क्या अब आमिर बनकर भी???

एकाएक रिया झटके से उससे अलग हो गई। चेहरा एकदम सम्हला हुआ और दुनियावी लगा उसका आमिर को।

"क्या हुआ?"

"नहीं कुछ नहीं।"

"कितना अच्छा लग रहा था। दो मिनिट तो महसूस कर लेने देतीं मुझे तुम्हारे साथ होने की गर्माहट।" उसकी आवाज़ में कितनी रिक्वेस्ट थी ।

"ये मेरा घर है।" रिया ने सधे चेहरे से ख़ुले दरवाज़े की ओर देखते हुए कहा। आमिर थोड़ी देर बैठकर चला गया। रिया उठकर फैक्ट्री वाले कमरे में चली गई। सब तरफ़ खुले, अधखुले पैकट पड़े हैं। पैकिंग के काम के लिए एक मशीन लेनी पड़ेगी, बहुत ज़रूरी है। वो ख़ुद ही पैकेट उठाकर रखने लगी, फिर अपने नये कपड़ों का ध्यान आया। कपड़े बदलने आई अपने बेडरूम में तो आईने के सामने बैठकर उस नेकलेस को निहारने लगी, उन झुमको को जो आमिर ने अपने हाथों उसे पहनाये थे। कैसा बर्ताव किया उसने आमिर के साथ; अब आँसू निकल रहे हैं अपनी बेरुखी याद करके। उसने चेतना को फ़ोन लगाया; पूरी बात सुनकर वो बोली,

"मुझे समझ नहीं आता क्या चीज़ है जो तुझे उसकी तरफ़ बढ़ने से रोक रही है? एक साथी का साथ पाने का हक़ तो हर किसी को होता है और अगर नहीं होता तो होना चाहिये।"

"यार, अभी तो रंजीत के धोखे से ही नहीं उबर पाया है दिल; पुराने ही घाव न भरे हों तो नये घाव पाने को कैसे हाँ कह दूँ?"

"कोई बात नहीं; थोड़ा वक़्त दो अपनेआप को। तब तक एक दोस्ती तो रख ही सकती हो उससे। दिल करे तो प्यार में आगे बढ़ना, न करे तो, दोस्ती तो है ही।"

सहेली से बात करके मन हल्का हुआ। हौसला मिला। कपड़े बदलकर उसने अपने लिए चाय बनाई और आमिर को कॉल लगाया। मन में कितनी सारी बातें हैं जो उससे करनी हैं। इस नेकलेस के लिए थैंक्यू भी नहीं कहा अब तक। रिया ने उसे कॉल किया लेकिन बड़ी ही दबी-धीमी आवाज़ में उधर से आमिर बात कर रहा था।

"मैं घर पहुँच गया हूँ। कोई ज़रूरी बात हो तो बताओ, बाहर निकलकर कॉल बैक करता हूँ।"

"नहीं बस यों ही। बात करने का मन था।"

''अभी तो घर पर हूँ। कल स्टूडियो से बात करता हूँ। अभी रखता हूँ।' बहुत धीमी आवाज़ में वो बोल रहा था।

''एक मिनिट, सुनिए न! क्या चैटिंग कर सकते हैं? अभी या रात में?''

''नहीं, मेरा फ़ोन लॉक नहीं रहता। बच्चे खेलने के लिए ले लेते हैं और बीवी वैसे भी बहुत शक्की है मेरी। रखता हूँ अभी। बॉय। बॉय मेरी जान।''

उसने फ़ोन रख दिया। रिया सिर से पैर तक झनझना गई। अब जाकर होश आया कि आमिर के बीवी-बच्चे भी हैं! पहले कभी ध्यान नहीं गया उसका; शायद इसलिए कि पहले कभी उसने उसे इस तरह कॉल ही नहीं किया। अपना सिर पकड़कर बैठ गई वो। ये किस राह पर आगे बढ़ने वाली थी वो? कैसे भूल गई वो चेतना और बाबू की प्रेम कहानी? ...एक शादीशुदा मर्द की प्रेमिका रखैल से ज़्यादा कुछ नहीं होती!

उसका दिल टूट गया। आँखों से झर-झर आँसू गिरने लगी। वो उठी और फैक्ट्री वाले कमरे में जाकर काम करने लगी। मुल्तानी मिट्टी के टुकड़े उठाये और पिसाई मशीन चालू की। यही ज़िन्दगी है मेरी; मुझे इससे भटकना नहीं है। वो अपनेआप को लाख समझा रही है लेकिन रुलाई है कि किसी तरह नहीं रुकती। वो रोती रही और काम करती रही, करती रही जब तक कि थककर वहीं न सो गई।

अगले दिन उसने जानबूझकर अपनी व्यस्तता बढ़ा ली। घर से टिफ़िन लेकर निकली ताकि दिन में लौटना न पड़े खाना खाने के लिए। और फ़ोन घर पर ही छोड़ गई; आमिर का नंबर ब्लॉक करने को दिल नहीं चाह रहा था। वो बस अपनेआप को व्यस्तता में डुबो देना चाहती थी। भाग जाना चाहती थी इस ख़्याल से कि वो किसी आमिर को जानती भी थी।

आधा दिन तो माल डिलीवर करने और नये काम लेने के सिलसिले में ही निकल गया। लोन के सिलसिले में वो लघु उद्योग निगम के दफ्तर गई। प्रक्रिया इतनी धीमी है कि इस तरह तो शायद आधी साल निकल जाने वाली है लोन मिलने में। उसे याद आया, अजीत सर की पहचान के कोई अधिकारी हैं यहाँ। उसने वहीं ऑफ़िस के फ़ोन से अजीत सर को फ़ोन किया और उन्होंने उसे मिलने बुलाया। बजाय अख़बार के दफ्तर के वे पास के एक रेस्तराँ में मिले। रिया के मन में था कि सिर्फ़ कॉफ़ी पियेगी साथ लेकिन सर ने इतना इसरार किया कि बिना लंच किए नहीं आ सकी। उन्होंने फ़ोन कर दिया अपने परिचित अधिकारी को और रिया की बहुत तारीफ़ भी की। अजीत सर से मिलकर वो वापिस उसी लघु उद्योग निगम के दफ्तर पहुँची। उसने पच्चीस लाख के लोन के लिए आवेदन दिया है। अधिकारी ने बताया कि कुछ औपचारिकतायें होंगी। टीम जायेगी उसका कुटीर उद्योग देखने। बहुत संभव है कि अगले दो महीने में लोन मिल जाये आपको। रिया ख़ुश हो गई सुनकर। लोन मिलने से पहले, इन अगले दो महीनों में उसे अपना बिजनेस अच्छी तरह जमा लेना है। और वो जानती है कि वो

ये कर लेगी।

लघु उद्योग निगम के दफ्तर से निकल कर उसने कार ऑटो बेचने वाले शोरूम की तरफ़ मोड़ दी। आमिर का ख़्याल रह-रह कर आ रहा है। ज़रूर उन्होंने मैसेज किए होंगे। कई एक कॉल्स भी। हो सकता है घर आये हों। अच्छा हुआ फ़ोन लेकर नहीं आई। जब तक पहुँचेगी घर; ये पहचान एक बीती हुई कहानी में बदल चुकी होगी। रिया का दिल रो रहा है लेकिन चेहरा एक सफल कामकाजी महिला की औपचारिक छवि को वहन कर रहा है। हार तो उसने उतारकर रख दिया था रात ही लेकिन ये झुमके अब तक पहने हुए है जो आमिर ने अपने हाथों से पहनाये थे। मन नहीं माना उसकी बात कि इनको भी उतारकर अलमारी में रख दे और भूल जाये। उसने झुमके को उँगलियों से छूकर देखा। आमिर के हाथों का स्पर्श याद आया ...उसकी बाँहों की गर्मी महसूस हुई। दो पल के उस साथ में उसने जो अपनापन, प्यार और सुरक्षा महसूस की वो रंजीत के साथ इतने लंबे वैवाहिक जीवन में कभी न की थी। रंजीत बड़ी निर्ममता से, किसी वस्तु की तरह उसे प्रयोग में लेता था। उसने आमिर की तरह कभी उसके बालों को न चूमा था, कभी अपने हाथों से उसे कुछ न पहनाया था। ...तो रंजीत को उससे कभी प्यार था ही नहीं?? इतनी आज्ञाकारी पत्नी होने के बाद भी मारपीट, बलात्कार और खाने-पहनने के अभाव तक सहे रिया ने उस घर में। आमिर के प्यार की रोशनी में अब जब पूर्व पति के साथ बिताये सालों को पलटकर देख रही है तो अपनेआप पर दया आ रही है; रोना आ रहा है। कितनी बेवकूफी में कितनी उम्र ज़ाया हुई! तालाब के एक सूने किनारे कार रोककर वो थोड़ी देर रोती रही। एक सिपाही ने जब कार का बंद काँच खटखटाया तो उसने कार आगे बढ़ा दी। इन किनारों पर पुलिस तैनात रहती है क्योंकि अक्सर ही यहाँ आत्महत्या के मामले सामने आते रहते हैं। जीवन से हारे हुए लोग इस जल की शरण में आते हैं। क्या ये जल पिता है जो जलती हुई ज़िन्दगियों को अपने में डुबोकर शांत कर लेता है? मृत्यु की कल्पना कितनी सुखद जान पड़ती है, जैसे रोते हुए बच्चे को माँ की गोद। आज वो लेकिन मृत्यु के बारे में क्यों सोच रही है? जीवन सुंदर है; और अगर सुंदर नहीं भी है तो भी हर हाल में जीने योग्य है। अभी तो उसे अपनी माँ को ढूँढना है। गुड़िया को बड़ा करना है और फिलहाल तो अपना ये बिजनेस जमाना है। उसने कृतज्ञ आँखों से एक बारगी बड़े तालाब को देखा और फिर अपनी राह पर कार चलाती चली गई। ...जब-जब इन किनारों पर आती है; उसका जलता मन शीतल होकर लौटता है।

लोडिंग ऑटो देखने दो-तीन शोरूम गई। रेट लिये। एक-दो दिन में उठा लेगी वो नया लोडिंग ऑटो। कुछ अब तक के बिजनेस की बचत है, कुछ एडवांस ले लिया है उसने अपने बड़े ग्राहकों से। इसके बाद उसकी कार थोक बाज़ार की सड़कों पर है। अब वो माल में नई-नई विविधता तलाशती है। इस बाज़ार में मुल्तानी, लाल, सफ़ेद,

पीली मिट्टी और खड़िया, चॉक, स्लेट पेंसिल, खड़िया बत्ती के सिवाय कुछ नहीं मिलता जो पाइका रोगियों को पसंद आये। कल ऑनलाइन एक ग्राहक ने डिमांड की थी कि क्या उसे कच्ची मिट्टी से बने बर्तनों के टुकड़े या फिर पुरानी ईंटों के टुकड़े उपलब्ध करवाये जा सकते हैं; बिना कंकड़ों वाले, और चबाने में नरम? उसने ऑर्डर स्वीकार कर लिया। दो सौ रुपये किलो के हिसाब से दस किलो के दो हज़ार रुपये और भेजने का ख़र्च एक हज़ार रुपये, कुल तीन हज़ार रुपये ग्राहक ने तुरंत उसके खाते में ट्रांसफ़र भी कर दिये। पाइका ग्राहकों के साथ सबसे अच्छी बात यही है कि वे मोल-भाव नहीं करते; और इतने आतुर होते हैं अपने पसंदीदी प्रोडक्ट के लिए कि भुगतान एडवांस में कर देते हैं। रिया ने कार रोकी कोहेफ़िजा सड़क पर मिट्टी के बर्तन बेचने वालों के सामने। शाम के धुंधलके में वे अपना काम बंद ही कर रहे थे कि उनकी ये ग्राहक आ पहुँची जिसने वो ख़रीदा जिसे बेचने का वे सपना भी नहीं देखते। एक ओर पड़े कच्ची मिट्टी के टूटे गमलों, सुराहियों, कुल्हड़ों के बारीक टुकड़े बोरी भरके देते हुए उन्होंने इस काम के दो सौ रुपये माँगे; रिया ने ढाई सौ दिये। साथ ही अपना विजिटिंग कार्ड भी दिया। जब पाइका फूड फैक्ट्री से लोडिंग ऑटो आये, वे माल तैयार कर उसमें रख दिया करें। रिया की कार आगे बढ़ गई है और कुम्हार परिवार इस नये रोज़गार के लिए ईश्वर को धन्यवाद दे रहा है।

ग्राहक को पार्सल भेजकर रिया ने घर की तरफ़ कार घुमाई। आज मेहनत करते दिन निकल गया लेकिन कितने सारे काम भी तो हो गये। इस थकान में कैसा सुख है -सफल होने का सुख। रिया का वश चले तो वो चौबीसों घंटे काम करती रहे। सुबह घर से निकली रात के साढ़े आठ बजे घर की तरफ़ लौट रही है। बेटी की याद आ रही है; सुबह जब वो घर से निकली थी गुड़िया सो रही थी; और क्या जाने अब भी सो चुकी हो जब वो घर पहुँचे। माँ के होते हुए भी आया के हाथों में पल रही है उसकी बेटी। दिल एक पल को सख़्त अफ़सोस से भर गया। उसने ख़ुद को सम्हाला अगले पल; सोचा, ये सब जो कर रही है, उसी के लिए तो है ताकि वो रहे न रहे इस दुनिया में लेकिन उसकी बेटी इतनी सम्पन्न और समर्थ रहे कि अपने जीवन में उसे रंजीत जैसा कोई पति न सहन करना पड़े जो शराब के नशे में अपनी पत्नी को लात-घूसों से पीटता था!

अपार्टमेंट की सीढ़ियाँ चढ़ते आमिर की याद आई। सोच रही है घर पहुँचकर सबसे पहले फ़ोन देखेगी। ज़रूर उनके कुछ मैसेज होंगे, कुछ मिस्स्ड कॉल्स। आधे दिन तक तो ज़रूर ही कोशिश की होगी; फिर अफ़सोस के साथ आगे बढ़ गए होंगे अपनी ज़िन्दगी में। कौन किसके लिए ठहरता है इस तेज़ रफ्तार दुनिया में? ...लेकिन कोई ठहरा तो है उसके लिए!

रिया ने दरवाज़ा खुला देखा फ्लैट का। भला इस समय कौन आया होगा? आमिर??

आमिर को देखकर वो चौंकी; जिसके ख़्याल से भी दिन भर भागती रही; अब वो सामने है।

"दीदी, भाईजान पिछले दस घण्टों से इसी कुर्सी पर बैठे हुए हैं आपके आने की राह ताकते हुए। इन्होंने पानी तक नहीं पिया। पूछा तो कह रहे थे, रोज़ा है।"

"जाओ। पानी ले आओ।" उसने कहा तो अफ़साना भीतर चली गई पानी लाने।

रिया से एक शब्द भी न बोलते बना इस वक़्त। अवाक वह देख रही है आमिर को। आमिर मुस्कुराया,

"बस तुम्हें देखना था आँखों से। अब चलता हूँ।"

आमिर चला गया। वो सन्नाटे में है। उसके सीढियाँ उतरने की आवाज़ उसे सुनाई दे रही है। इससे पहले कि वो चला जाये, ज़िन्दगी से ही; रिया उसके पीछे भागती है। वो अपनी मोटरसाइकिल स्टार्ट कर ही रहा था कि वो उसके सामने जा पहुँची। दोनों चुप एक-दूसरे की आँखों में देखते रहे।

"चलिये। कहीं डिनर करने चलते हैं।"

"तुम्हारी कार से?"

"नहीं। आपकी मोटरसाइकिल से।"

उसने मोटरसाइकिल स्टार्ट की और वो उससे सटकर बैठ गई। दोनों ही पिछले दस घंटों की अपनी-अपनी मेहनत और परेशानी भूल गये। आमिर ने उसका हाथ पकड़कर आगे कर अपने सीने पर रख लिया। रिया ने उसकी पीठ से अपना सिर टिकाकर आँखें मूँद लीं। आमिर का दिल चाहा ये सफर कभी ख़त्म ही न हो। वो मोटरसाइकिल घुमाता रहा भोपाल की रंगीन रोशनियों में नहाई सड़कों पर, न उसे वक़्त याद है न रिया को। घण्टे भर बाद वे एक रेस्तराँ में आमने-सामने बैठे थे। रिया का चेहरा देखकर वो चौंकता है। इतनी देर से जो उससे लिपटी हुई थी मोटरसाइकिल राइड में, जिसके हाथ की गर्माहट उसके सीने पर अब तक है -ये वो नहीं है; ये तो वो रिया है जो उस दिन चौंककर उसकी बॉहों से अलग हो गई थी। एक ही इंसान की दो शख़्सियतें हो जैसे ...और ये दूसरा चेहरा आमिर के प्यार को एकदम ही नहीं पहचानता जैसे! वो सुन रहा है; वो कह रही है,

"हमारे बीच ऐसा कुछ भी पॉसिबल नहीं है?"

"कैसा पॉसिबल नहीं है; जैसा अभी मोटरसाइकिल पर था?"

वो झेंप गई इस बात से। उसे लगा कि वो जानता है कि वो भी उससे प्यार करती है। प्यार?? क्या सचमुच प्यार ही कहना चाहिये इसे? वो चुपचाप खाना खाने लगी।

"आप शादीशुदा हैं।" उसने थोड़ी देर बाद कहा।

"मैं तलाक ले लूँगा।" खाना खाते हुए उसने इतने आराम से कहा कि रिया के

हाथ का कौर हाथ में ही रुक गया। फिर वो सम्हली,

"तो भी मैं न आपसे शादी करूँगी, न किसी रिलेशनशिप में आऊँगी।"

"तो भी मैं तुमसे प्यार करता रहूँगा।"

"हम सिर्फ़ अच्छे दोस्त बनकर क्यों नहीं रह सकते?"

"झूठा है ये सवाल! लेकिन जवाब मैं झूठा नहीं दूँगा। जो तुमसे मोहब्बत करता हूँ तो ये कैसे कह दूँ कि सिर्फ़ दोस्त बनकर रहूँगा। और तुम भी मुझसे मोहब्बत करती हो, मैं जानता हूँ।"

"मुझे किसी मोहब्बत की ज़रूरत नहीं है, फिलहाल तो बिल्कुल नहीं। अभी तो मुझे अपने बिजनेस पर ध्यान देना है।"

"मैं कभी तुम्हारी राह का रोड़ा न बनूँगा।"

"कोई बन भी नहीं सकता।"

"आख़िर क्या कमी है मुझमें? क्या मैं मुसलमान हूँ इसलिए?"

"ये क्या बकवास है? मुसलमान होने से क्या होता है?" चिढ़कर बोली वह।

आमिर का दिल हल्का हो गया; अगर ये वजह नहीं है तो बाक़ी वजहों को तो वो जीत लेगा, वो जानता है।

"फिर क्या वजह है?"

"ऐसी कुछ ख़ास नहीं। मन नहीं मेरा।"

"मन तुम्हारा मैं जानता हूँ। प्यार करती हो मुझसे। मैं बस वजह जानना चाहता हूँ क्यों तुम्हें मेरी मोहब्बत कुबूल नहीं है?"

"पता नहीं। सोचा नहीं। कभी बात करेंगे इस पर भी।"

वो चुपचाप खाना खाने लगी। वो उसको निहारने लगा। कितना ख़ूबसूरत चेहरा पर कितना उदास जैसे कोई फूल तेज़ धूप सहता कुम्हला रहा हो। उसे बहुत प्यार आया उस पर। अब मैं हूँ इस फूल को तेज़ धूप और गर्म हवाओं से बचाने के लिए।

बिल चुकाकर वे बाहर निकले। आमिर ने मोटरसाइकिल स्टार्ट की। रिया चुपचाप पीछे बैठ गई; लेकिन अब वो उससे लिपटी हुई नहीं थी। बस उसके कंधे पर हाथ रखे थी। उसकी छुअन में एक नमी महसूस हो रही थी, एक दुख। आमिर को लगा, अबसे रिया उससे नहीं मिलेगी। झील के बगल-बगल चलती वीआईपी सड़क से लौटते में सुनहली रोशनियों के किनारे उसने मोटरसाइकिल रोकी। ये व्यू प्वाइंट है। दिन और रात ये जगह प्रेमी जोड़ों से आबाद रहती है। अभी भी एक जोड़ा चुंबन में डूबा हुआ दिख रहा है यहाँ से।

"हम यहाँ क्यों आये हैं?" अपने चेहरे पर जज्बातों को आने से भरसक रोके हुए उसने पूछा।

"आओ। थोड़ी देर खड़े होते हैं वहाँ। फिर चलेंगे।"

आमिर ने हाथ पकड़ा उसका। उसने विरोध नहीं किया। सच में इसकी दो शख्सियतें हैं; वह दिल में सोचने लगा।

वे व्यू प्वाइंट पर खड़े रहे थोड़ी देर तक। चाँदनी, पेड़, हवा और पानी किसी सीनरी के जैसे जान पड़ते थे। दोनों एक दूसरे का हाथ पकड़े हुए थे। आमिर ने उसके होंठ चूमे और उसे बाँहों में भर लिया। उसने अपना चेहरा उसके सीने में छुपा लिया। कितनी गर्माहट है यहाँ –इस सीने में छिपकर रिया को अपना अनाथ होना याद नहीं रहता। ये एक सुरक्षित खोह है ...पूरी ज़िन्दगी से जिसकी तलाश है! और यही! बिल्कुल यही वो पल होता है जब रिया सुरक्षित खोह के दरवाज़े से अपनी बनाई दुनिया में लौट आती है। उसने ख़ुद को उससे अलग कर लिया और आकर मोटरसाइकिल के पास खड़ी हो गई।

''आख़िर तुम्हें मुझसे प्रॉब्लम क्या है?''

जवाब में वो व्यू प्वाइंट की तरफ़ देखने लगी जहाँ अभी दो पल पहले रिया आमिर की बाँहों में दिख रही है।

''मुझे अब कोई सुरक्षित खोह नहीं चाहिये।''

''क्या नहीं चाहिये?''

''अब मुझे कोई मर्द नहीं चाहिये अपनी ज़िन्दगी में।''

आमिर हँसा।

''अभी पिछली शादी से निकले ज़्यादा वक़्त नहीं हुआ है। मैं इंतज़ार करूँगा।''

आमिर ने उसे घर के बाहर तक छोड़ दिया। थके क़दमों से वो फ्लैट में दाखिल हुई। सोते समय दिमाग़ में आख़िरी ख़्याल आमिर नहीं था; कल लोडिंग ऑटो उठाना है, उसके लिए भुगतान किस तरह से करना है? –ये था।

अगले हफ्ते काम बढ़ने के साथ उसे अख़बार में विज्ञापन देना पड़ा। फैक्ट्री के काम के लिए दो वर्कर, एक टेलीफोन ऑपरेटर और एक प्रशिक्षित ड्राइवर की। इंटरव्यू के लिए घर नहीं बल्कि आमिर के स्टूडियो का पता दिया गया इश्तहार में। घर की निजता और फैक्ट्री के बढ़ते काम के बीच सामंजस्य बैठाना दिन-दिन कठिन होता जा रहा था। कल इंटरव्यू लेने हैं लेकिन आज शाम ही उसके फ्लैट की कॉलबेल पर एक जानी-पहचानी उँगली है। सामने आरती खड़ी है अपने पति के साथ।

''ये ड्राइवरी का ही काम करते हैं और मैं फैक्ट्री में काम करूँगी। हमारी भूल-चूक माफ़ कर हमें सेवा में ले लो दीदी। हम दोनों आदमी जीवन भर आपकी सेवा करेंगे।''

आरती उसके पैरों में बैठ गई। रिया ने मुस्कुराकर उसके सिर पर हाथ फेरा, 'गुड़िया से पहले तुम मेरी बेटी हो।''

अगले दिन आमिर के स्टूडियो के पते पर उम्मीदवारों के इंटरव्यू लिये। सौ से

ज़्यादा उम्मीदवार थे एक पद के लिए। रिया ने अपने काम के लिए उम्मीवारों में से एक योग्य और अनुभवी लड़की चुन ली।

देर शाम गये जब इंटरव्यू ख़त्म हो चुके; स्टूडियो में सिर्फ आमिर और रिया रह गये।

''इतनी गुमसुम क्यों हो? थक गईं? चलो, तुम्हें कहीं घुमाकर लाता हूँ। खाना खाकर तुम्हें छोड़ दूँगा फिर!''

''नहीं। मेरा मन नहीं है।''

''कुछ परेशान दिख रही हो? क्या बात है?''

''कुछ समझ नहीं आ रहा।''

''क्या? '

''फैक्ट्री का क्या करूँ?''

''क्यों? इतना अच्छा तो चल रहा है काम!''

''वही तो। अब घर से काम चलाना मुश्किल है। अब सच में मुझे एक फैक्ट्री ही चाहिये ये काम करने के लिए।'' उसने विवशता से हँसकर कहा।

''हूँ। लोन के लिए तुमने एप्लाई कर तो रखा है।''

''लोन मिलेगा महीने-दो महीने में। फैक्ट्री को फ्लैट से नहीं चला सकती तब तक। अभी तो दो कमरों से उसका काम चल रहा है। उसमें भी आधा ड्राइंगरूम सामान से भरा रहने लगा है। ऐसे कितने दिन और निकालूँगी? इतने कर्मचारी हो गये हैं कि घर अब घर नहीं फैक्ट्री लगने लगा है जिसमें मैं रहती हूँ अपनी बेटी के साथ।''

''तब क्या सोचा है?''

''विधवा कॉलोनी के आसपास कहीं अपनी फैक्ट्री की यूनिट डालना चाहती हूँ।''

''वहाँ? वहाँ ही क्यों?''

जवाब में वो सड़क पर चलती तेज़ रफ्तार ज़िन्दगी को देखने लगी,

''हम सब काम करते हैं। घर और कार ख़रीदते हैं। बच्चों को बड़ा करते हैं और बुढ़ापे के लिए कुछ बचत भी करते जाते हैं लेकिन सिर्फ़ यही सब तो हमारे जीने का मकसद नहीं होता न? सिर्फ़ कमाना, खाना और मर जाना ही तो ज़िन्दगी नहीं है? मुझे अपनी माँ को ढूँढना है। '

''हूँ। तो इसलिए विधवा कॉलोनी के आसपास फैक्ट्री डालना चाहती हो?''

''लेकिन चाहने भर से क्या होता है? जेब में पैसे भी तो हों। अभी जितनी आमदनी होनी है या बचत होनी है उसी में मशीनरी ख़रीदने का हिसाब लगाती रहती हूँ हमेशा। काश, मेरे पापा होते।''

''पापा नहीं है, मैं तो हूँ साथ।''

''उससे क्या होता है? आप क्या फैक्ट्री डलवा दोगे मेरी?''

''शायद।''

''मतलब?''

''मतलब ये कि विधवा कॉलोनी से आठ-दस किलोमीटर आगे मेरी आधा एकड़ ज़मीन है। रजिस्ट्री करवा लो अपने नाम।''

''लेकिन मैं पैसे कैसे चुकाऊँगी? लोन लिये लेती हूँ।''

''कितने लोन लोगी फिर? अभी तुम्हारे फ्लैट का ही लोन चुकता नहीं हुआ पूरा। नया-नया काम है; अभी पैसे की बहुत ज़रूरत पड़नी है। लघु उद्योग निगम का लोन मिलेगा तो उससे यूनिट लगाओगी। एक और लोन मत लो ज़मीन लेने के लिए। अभी ही दिन-रात काम करती रहती हो; इतने लोन ले लिए तो जान ही दे दोगी काम करते। अपने दिल के अंदर तुम कितना घबराती हो; मैं जानता हूँ तुम्हें।''

रिया का दिल एकदम से नम पड़ गया। पहली बार ज़िन्दगी में किसी ने कहा है कि वो जानता है उसे! वो चुप रह गई। सड़क की तरफ़ देखती चुप। कहने को कुछ था ही नहीं।

''कल चलकर पहले देख लो ज़मीन। कल ही तुम्हारे नाम रजिस्ट्री करवाये देता हूँ। पैसे जब दे सको दे देना। जितने देना चाहो, उतने देना। न भी देना चाहो तो भी कोई बात नहीं। चलो अब। भूख लगी है। कहीं डिनर करते हैं फिर तुम्हें छोड़ दूँगा।''

''ब्याज़ सहित चुकाऊँगी आपके पैसे।'' उसने उठते हुए कहा।

''ब्याज़ नहीं लेते। इस्लाम में हराम है।'' उसका गाल थपथपाते हुए उसने कहा और आगे निकल गया।

रिया निहाल खड़ी देख रही है उसे। इतनी ईमानदारी! इतना सच्चा प्यार! जबकि वो उसके साथ किसी रिलेशनशिप में पड़ने से मना कर चुकी है; वो कितनी सहजता से तब भी उसके साथ है। कुछ लोग कितने अच्छे होते हैं सिर्फ़ देते-देते हैं; पलटकर कुछ माँगते नहीं। रिया दिल से मुस्कुराई -दुनिया में ऐसे भी लोग होते हैं??

अगले दिन आमिर ने अपनी आधा एकड़ ज़मीन की रजिस्ट्री रिया के नाम करवा दी। लघु उद्योग निगम के जिस लोन के लिए वो इतने महीनों से चक्कर काट रही थी; वो भी आमिर ने अपनी पहचान निकाल-निकालकर अगले हफ्ते तक करवा दिया। ज़मीन पर कंस्ट्रक्शन का काम शुरू हुआ तो एक छोटी-सी पूजा रखी रिया ने ज़मीन पर। आमिर ने इस मौक़े के लिए बनारसी साड़ी गिफ्ट की थी उसे। उस साड़ी और सऊदी वाले नेकलेस सेट में रिया जब तैयार होकर आई तो आमिर ने नज़र हटा ली,

''तुमको नज़र भर देखूँगा तो दिल धड़कना बंद हो जायेगा मेरा।''

''अच्छा!! चलिये अब।''

गुड़िया, आमिर, अफ़साना, आरती, जोशी अंकल-आँटी सब आसपास थे; तब भी रिया को कितनी याद आई अपनी माँ की।

नींव की पहली ईंट गुड़िया के हाथों रखवाई उसने।

"ये पहली ईंट मेरी माँ को रखनी थी।"

रिया ने कहा तो सब चुप रहे। विधवा कॉलोनी की तरफ़ वाली सड़क पर देखते हुए उसने जैसे अपनेआप से कहा, 'देखना, माँ मिलेंगी ज़रूर।"

"हाँ बेटा, जा की जा पर सत्य सनेहु। जिसका जिस पर सच्चा स्नेह होता है वो उसे ज़रूर मिलता है इसमें कोई संदेह नहीं। तुम्हारी माँ ज़रूर तुम्हें मिलेगी। अब रोओ नहीं। चुप हो जाओ। देखो, शुभ अवसर है।" जोशी आँटी ने उसे गले से लगा लिया।

नई फैक्ट्री का निर्माण कार्य शुरू हो गया। खंभों पर छत बनते ही रिया ने माल यहाँ रखना शुरू कर दिया और एक गार्ड भी रख दिया। लोडिंग ऑटो भी यहीं खड़ा होने लगा। फ्लैट बहुत छोटा पड़ने लगा था अब काम के लिए। तब भी पिसाई और पैकिंग का काम अब तक फ्लैट से ही हो रहा था। रिया ज़्यादातर वक़्त साइट पर रहने लगी। विधवा कॉलोनी से सस्ती रेट पर वर्कर मिल जाती थीं और रॉ मटेरियल भी इस इलाक़े में कम लागत पर मिल जाता है। आसपास के गाँवों से कई एक किसान-आदिवासी फैक्ट्री आकर बेच जाते हैं, तरह-तरह की मिट्टियाँ।

अगले तीन-चार महीने यों ही भागते-दौड़ते निकले उसके फ्लैट और फैक्ट्री साइट के बीच।

अब चार कमरों-हॉल की उसकी छोटी-सी फैक्ट्री तैयार है उद्घाटन के लिए। यों यहाँ काम तो पूरी तरह से शुरू हो चुका है; बस औपचारिकता निभाने के लिए उसने अपने केबिन, फैक्ट्री के मुख्य द्वार और रिसेप्शन वगैरह में काम अभी तक शुरू नहीं किया है। निमार्ण कार्य अब भी चल रहा है; आगे भी चलना है। इसी अधबनी इमारत में उसकी फैक्ट्री चलने भी लगी है। विधवा कॉलोनी की आठ-दस मज़दूर महिलायें फैक्ट्री में काम करने लगी हैं। रिया दिल्ली से आई चेतना को अपनी फैक्ट्री दिखा रही है। अलग-अलग कमरों में पिसाई, पैकिंग और डिलीवरी डिपार्टमेंट बनाये हैं। बिजनेस का साठ फ़ीसदी हिस्सा ऑनलाइन बिक्री है। इस कमरे में रिसर्च डिपार्टमेंट है।

"रिसर्च डिपार्टमेंट?? भला इसकी क्या ज़रूरत है?"

"किसी भी बिजनेस को अगर आगे बढ़ाना है तो अपने बजट का एक हिस्सा रिसर्च पर ज़रूर ख़र्च करते रहना चाहिये। जैसे मेरे बिजनेस में जितने भी फ़ोन कॉल्स या ईमेल आते हैं आर्डर के, उनकी रिकार्डिंग को रिसर्च डिपार्टमेंट के कम्प्यूटर में सेव रखा जाता है। उनका बारीक़ी से अध्ययन कर ये जाना जाता है कि क्या-क्या हम प्रोडक्ट के तौर पर बेच सकते हैं। हमारे ग्राहक ही हमें एक तरह से नई राहें सुझाते रहते हैं बिजनेस की। अभी पाइका फूड फैक्ट्री में पैंतीस तरह के प्रोडक्ट बन रहे हैं; ये सब उनकी डिमांड का अध्ययन करने से ही तो हम कर पाये हैं। और हमारे विज्ञापनों के लेखक तो एक तरह से हमारे ग्राहक ही हैं समझो।"

"कैसे?"

"जब भी कोई ग्राहक आर्डर देता है ईमेल से, सोशल मीडिया से या फ़ोन से तो हमारा स्टॉफ़ आर्डर पूरा करने के बाद उसका फीडबैक भी ज़रूर लेता है। एक एनआरआई ग्राहक हमें मिट्टी के चूल्हे के किनारों की सिंकी-जली-कुरकुरी मिट्टी ही आर्डर करती हैं। इसके लिए हमारी फैक्ट्री में पाँच चूल्हे बने हैं जो दिन भर जलते रहते हैं और उनकी जो कगार लाल-काली और कुरकुरी हो जाती है सिर्फ़ वही हम उन्हें भेजते हैं। हमारे यहाँ उनका एकाउन्ट है जिसमें हमेशा एडवांस जमा रहता है। दूसरे कुछ ग्राहकों को भी जब हमने ऐसी सिंकी-जली मिट्टी के फ्री सैंपल भेजे तो उनकी भी डिमांड आई, ख़ासकर विदेशों से, बुज़ुर्ग एनआरआई ऐसी मिट्टी का आर्डर करते हैं और बताते हैं कि इससे वे अपने बचपन को फिर से जी रहे हैं जो भारत के किन्हीं गाँवों में बीता होगा।"

"अच्छा! मुझे भी देना वो वाली मिट्टी। ये तो कमाल बिजनेस है! भावनाओं का खेल है ये तो। पाइका और नास्टेल्जिया! मनमाने दाम वसूलो दुनिया से!"

"हम सिर्फ वो बेचते हैं जो लोग चाहते हैं। कभी तो हमारे पूछने से पहले ही ग्राहक बताने लगते हैं कि मिट्टी खाने से उनका पाचन तंत्र सही रहता है या एक ग्राहक की डिमांड पर हमने खनिज लवण वाली ख़ास मिट्टी मँगवाई; वो कहता है कि इससे उसका मोटापा जा रहा है। कई एक को ये लगता है कि मिट्टी में बहुत सारे पोषक तत्व होते हैं और इससे उनका इम्यून सिस्टम मज़बूत होता है। हम अपने प्रचार में यही बताते हैं कि साफ़-सुथरी, बैक्टीरिया फ्री मिट्टी खाइये जो हम बेचते हैं; यह पुराने ज़माने का न्यूट्रीशियन ट्रेंड है। विश्व भर में लोग सदियों से मिट्टी खाते आये हैं -कहीं मड केक पकाकर, कहीं यों ही- रॉ।"

"क्या सच में?"

"बिल्कुल। तमाम तरह की मिट्टियाँ वास्तव में औषधियाँ हैं; प्रकृति का दिया अनमोल उपहार। अभी एक इंटरनेशनल कंपनी से हमारी बात चल रही है। उनके ब्यूटी प्रोडक्ट्स के लिए हम अच्छी क्वालिटी की काली मिट्टी उपलब्ध करवायेंगे -तालाब की गहराईयों से निकाली मिट्टी। अगर डील हो सकी तो समझो; क़िस्मत बदल जाने वाली है!"

चेतना सुन रही है; सहेली अपनी उपलब्धियाँ गिना रही है,

"हम समुद्री मिट्टी और लावा मिट्टी भी जल्द ही मार्केट में लाने वाले हैं। एक-एक प्रोडक्ट ऊँचे-से-ऊँचे दामों बिकेगा।"

"क्या ये बीमार लोगों को और ज़्यादा बीमार बनाना नहीं है?"

"बिल्कुल नहीं बल्कि उनकी ज़रूरतों को सम्मानजनक तरीक़े से पूरा करना है। लोगों को बाज़ार से मिट्टी ख़रीदने में झिझक लगती है, लेकिन ऑनलाइन आर्डर देने

में बड़ी सहूलियत महसूस होती है। और जंक फूड खाकर बीमार हो रही दुनिया को थोड़ी हेल्दी चीजें पाइका फूड फैक्ट्री ने खिला भी दीं तो इसमें तो उसका भला ही है। आयरन, कैल्शियम, सब पौष्टिक तत्व होते हैं हमारे प्रोडक्ट्स में।''

''क्या सच में? तुम ख़ुद भी खाती हो?''

''नहीं। मैंने कभी मुँह में डालकर नहीं देखा अपनी फैक्ट्री का कोई प्रोडक्ट। मुझे ये डिसआर्डर नहीं है। ये सिर्फ़ मेरा बिजनेस है।''

''बहुत ख़ूब! पर अपनी इस तरक़्क़ी के लिए सबसे पहले तुम्हें मुझको थैंक्यू कहना चाहिये। न मुझे मिट्टी खाते, उसके लिए पैसे ख़र्च करते देखतीं तुम, न तुम्हें आइडिया आता इस बिजनेस का ।''

''हूँ ये तो है। ऐसे तो मैंने बचपन से ही देखा था अपने आसपास। स्कूल में भी देखा लड़कियों को स्लेट पेंसिल खाते। घर पर मौसी की बहू को मिट्टी खाते; पर हाँ, कुछ तो क्रेडिट तुम्हें जाता ही है। जब काम शुरू किया तब तो तुम ही थीं सामने उदाहरण।''

''तुमने भी क्या ख़ूब कमज़ोर नब्ज़ पकड़ी है लोगों की। मिट्टी-बत्ती खाने की जिस आदत को उम्र भर सबसे छुपाकर रखते हैं लोग और उसके लिए चुपके-चुपके तरसते भी रहते हैं; उसे तुमने बिजनेस बना डाला! लोगों की ज़ेबें रुपयों से भरी हैं; और तुम्हें उन ज़ेबों में से रुपये निकलवाना आता है -इसी को बिजनेस माइंड कहते हैं। पाइका रोगी तो एक तरह से नशेड़ी होते हैं। तुम्हारे इस बिजनेस को तो हमेशा ऐसे ही चलना है जैसे शराब की दुकानें कभी बंद नहीं हो सकतीं। तिस पर तुम्हारे ये विज्ञापन; आग पर ईंधन फेंककर उसे बुझाने का दावा करते-से लगते हैं।''

''तुम बचपन से ही मेरे अव्वल आने से जलती रही हो।''

''तुम भी।''

दोनों सहेलियाँ अपने-अपने मन का सच कहकर हँस दीं।

''अगर रंजीत के बजाय किसी और से शादी हुई होती जिसने आगे बढ़ने का मौक़ा दिया होता तो... और इससे भी पहले अगर मैं अपने माँ-बाप की ही गोद में बड़ी हुई होती तो शायद... अब किस-किस बात का अफ़सोस करूँ! जो बीत गया, उसे माफ़ कर चुकी हूँ। ज़िन्दगी में आगे बढ़ चुकी हूँ।'' रिया और चेतना फैक्ट्री के रिसेप्शन रूम के सोफ़े पर आ बैठी। इस कक्ष का मुख्य द्वार उद्घाटन होने तक बंद है; पर भीतरी द्वार खुला है। ये सोफ़ा कल ही ख़रीदा गया है। अब तक को पन्नी भी न उतरी है इसकी। मन-ही-मन चेतना अपनेआप को हीन महसूस कर रही है। ये वही रिया है जिसे कभी उसने पनाह दी थी अपने घर में। कितने जल्दी कितना कुछ बना लिया इसने। मैंने एक-दो बार मिट्टी क्या मँगा ली इससे; ये तो बिजनेस ही करने लगी! और उस आमिर को तो ख़ूब ही अच्छा फांस रखा है! कितना फ़ायदा उठाती रहती है

ये उसका; और ऊपर से कहती रहती है कि ऐसा कोई अफ़ेयर नहीं है उससे; सिर्फ़ दोस्ती है। हुँह! झूठी कहीं की! एक मैं थी कितनी भोली! अपनी ज़िन्दगी के कितने क़ीमती साल मैंने बाबू के साथ बर्बाद कर दिये; और मिला क्या? इतने साल दिल्ली में जॉब किया होता तो... वो सहेली के सामने लौटी।

"लेकिन जिन्हें माफ़ कर आगे बढ़ आई हो, वे अभी तक वहीं खड़े हैं।"

"किसकी बात कर रही हो? '

"रंजीत की।"

"रंजीत? उसकी बात क्यों करना अब? वो तो मेरा बीता हुआ कल है।"

"लेकिन वो तो ऐसा नहीं मानता न।"

"ये क्या बकवास है। जब तलाक़ हो चुका; हममें कोई सम्पर्क न रहा तब से; तो अब उसकी बात करने का क्या तुक है?"

"रंजीत अपनी फ़ैमिली के साथ मिल गया एक दिन मुझे कनॉट प्लेस पर; अपनी दूसरी बीवी को शॉपिंग करवा रहा था। बच्चा भी ख़ुद ही गोद में उठाये हुए था।"

"उसे उसकी दूसरी बीवी नहीं कहो क्योंकि मैं उसकी पहली बीवी नहीं हूँ। मैं रंजीत की कोई नहीं हूँ अब। न मुझे उसके बारे में कुछ सुनना है।"

"अरे सुनो तो; तुम्हारी भी बात हुई।"

"मेरी क्या बात?"

"मुझे देखते ही उसे तुम्हारा ध्यान आ गया होगा। अपनी बीवी के सामने ही पूछने लगा कि रिया और गुड़िया कैसी हैं? मैंने तो ख़ूब तारीफ़ की तुम्हारी। बताया कि तुमने फैक्ट्री के लिए ज़मीन ख़रीद ली है और भूमिपूजन भी हो चुका है। फैक्ट्री बन रही है। ख़ूब मुनाफ़ा हो रहा है तुम्हें बिजनेस में।"

"फिर?"

"फिर क्या? उसकी बीवी तो इतना जलभुन गई तुम्हारी तारीफ़ सुनकर कि एक पल वहाँ न ठहरी। आगे बढ़ गई लेकिन रंजीत खड़ा रहा और तुम्हारी बात करता रहा।"

"क्या बात?"

"यही कि गुड़िया बड़ी होकर कैसी दिखने लगी है? क्या उसके चेहरे में अपने पापा की झलक कहीं नहीं है? क्या गुड़िया और तुम्हारी कोई फ़ोटो है मेरे पास? और क्या तुम उसे कभी याद करती हो? क्या वो कभी तुम दोनों को देखने भोपाल आ सकता है?"

"फिर क्या कहा तुमने?"

"मैंने तो कह दिया कि जब माँ-बेटी को घर से निकाल दिया था तब नहीं आती थी तुम्हें उनकी याद। अब वो सफल हो गई है, पैसेवाली हो गई है तो उसकी याद आने लगी तुम्हें? और अब तुम भूलकर भी न जाना भोपाल। उसका एक दोस्त है आमिर;

इतना मारेगा तुम्हें कि...''

''आमिर का ज़िक्र करने की क्या ज़रूरत थी?''

''क्यों? इसमें ग़लत क्या है?''

''आमिर मेरा बॉयफ्रेंड नहीं है। आमिर मेरा कुछ भी नहीं है! क्यों तुमने प्रचार कर दिया कि मैं अफेयर में हूँ?''

''ओह! तो तुम्हारा आमिर से अफ़ेयर नहीं है! तब तो बड़ी ग़लती हुई मुझसे। क्या तुम रंजीत से मिलना चाहती हो? उसने अपना नया फ़ोन नंबर दिया है मुझे।''

''स्टॉप ऑल दीज नोनसेंस चेतना! मैं सिर्फ़ अपने काम से प्यार करती हूँ। मुझे न रंजीत चाहिये न आमिर। समझीं?''

नाराज़ रिया जाने को पलटी। सामने आमिर खड़ा था। उसकी आँखों में आँसू थे।

''आमिर मेरी बात सुनो। मैं तो बस...''

रिया अपनी बात कह भी न पाई और वो वहाँ से ग़ुस्से में चला गया।

रिया ने उसके पीछे जाने से पहले चेतना से कहा,

''तुम्हारे जैसी दोस्त हो तो दुश्मनों की तो ज़रूरत ही नहीं है।''

रिया आमिर के पीछे चली गई उसे मनाने और सोफे पर टिककर बैठी चेतना एसी की हवा में बड़ा सुकून महसूस कर रही है। भोपाल आकर कितनी याद आ रही है बाबू की। किसी तरह उसका नया नंबर मिल पाता अगर... क्या चली जाये मिलने उसके ऑफ़िस? एकाएक चेतना उठी और बाबू के ऑफ़िस पहुँच गई। चपरासी के हाथों अपने नाम की स्लिप भेजी। कोई दस मिनिट बाद उसे बुलाया गया।

''सॉरी यार। एक मीटिंग चल रही थी। कहो कैसे आना हुआ?''

बाबू का रुख वही था जो अलग होने वाले दिनों में था। ठंडा, औपचारिक और कतराता हुआ।

''ऐसे ही बस, सोचा तुमसे मिल आऊँ। रिया की फैक्ट्री के उद्घाटन में आई हूँ।''

''ओहो। रिया ने फैक्ट्री खोल ली? आई नो आई नो, वो दिखती ही थी टेलेन्टेड।''

बाबू के बात करने का ढंग इतना बनावटी है कि उसका दिल चाहा अभी भाग जाये यहाँ से; पर वो बाबू के चेहरे को देख रही है। कितना अच्छा लग रहा है बाबू का साथ होना।

''आई कैसे हो?''

''टैक्सी से।''

''अरे क्यों? तुम्हारे पास तो कार थी न?''

''अब नहीं है।''

''ओके।''

बाबू को उससे बात करने में दिलचस्पी नहीं आ रही है वो जानती है लेकिन फिर भी वो उससे बात करना चाहती है।

''बाबू मैं युनीवर्सिटी में असिस्टेंट प्रोफ़ेसर हो गई हूँ।''

''वेरी नाईस। वेरी नाईस। तुम थी ही इतनी टेलेन्टेड। अच्छा अब मैं निकलता हूँ। आज स्मिता का बर्थडे है। हॉफ़ डे में घर जा रहा हूँ।''

''मुझे छोड़ दोगे? लंच भी साथ कर लेंगे।''

''लंच तो आज घर पर ही करूँगा। और हम साथ गये तो फ़िजूल बातें बनेंगी। ये मेरा ऑफ़िस है। समझा करो यार। चलता हूँ। बॉय।''

बाबू इतनी जल्दी में था कि जब वो बाहर निकल गया; दो मिनिट बाद चपरासी आया उसका लैपटॉप लेने। तीन मिनिट बाद फिर चपरासी आया, 'साहब कहकर गये हैं कि आप चली जायें तो केबिन को लॉक कर दूँ।''

और धक्के मारकर निकालना क्या होता है! चेतना का दिल एकबारगी किया कि अपने आँसू पोंछती हुई उसके केबिन से निकलते हुए पूरे स्टॉफ़ के सामने से निकलकर चली आई, कुछ इस तरह से कि उनमें से हरेक देख सके कि वो रोती हुई भागकर जा रही है। थोड़ी देर वो स्तब्ध खड़ी रही; फिर अपने झिलमिलाते आँसू पोंछे। आज उसके दिल ने बाबू को माफ़ कर दिया। सबको माफ़ कर दिया और अपनेआप को भी! बाबू के दफ्तर से निकलते मन कितना हल्का हो चुका है जैसे कोई यात्री अंतिम पड़ाव पर महसूस कर रहा हो, अपनी यात्रा पूरी होने के सुख को। अब उसका मन अपने घर लौट जाने को कर रहा है।

फिर रिया उसे रोकती ही रह गई; कल सुबह ही तो उद्घाटन है फैक्ट्री का लेकिन उसी शाम चेतना फ्लाइट पकड़कर वापिस दिल्ली चली गई। रिया और आमिर उसे एयरपोर्ट छोड़कर आये। लौटते में रिया देख रही है कि कार चलाता आमिर अब तक उससे नाराज़-सा है इसीलिये रिया ड्राइवर को साथ नहीं लाई। घर-फैक्ट्री-कार सब जगह कर्मचारियों से घिरी रहती है वो और आमिर के साथ बिताने को वक़्त ही नहीं मिल पा रहा इधर।

''नाराज़ हैं मुझसे?''

जवाब में आमिर नहीं बोला।

''चलिये, व्यू प्वाइंट चलते हैं।''

''रहने दो। हज़ारों काम हैं तुम्हें। कल इतना बड़ा प्रोग्राम है।''

''नहीं है कोई काम अब। सब हो चुका। चलिये न, थोड़ी देर को चलते हैं।''

आमिर ने कुछ नहीं कहा लेकिन कार अब व्यू प्वाइंट की तरफ़ जा रही थी। दिन भर से घिरे बादल रिमझिम बरसने लगे हैं। धुंधलके और बारिश में सब तरफ़ सूना-सूना है। झील, जंगल, सड़क और धुंध में खोई स्ट्रीट लाइट। वे कार में चुपचाप बैठे हैं।

''चलिये, थोड़ी देर को व्यू प्वाइंट पर चलें।''

''क्या होता है इससे? सब फिजूल है। तुम्हें किसी की ज़रूरत नहीं है।''

''वो तो मैं सिर्फ़ चेतना का मुँह बंद करने के लिए कह रही थी। नाहक प्रचार करती फिरती है कि हमारा अफ़ेयर है।''

''और जो कि नहीं है। है न? दिल दुखाने में तुम अव्वल नंबर हो।'' अपने आंसू छिपाता वो कार से उतरकर व्यू प्वाइंट के यूरोपियन शेड में जा खड़ा हुआ।

''मुझे माफ़ कर दीजिये। ख़ुद मुझे भी नहीं पता चला कि कब मैं आपसे इतना प्यार करने लगी हूँ कि रिया कम आमिर ज़्यादा हो गई हूँ।'' पीछे से पहुँची रिया ने उससे लिपटते हुए कहा।

...और वे एक गहरे चुम्बन में खो गये।

विपश्यना

पाइका फूड फैक्ट्री के उद्घाटन पर रिया ने सुबह के हवन के बाद दिन में एक बड़ा भोज रखा। दिन में इसलिए ताकि भोपाल के आसपास के जिन छोटे कस्बों में उसके जो नये-नये डीलर बने हैं और बन रहे हैं वे सब सहूलियत से शामिल हो सकें। पास-दूर के सब पहचान वालों को उसने बुलाया था, ख़ासकर जिनके साथ बिजनेस की संभावना थी। स्थानीय पार्षद, विधायक और सांसद भी जब भोज में शामिल हुए; देखने वालों को पाइका फूड फैक्ट्री का उज्जवल भविष्य नज़र आने लगा। इतने महत्वपूर्णों के आने के बाद भी फैक्ट्री का उद्घाटन रिया ने जोशी आँटी-अंकल से करवाया।

"अपने माता-पिता को मैंने कभी नहीं देखा; आप दोनों को देखा है।"

रिटायर जोशी अंकल अबसे मैनेजमेंट बोर्ड में शामिल हैं। फैक्ट्री, कारोबार और आकार ले रही 'पाइका प्रायवेट लिमिटेड' की सब सरकारी अनुमतियों की फ़ाइलें वे ही देखते हैं। तनख़्वाह तो उन्होंने स्वीकारी नहीं लेकिन उन्हें एक केबिन और चपरासी दिया गया है। जल्द ही रिया एक छोटी कार और ड्राइवर भी उन्हें उपलब्ध करवाने वाली है। उसका ये बर्ताव आमिर का दिल जीत लेता है। एक तरफ़ वो आसमान की ऊँचाईयों पर नज़र रखती है तो दूसरी तरफ़ छोटी-से-छोटी बात भी अपने आसपास के लोगों की नहीं भूलती; मामूली-से-मामूली बातों पर भी एहसान मानने और शुक्रिया कहने से कभी नहीं चूकती। ये उसकी बिजनेस स्किल है या रिया सच में इतनी अच्छी है ही??

केबिन में अपनी चेयर के पीछे दीवार पर रिया ने माँ की बड़ी ब्लैक एंड व्हाइट फ़ोटो जब लगाई, आमिर को लगा अब किसी न किसी तरह रिया की माँ को ढूँढकर लाना ही होगा। जो ज़िन्दा न हों तो उनके मरने की ख़बर तो हो; जब तक रिया का दिल अपनी माँ को खोजने में छटपटाता रहेगा, वो पूरी तरह से कभी आमिर की न हो सकेगी।

अगले दिन उसने रिया को फ़ोन किया।

"मिलना है।"

"अभी तो विधवा कॉलोनी में हूँ। यहाँ से फैक्ट्री पहुँच रही हूँ। वहीं आ जाइये।"

"विधवा कॉलोनी क्यों गई हो?"

"एक वर्कर की माँ की डेथ हो गई रात को। यहीं आई हूँ।"

आमिर सोच रहा है, सबकी माँओं में ये पगली अपनी माँ को ही खोजती फिर रही है। एक घंटे बाद फैक्ट्री के केबिन में आमिर उसका इंतज़ार कर रहा था।

"सॉरी, मुझे देर हो गई। वहाँ से आई तो बाहर ही ट्रक खड़े मिल गये माल के। एक नज़र माल देखने लगी।"

"क्या माल?"

"बाड़मेर की खदान से मुल्तानी मिट्टी के दो ट्रक मंगवाये हैं।"

"अब तक तो यहीं से उठाती थीं माल; अब बाहर से मँगवाने लगीं?"

"असली फ़ायदा बाहर से माल मँगवाने पर ही है। तेरह हज़ार रुपये प्रति टन मिली है सारा ख़र्च मिलाकर। जो चीज़ हम यहाँ भोपाल में बीस रुपये किलो ख़रीदते हैं वो तेरह रुपये किलो मिल गई वहाँ से और सिर्फ़ दाम की बात नहीं है। बाड़मेर की मुल्तानी मिट्टी की क्वालिटी लाजवाब है जबकि यहाँ के मार्केट में बीकानेर की मुल्तानी मिट्टी आती है जिसकी क्वालिटी हल्की है। देखना, ग्राहक तो दीवाने हो जाने वाले हैं इस नये प्रोडक्ट के। रिसर्च विंग की सलाह के हिसाब से हमने वो मुल्तानी आर्डर की थी जिसमें कुछ लालपन हो। वही देख रही थी कि सही माल आया है कि नहीं।"

"बिजनेस करना तो कोई तुमसे सीखे। लेकिन हर काम में ख़ुद ही क्यों खपी रहती हो? वो नया मैनेजर अंकित कहाँ है?"

"अंकित भी वहीं था। अभी तो निरा लड़का है। एमबीए का आख़िरी रिजल्ट तक नहीं खुला अब तक। कैम्पस प्लेसमेंट के लिए भी सोच रही हूँ कि हम करें। सबसे क़ाबिल और फ्रेश एम्पलाई वहीं मिलते हैं जिनके पास नए-नए आडियास होते हैं बिजनेस को आगे बढ़ाने के। एक बार पाइका फूड फैक्ट्री से हम पाइका प्रायवेट लिमिटेड बनने का प्रोसेस पूरा कर लें फिर शेयर मार्केट में भी हम होंगे।"

"कितनी रफ्तार है तुम्हारी?? कहीं मुझे भूल तो नहीं जाओगी?"

"आप न!!"

उसका दिल चाहा, लिपट जाये आमिर से; पर ये ऑफ़िस है। मुस्कुराकर उसने माथा झुका लिया। मन ने आगे बढ़कर मन को छू लिया। आमिर ने विषय बदला,

"जिस काम के लिए आया था वो तो भूल ही गया; तुम्हारी सूरत ही ऐसी है। लो, ये लिस्ट रखो।"

"ये क्या है?"

"भोपाल गैस कांड में जो लोग मारे गये थे उनके नाम-पते सब इसमें हैं। देखो, कहीं तुम्हारे दादा-दादी और पापा का भी नाम होगा।"

"पापा!" अंदर से तेज़ उठती रुलाई को दबाने के लिए रिया ने काँच के गिलास में ढंका रखा पानी उठाकर पी लिया।

"दादा-दादी और पापा का नाम भर मैं जानती हूँ। मौसी बताती थीं, घर अपना नहीं था। कहीं-कहीं किराये से रहते रहे होंगे।"

रिया पेन लेकर एक-एक नाम पर ग़ौर करने लगी। उसके चेहरे से साफ़ दिख रहा है कि वो तनाव के किस चरम की ओर बढ़ रही है लिस्ट देखते हुए।

"तसल्ली रखो। और ये लिस्ट अपने वर्कर्स को दे दो। पन्द्रह हज़ार नाम हैं इसमें; अकेली कब तक खोजोगी?"

"हाँ। हाँ।" रिया के चेहरे पर जैसे दिल का लहू उतरने लगा।

"क्या हुआ? एकदम से टेंशन में नज़र आने लगीं?"

"पन्द्रह हज़ार मुर्दों के बीच अपने परिवार को खोजने में कुछ तो टेंश दिखना ही चाहिये इंसान को।" उसने हँसने की फिजूल कोशिश करते हुए कहा। वो सच में तनाव में थी।

अगले दिन तक उसे नाम मिल गये अपने परिवार के मृतकों के उस लिस्ट में। आमिर के साथ अब वो एक पुराने, काग़ज़ों से भरे दफ्तर में बूढ़े क्लर्क के सामने थी।

"अब साहब, तीस साल पुराने काग़ज़ हम कहाँ खोजें जिसमें मुआवज़े की जानकारी मिल सके। तब कम्प्यूटर तो थे नहीं और रिकार्ड आप देख रहे हैं लाखों फ़ाइलें हैं, लाखों!"

आमिर ने टेबल के नीचे से पाँच-पाँच सौ के दो नोट क्लर्क की खुली हथेली पर रख दिया। रिया का मन कृतज्ञता से भर उठा। जो आमिर न हों साथ, तो वो तो बस विधवा कॉलोनी की गलियों में ही बेमकसद-सी भटकती ढूँढती रह जाये अपने मरे-ज़िन्दा परिवार वालों को।

और अगले तीन दिनों तक आमिर रिया से नहीं मिला है। वो इधर बहुत व्यस्त रही है; न्यू मार्केट में उसने पाइका फूड फैक्ट्री में बने प्रोडक्ट्स का पहला आउटलेट खोला है- पाइका! आसपास के कस्बों के उसके डीलर तो सीधे फैक्ट्री से ही माल उठा ले जाते हैं लेकिन स्थानीय बाज़ार में अपनी पहुँच और पकड़ मज़बूत करने के लिए उसे इसकी सख़्त ज़रूरत जान पड़ रही थी। विशाल बोर्ड पर लिखे 'पाइका' के नीचे कुछ छोटे अक्षरों में लिखा है, 'दुकानों की दुकान'। ये थोक का व्यवसाय है। फैक्ट्री का ज़्यादातर काम अपने मैनेजर के सुपुर्द कर अब वो इस आउटलेट पर पूरा ध्यान दे रही है। पाइका के एक सौ साठ तरह के प्रोडक्ट यहाँ पर उपलब्ध थे जिनमें कोयले से लेकर पहाड़ों-नदियों की मिट्टी, रेत, राख और नर्म पत्थरों का पाउडर तक था। अपने व्यवसाय को राष्ट्रीय पहचान देने के लिए रिसर्च विंग के साथ पीआर के लिए भी एक विभाग स्थापित करने की सोच रही है वो।

इन पिछले तीन दिनों में तीन सौ बार उसका मन हुआ होगा कि आमिर को फ़ोन कर पूछ ले; लेकिन अपना उतावलापन उसने दबा लिया। वो हमेशा से ही अपनी घबराहट, बेचैनी और उतावलापन दबाना जानती है। ...बचपन में मौसी के परिवार के लोग जब उसे प्रताड़ित करते, ...जब रंजीत उसे पीटता ...बेटी के साथ भोपाल आने के शुरू दिनों में जब वह अक्सर भूख़ी रहती दिन-दिनभर- रिया को अपनेआप को क़ाबू में रखना हमेशा से आता है।

चौथे दिन की शाम आमिर का मिस्ड कॉल देखकर उसकी धड़कन बढ़ गई। घर लौटती राह में उसे ध्यान नहीं रहा फ़ोन देखने का वर्ना तो हर पन्द्रह मिनिट में वो फ़ोन चेक कर रही है कि आमिर का कॉल आया कि नहीं? अपार्टमेंट की सीढ़ियाँ चढ़ते में उसने फ़ोन चेक किया था। फ्लैट में घुसते ही बिना कपड़े बदले, बिना पानी पिये ही उसने कॉल बैक किया है। वो जैसे दूर कहीं धुंध में थी जब वो कह रहा था,

"माँ के बारे में कुछ पता चला है।"

"क्या???" मारे थरथराहट के रिया के हाथ से सेलफ़ोन छूटकर नीचे गिर गया। जब उठाया तो बंद हो चुका था। फ़ोन फिर से चालू करने और आमिर को कॉल लगाने के दौरान मारे उत्तेजना के वो रोने लगी। अब उधर से आमिर कह रहा है,

"अच्छा ये बताओ, तुम इतने दिनों से उन्हें जो विधवा कॉलोनी में ढूँढ रही थीं सो क्यों?"

"क्योंकि मेरा दिल कहता था कि उनका पता मुझे मिलेगा तो... क्या वे??" उसका आवाज़ की थरथराहट में प्रश्न का आगे का हिस्सा खो गया।

"एकदम सही कहता था तुम्हारा दिल। मेरे लिए तुम्हारा दिल जो कहता, उसे भी माना करो न यार।"

"मतलब?"

"मतलब ये कि अब शायद वे हमें मिल जायें।"

"आमिर!!"

"हूँ।"

"अभी आ जाइये मेरे पास। मैं नहीं सम्हाल सकती अपनेआप को। मुझे कुछ हो जायेगा।"

रिया के हाथ से फ़ोन छूट गया है और वो फ़र्श पर बैठ गई है। दोनों हाथों से उसने अपना सिर थाम लिया। आँखें मूँद लीं। दिलो-दिमाग़ चक्कर खा रहा है जैसे। ...छह बरस की रिया स्कूल से लौटी है और बिना यूनीफ़ार्म बदले ही झाड़ू-पोंछा लगाने लगी है। सुबह स्कूल जाने से पहले नहीं कर सकी थी आज घर के काम। मौसाजी की बदली नज़र से सहमी वो अच्छी तरह घिस-घिस कर फर्श साफ़ कर रही है। नन्ही रिया की कलाईयाँ दुख रही हैं। कहाँ हो माँ? ...बारह बरस की रिया खाना पका रही है। घर

में उत्सव है; आज कितने मेहमान आये हैं। पूड़ियाँ तलते-तलते तप गया चेहरा। जलने लगी हैं हथेलियाँ दिन भर से काम करते-करते। भूख़ लगी है लेकिन अभी तो शायद सौ पूड़ियाँ और तलनी है। उससे सहन नहीं हो रही रसोई की उमस और गर्मी। कहाँ हो माँ? ...रिश्ता तय कर दिया गया है उसका। दिल्ली में वकालत करता है होने वाला दूल्हा। फ़ोटो देखी है उसने। उम्र में दस साल बड़े हैं रंजीत। नहीं करना चाहती रिया ये शादी। किससे कहे? कैसे कहे? कहाँ हो माँ? ...रंजीत सिगरेट से दाग रहे हैं। हर गाली के साथ बाँझ-बाँझ सुनती, लातें और घूसे खाती वह फ्लैट के बाहर धकेल दी गई है। भूमि पर रिया अधमरी-सी पड़ी इस इंतज़ार में है कि रंजीत का गुस्सा उतरे और वे दरवाज़ा खोल दें उसके लिए। दरवाज़ा न खुला तो रिया कहाँ जायेगी? कहाँ हो माँ? ...रिया गर्भवती है। हर पल दिल घबराता है। कहीं बच्चा जनने में ही मर गई तो? किससे बात करे? कौन सिर पर हाथ फेरे आश्वस्त करता? कहाँ हो माँ? ...रंजीत तलाक देकर घर से निकाल चुके हैं। भोपाल जाती ट्रेन में उसे बैठा गये हैं। बिलखती हुई दुधमुँही बच्ची को गोद में समेटती है, सीने से चिपकाती है। रोना उसे भी आ रहा है। इतनी बड़ी अनजान दुनिया और घर की चारदीवारी से पहली बार बाहर निकली रिया। डर लग रहा है। कहाँ हो माँ?

...कहाँ हो माँ??

रिया घुटनों में सिर दिये, दीवार से टिकी बिलख-बिलखकर रो रही है। उसे देखकर गुड़िया भी रो उठी है। गुड़िया को चुप कराने अफ़साना उसे बाहर घुमाने ले जा रही है। फ्लैट से निकलते ही, आमिर से सामना हुआ।

"भाईजान, आपने क्या कह दिया है दीदी से फ़ोन पर? तब से बस रोये जा रही हैं। जाइये। सम्हालिये।"

आमिर ने हॉल में आकर देखा। रिया फर्श पर पड़ी रो रही है।

"पगली हो गई हो क्या?" उसने उसे उठाकर अपनी बाँहों में समेट लिया है।

आमिर के सीने में चेहरा छिपाये वो सिसक रही है। वो उसके बालों में अँगुलियाँ फिरा रहा है। उसका माथा चूम रहा है।

"आमिर!"

"कुछ मत कहो। रो लो जितना दिल करे। उम्र भर के बाद माँ के मिलने की उम्मीद जगे तो कोई ख़ुद को कैसे सम्हाले?"

वो उसके सीने से सिर टिकाये, आँखें मूँदे लेटी है। वो साँस भी धीरे धीरे ले रहा है ताकि उसे डिस्टर्ब न हो। रिया रोते-रोते थककर सो गई है। वो इंतज़ार में है कि उसकी नींद और गहरी हो जाये। थोड़ी देर बाद जब आमिर को उसकी सांसों में नींद की गहरी ख़ुशबू उतरती महसूस हुई; उसने सोती हुई रिया को आहिस्ता से बाँहों में उठाया और ले जाकर बेडरूम में लिटा दिया। सोता हुआ चेहरा कितना मासूम लग

रहा है। उसे बहुत प्यार आया उस पर। माथा चूमा उसने और फिर कंबल ओढ़ाकर, कमरे का एसी ऑन कर, बेआवाज़ बाहर निकल आया।

अपार्टमेंट के बाहर अफ़साना गुड़िया को बॉल से खिला रही है। आमिर ने उसके पास जाकर कहा, 'नींद लग गई है। अब डिस्टर्ब न करना। बस, एक गिलास ठंडा दूध चीनी डालकर पीने दे देना। कुछ खाया तो होगा नहीं, जानता हूँ।''

''आप कितना जानते हैं दीदी को! उनकी पसंद-नापसंद, तबीयत-तरबीयत को! भाईजान, एक बात कहूँ? अगर ग़लत लगे तो छोटी बहन जानकर माफ़ कर दीजियेगा। दीदी से न कहियेगा वर्ना मेरी रोज़ी छिन जायेगी।''

''रोज़ी छिनने के डर के बाद भी कुछ कहने का हौसला कर रही हो तो मेरे भले के लिए ही न! ये बात मैं सुनकर भूल जाऊँगा। कहो।''

''भाईजान! दीदी कभी आपसे शादी न करेंगी।''

''ये बात मैं हमेशा से जानता हूँ।''

''तब भी आप?''

''उससे अलग होने की सोचता भी हूँ तो वहशत-सी होने लगती है। अल्लाह न करे मैं उससे कभी अलग होऊँ। अगर वो मेरी ज़िन्दगी में न रही तो या तो मैं मर जाऊँगा या पागल हो जाऊँगा।''

रिया अगले दिन देर तक सोती रही। उठी तो अपना फ़ोन ढूँढने लगी। कॉल लगाया।

''आमिर!''

''हूँ। मैं इंतज़ार ही कर रहा था तुम्हारे जागने का। तुम तैयार हो जाओ। मेरे पास उस फ्लैट का पता है जो माँ के नाम विधवा कॉलोनी में अलॉट हुआ था। चलते हैं।''

जब वो आया, रिया अपार्टमेंट के बाहर इंतज़ार करती हुई मिली। कार में आमिर देख रहा है कि वो हद-बेहद बेचैन है। उसने उसके हाथ को अपने हाथों में लिया; तब रिया को ध्यान आया कि उसे ख़ुद को सम्हालना चाहिये। नौकरों के सामने वो ऐसा बर्ताव कैसे कर सकती है! ड्राइवर की मौजूदगी का ध्यान कर उसने अपनी हथेली आमिर के हाथों में से वापिस खींच ली। आमिर नम-सा खिड़की के बाहर आसमान को देखने लगा। वो जानता है, रिया कभी इस रिश्ते को दुनिया के सामने कुबूल नहीं करेगी। ...पर क्या वो सच में जानता है? ऊपर आसमान है।

वे विधवा कॉलोनी पहुँचे हैं, सीधे उस पते पर जो फ्लैट एलॉट हुआ था माँ के नाम। फ्लैट पर ताला डला है। बगल वाली बूढ़ी औरत बताती है, ये फ्लैट उसी के सामने दो बार बेचा-ख़रीदा जा चुका है। जो तस्वीर रिया ने उसे दिखाई है वैसी तो कोई औरत यहाँ कभी न रहती थी। रिया ने उस बंद दरवाज़े पर हथेली रख दी। थोड़ी देर सुन्न खड़ी रही। फिर वहीं ज़मीन पर बैठ गई वगैर यह सोचे कि धूल-मिट्टी, कूड़े

से उसकी क़ीमती महेश्वरी साड़ी मैली हो जायेगी। बगल वाली बूढ़ी औरत चुपचाप उसे देख रही है।

''कौन थी वो तुम्हारी?''

''माँ।''

''गैस कांड में जिन्हें ये एक-एक कमरे मिले थे, उन में से ज़्यादातर तो इतनी मजलूम थीं कि या तो घर बेचकर चली गयीं या आयीं ही नहीं रहने। गैस कांड में लोग मरे ही नहीं, अपाहिज ही नहीं हुए, सदमे से पागल भी हो गये थे।''

माँ पागल हो गयीं, मर-खप गईं या कहीं भीख़ माँग रही हैं- इस कल्पना से भी वो सिहरती है।

बूढ़ी औरत आगे कह रही है, ''मैं यहाँ बीस सालों से रह रही हूँ। मुझसे पुरानी बस एक और बाई है जो वो सामने कमरे में रहती है। हम दोनों साथ ही भीख माँगने जाते हैं। गैस ने और किसी लायक छोड़ा ही नहीं।''

ज़मीन पर बैठी रिया को आमिर ने हाथ पकड़कर उठाया। उसके कपड़ों की धूल झाड़ी।

''चलो, सामने वाले फ्लैट में पूछते हैं।''

आमिर ने दरवाज़ा खटखटाया।

सामने जो शख़्सियत है, बिल्कुल उसी उम्र की हैं जिसकी माँ होंगी -अगर कहीं होंगी तो!

तक़रीबन अंधी बड़ी बी याद करती हैं,

''सामने वाला कमरा मिला तो था किसी हिन्दू विधवा को। नगर निगम वाले उसके नाम की टिकड़ी भी ठोक गये थे दरवाज़े के ऊपर; पर वो रहने आई नहीं कभी। फिर एक गुण्डे ने कब्ज़ा कर लिया और बेच दिया। दो बार बिका फिर कमरा। अब न जाने कौन के पास है? नज़र गैस में ही धुंधला गई थी। फेंफड़ों का, बच्चेदानी का पूछो नहीं काये-काये का इलाज करवाते ज़िन्दगी निकली है। अब तो डॉक्टर अस्पताल में देखते ही भगा देते हैं। जब तक जान है लेकिन बदन में, पेट भी लगा है और भूख भी लगी है। घिसटकर भीख़ माँग आते हैं; बस ज़िन्दा हैं गैस के बाद!''

दोनों बूढ़ी औरतें उन दोनों को बड़ी आस से देखती हैं। बिल्डिंग में आये मेहमानों के सामने लेकिन हाथ कैसे पसारें। आमिर ने दोनों चेहरों को देखा, फिर अपने पर्स से निकालकर दोनों को पाँच सौ रुपये का एक-एक नोट दिया।

''अल्लाह तुम्हारी जोड़ी सलामत रखे।''

रिया ये सुनकर सीढ़ियाँ उतर गई है। आमिर कह रहा है,

''पहले जोड़ी बने तो।''

कम बूढ़ी औरत ताड़ गई है; वो एकदम हिंदू दिखती है, ये बिन कहे ही मुसलमान।

सीढ़ियों से उतरते आमिर को पीछे से सुनाई दिया,

"अगर मालिक ने तुम्हारे साथ जोड़ी बनाई है तो वो कब तक भागेगी तुमसे?"

अब रिया चुपचाप चल रही है विधवा कॉलोनी की गलियों में –बेमकसद, इधर-उधर। आमिर हमक़दम है।

"एक उम्मीद थी, वो भी नहीं रही अब।"

"ऐसे नहीं सोचते। हम कोशिश करेंगे।"

"अब क्या कोशिश?"

"हम उन्हें गैस राहत अस्पतालों में ढूँढेंगे।"

"वे गैस कांड के समय भोपाल में नहीं थीं। तीन दिन बाद भोपाल आई थीं। उन्हें गैस नहीं लगी थी।"

"ज़रूर लगी थी।"

आमिर ने कहा तो रिया ठहरकर उसकी ओर देखने लगी। वो कह रहा है,

"इन हवाओं में गैस का असर कई दिनों तक रहा था। सब तरफ़ लाशें ही लाशें थीं। सड़कों पर मवेशियों की लाशों के ढेर कूड़े के पहाड़ों की तरह महीनों तक सड़े थे। इंसानी लाशों को बड़ी कब्रों में इकट्ठा दफनाया जा रहा था। जो गैस लगने से मरा था, उसकी डेड बॉडी में भी गैस रह गई थी। उस वक़्त चाहे तीन दिन बाद ही क्यों न, जो भी यहाँ आया होगा वो मरा भले न हो, अपाहिज ज़रूर हुआ होगा नहीं तो बीमार। उस गैस का असर तो आज तक है भोपाल पर। आज भी यूनियन कार्बाइड कारखाने के आसपास का ज़मीनी पानी ज़हरीला है– इतना कि मछली डालो तो मर जाती है!"

"पर बीमारों और अपाहिजों की बात करें तो वे तो लाखों थे और हैं। पाँच लाख तो तभी अपाहिज हो गये थे; ग्यारह लाख बाद में अपाहिज हुए या अपाहिज जन्मे। और ये तो सिर्फ़ लिखे-छपे आँकड़े हैं; असलियत में बीस लाख नाम होंगे जिन्हें गैस राहत अस्पतालों से इलाज की ज़रूरत पड़ती है। लाखों नामों को गैस राहत अस्पतालों से पाना और फिर उन में से माँ को खोजना लगभग नामुमकिन है।"

"अब यहाँ से कहाँ जाओगी?"

आमिर ने एकदम व्यावहारिक प्रश्न कर दिया तो उसके दिल की आख़िरी उम्मीद की लौ भी बुझ-सी गई जो आमिर से किसी सकारात्मक उत्तर चाहती थी।

"आउटलेट जाऊँगी। आज रिटेलर्स के साथ एक बड़ी ज़रूरी मीटिंग है। फिर फैक्ट्री जाना है। नया माल आया है; अंकित ने कहा है एक बार मैं देख लूँ। रात तक घर पहुँच जाऊँगी।"

"मुझे रास्ते में छोड़ दो एक जगह।"

"लेकिन आपकी मोटरसाइकिल तो अपार्टमेंट में रखी है।"

"वो मैं किसी को भेजकर मँगवा लूँगा।"

अब वे चलती कार में थे।

"बस यहीं उतार दो।"

"ये तो गैस राहत वाली एनजीओ का ऑफ़िस है। यहाँ आपको क्या काम है?"

"बहुत मुमकिन है कोई काम हो भी। जाओ तुम; देर हो रही होगी।"

कार आगे बढ़ गई और रिया मुड़-मुड़कर देखती रही। आमिर के मन में क्या है? ...क्या माँ के मिलने की कोई उम्मीद बाक़ी है?

दिन भर वो अपने कामों में व्यस्त रही। रात में आमिर को कॉल किया; लेकिन उसने ऐसा कोई साफ़ जवाब नहीं दिया जिससे लगे कि वो उस एनजीओ के दफ्तर माँ की तलाश में गया था। शायद मुझे ग़लतफ़हमी हुई होगी। रिया बालकनी में खड़ी होकर शहर की रोशनियाँ देखती है। पता नहीं इन रोशनियों में कहीं माँ का वजूद है भी या नहीं? आसमान में तारे ही तारे हैं। दूर बड़ा तालाब दिखाई देता है ...न माँ, न पापा! अब जब तलाश नहीं है किसी की तो उसको जीवन में पहली बार अपना अनाथ होना महसूस हो रहा है। जब तक माँ को खोज रही थी, एक तरह से माँ उसके साथ थी, मन में कहीं, आत्मा में कहीं। आज माँ कहीं नहीं हैं। उसका दिल चीखता है

–कहाँ हो माँ???

अगले दिन से रिया के चेहरे पर एक अजब-सी चुप लगी है। शाम लौटते में बड़े तालाब के किनारे देर तक खड़ी रही। सबकुछ ख़त्म हो गया! उसने आसमान की ओर देखकर कहा और वापिस चली गई। पानी, आसमान, तारे, जंगल और हवाओं में उसकी कही बात जैसे गूँज रही है लेकिन उत्तर बनकर नहीं, उत्तर का प्रतिप्रश्न बनकर –क्या सबकुछ ख़त्म हो गया?

चेतना का कॉल आया, 'हम एक बच्ची गोद ले रहे हैं। आजकल मैं यूनिवर्सिटी से सीधी अनाथालय ही चली जाती हूँ। मैंने तो उसका नाम भी रख लिया है। हम उसे राजनंदिनी बुलाते हैं। एक साल की है। विकलांग है।"

"विकलांग?"

"हाँ, उस की सेवा करूँगी। उसे योग्य बनाऊँ; अब आगे का जीवन यही है मेरा।"

"तो आख़िर तुमने जीवन का सार जान ही लिया। सेवा ही सबसे बड़ा सत्य है। तुम्हारी विपश्यना तो पूरी हुई; मेरी पता नहीं...!"

पाँच दिन निकल गये। न आमिर का फ़ोन आया न रिया से उसे कॉल किया। मन कितना बुझा-बुझा है। डिप्रेशन के गर्त की ओर जाते मन को रोकने के लिए उसने अपने को काम में झोंक दिया। बगल के ज़िले सीहोर में एक और आउटलेट खोलने का एक प्लान सामने है। आज सीहोर गई थी ज़मीन देखने। लौटते में दोपहर हो गई

तो सीधे घर चली आई। आज मन नहीं अब और काम करने का। लौटकर आई तो सामने आमिर था –मुस्कुराता हुआ। रिया का दिल चाहा उसके गले लग जाये और उसका चेहरा चूमती रहे देर तक। कहे उससे कि इतने दिनों से कहाँ थे? जाइये, आपसे बात नहीं करती! रिया का दिल आमिर को सामने पाकर नम पड़ गया; पर प्रत्यक्ष में वो सिर्फ़ मुस्कुराई।

"बहुत दिनों में आना हुआ?"

"इंतज़ार कर रही थीं?"

"ऐसा कुछ ख़ास नहीं; पर हाँ, एक तरह से।"

आमिर अपने भीतर मुस्कुराया। तुम क्या पत्थर से बनी हो रिया? लाख न कहो ज़ुबान से, चेहरे से सब बयान हो रहा है।

"चेहरा कैसा उतरा हुआ-सा है? तबीयत ठीक है?"

"हाँ। ठीक है।"

"लग तो नहीं रही।"

"यों ही बस नींद नहीं आती आजकल।"

"तुम्हारी नींद का इलाज ही तो लाया हूँ।"

"क्या??"

"अभी चल सकती हो मेरे साथ?"

"ज़रूर।"

"पूछोगी नहीं, कहाँ ले जा रहा हूँ?"

"नहीं।" वो मुस्कुराई। जान गई है कि उस दिन से आमिर ज़रूर ही माँ को खोज रहे हैं। ...कितना प्यार करते हैं ये मुझसे!!

"मोटरसाइकिल से चलूँगा। पुराने भोपाल के कूचों में तुम्हारी लम्बी चोंच और पूंछ वाली कार न जा सकेगी मोहतरमा।"

"चलिये।"

कितने दिनों बाद रिया आमिर की मोटरसाइकिल पर बैठी है। तेज़ रफ्तार चलती मोटरसाइकिल पर रिया ने उसके सीने पर हाथ रख लिया।

"अगर तुम्हारा नाम शबाना होता तो कितना अच्छा होता न! फिर मुझे मालिक से और कुछ नहीं चाहिये था ज़िन्दगी में।"

"धत्!" रिया जानती है शबाना आमिर की बीवी का नाम है।

"या फिर मेरा नाम रंजीत होता।"

"आप ऐसे ही अच्छे हैं आमिर होकर, और मैं आपकी रिया होकर।" उसने कंधे पर सिर टिकाते हुए कहा। आमिर जान गया कि रिया को रंजीत का जिक्र अच्छा नहीं लगा; ये जानकर उसे सच में बहुत अच्छा लगा।

गली-कूचों से होते वे पुराने भोपाल की एक इमारत में गये हैं।

''ये कौन-सी जगह है?''

''यहीं से माँ के बारे में पता चलेगा। किसी ने आज सुबह ही मुझे यहाँ का पता दिया तो मैंने सोचा, तुम्हें साथ लेता चलूँ। जो भी सामने आयेगा, हम साथ होंगे।''

रिया सकते में है। पता नहीं, माँ के बारे में क्या पता चले? बस, वे ज़िन्दा हों!!

एक बुजुर्ग दफ्तरी आदमी को आमिर ने सलाम किया है। उन्होंने इशारे से इंतज़ार करने को कहा है। पुराने बरामदे की लकड़ी की बेंच पर वे दोनों आ बैठे हैं। धीमी आवाज़ में आमिर उसे बता रहा है,

''पता है इतने दिनों से मैं माँ के ही बारे में पता लगाने की कोशिश कर रहा हूँ -दिन में भी और रात में भी। अपनी जानपहचान के हरेक को मैंने उनकी फ़ोटो भेज दी थी और पूरी डिटेल भी। इतने दिनों की कोशिशों के बाद आज शायद उनके बारे में कुछ पता चले।''

''आमिर!'' रिया ने अपनी हथेली उसके मज़बूत हाथ में दे दी। आमिर का साथ उसे किसी सुरक्षित खोह में होने का एहसास कराता है।

थोड़ी देर में अंदर से घंटी बजी। आमिर और रिया पेश हुए। काग़ज़ों-फ़ाइलों से भरे कमरे में बुज़ुर्ग की आँखें ऐनक के पार देख रही हैं- सरस्वती बाई के रिश्तेदार हो कोई?''

''जी, ये उनकी बेटी हैं।''

बुज़ुर्ग ने एक नज़र रिया पर डाली है। अच्छी ख़ासी अमीर बेटी को देख बुज़ुर्ग को सरस्वती की छवि याद आई होगी। चेहरा पल भर को तमतमा गया,

''अपनी वालिदा को अब तक क्या मरने के लिए छोड़ रखा था? अब क्या मुआवज़े के पैसों के लालच में खोजने निकली हो?''

''आप जानते हैं उन्हें? कहाँ हैं वे?''

रिया की बदहवासी पर आमिर कह रहा है, 'ये पैदा ही हुई थीं कि इनकी अम्मी इन्हें छोड़कर भोपाल चली आईं क्योंकि गैस कांड में अपने शोहर के इंतकाल की ख़बर उन्हें मिली थी।''

''अच्छा। बैठो। निकालता हूँ पता।''

आमिर का हाथ थामे रिया धड़कते दिल से बैठी है।

''लालघाटी से आगे के किसी इलाक़े में, कहीं झुग्गी में रहती है। दिमाग़ी हालत ठीक नहीं है। पिछले महीने की सात तारीख़ को यहाँ आई थी दूसरी औरतों के साथ दवायें और कपड़े लेने।''

''उनका पता-ठिकाना? क्या करती हैं? कैसे जीती हैं?''

बुज़ुर्ग ने एक नज़र बेटी पर डाली फिर माँ के बारे में आमिर से कहा, ''लालघाटी

चौराहे पर जो ब्रिज है, मेरे ख़्याल से वहाँ मिल जायेंगी इनकी वालिदा।''

अब एक पल भी रिया नहीं गवाँ सकती। लेकिन जाने से पहले उसने आमिर के हाथ में अपने पर्स में से निकालकर एक गड्डी रखी नोटों की और धीमे से कहा, ''दस हैं।''

आमिर ने बुज़ुर्गवार के सामने नोट रख दिये।

''ये दस हज़ार रुपये डोनेशन है।''

''क्या नाम लिखूँ देने वाले का?''

''दान भी अगर नाम से दिया तो वो दान न हुआ; प्रचार हुआ।''

''ऐसा करें, इनकी माँ का नाम लिख दें।''

वे दोनों चले गये। बुज़ुर्ग ने अपने रजिस्टर में दानदाता का नाम लिखा- सरस्वती भिखारिन।

लालघाटी चौराहे पर बूढ़े, अपंग, अंधे लोगों का समूह पड़ा रहता है दिन भर। टैफिक रुकने और चलने के बीच ये कारों-मोटरसाइकिलों के सामने आ जाते हैं और अपनी हथेलियाँ फैला देते हैं। कभी पुलिस मारकर भगा देती है कभी इनमें से एकाध की मौत हो जाती है गंदगी और ग़रीबी से; सिवाय इन दो सूरतों के, ये यहाँ से हर्गिज नहीं हटते।

आमिर और रिया उनके बीच हैं अब। दो-एक को फ़ोटो दिखाई। नाम बताया। कोई नहीं जानता। तभी एक बूढ़ी कहती है,

''सरसुती तो दो दिनों से नहीं आई।''

''क्यों? कुछ पता है?''

''पता कैसे नहीं होगा। बगल की झुग्गी में तो रहती हूँ।''

''क्या वे बीमार हैं?''

''बीमार तो वो हमेशा रहती है। दिमाग़ भी ठीक नहीं रहता उसका। अब तो मर रही है। सबेरे गई थी उसकी झुग्गी में तो पहचाना ही नहीं मुझे। मैं चाय दे आई। दो दिनों से दाना नहीं गया अन्न का पेट में उसके। जाकर देखो, कहीं मर न गई हो!''

ये सुनकर रिया की हालत सदमे-सी है। आमिर ने थपथपाया उसका कंधा। उसने अपने पर्स से कुछ नोट निकाले और बूढ़ी भिखारिन के हाथ में रख दिये। हाथ जोड़कर कहा, 'आपने जो सुबह चाय पिलाई थी उनको।''

पता-ठिकाना लेकर वे अब निकले बैरागढ़ की तरफ़ निकले हैं। रेल्वे कॉसिंग के बगल में झुग्गियों की अनंत बसाहट मालूम पड़ती हैं। मैले-कुचैले, नंगे-भूखे बच्चों और आदमी-औरतों के बीच से होते हुए वे उस झुग्गी तक पहुँचे। बिना दरवाज़े की झुग्गी से तेज़ बदबू आ रही है जैसी मर चुके लोगों में से आती है। मिट्टी की दीवारों पर तिरपाल और घास-फूस से बनी झोपड़ी इतनी नीची है कि उसमें ठीक से खड़ा

भी नहीं हुआ जा सकता। तेज़ बदबूदार, चिथड़े कपड़ों में एक इंसानी आकृति पड़ी हुई मालूम पड़ती है।

जिसे दिल उम्र भर पुकारता रहा, रिया ने उसे पहली बार ज़ुबान से पुकारा है, ''माँ!''

कोई जवाब नहीं आया। रिया आगे बढ़कर बाँहों में भर लेती है उस जर्जर ढाँचे को।

''माँ!!''

वो उस इंसानी ढाँचे को हिला-डुला रही है। कुछ देर हिलाने पर इंसानी ढाँचे में कुछ हरकत हुई। उसने अस्फुट शब्दों में कुछ माँगा और रिया के सामने अपनी हथेली फैला दी ...घावों, पीप और रिसते-छलछलाते ख़ून से तर हथेली!

नीला अंधेरा रिया के ज़हन पर छाने लगा। बेहोश होने से बचने की कोशिश करती वो, माँ को गोद में उठाये लड़खड़ाती खड़ी हो गई है।

''इन्हें हॉस्पिटल ले जाना होगा- तुरंत!''

❑❑❑